소설

환단고기

桓檀古記

⑤ 계연수의 죽음을 바라보는 눈, 이유립

느티나무가 있는 풍경

소설
환단고기
桓檀古記

⑤ 계연수의 죽음을 바라보는 눈, 이유립

초판 1쇄 발행 2023년 3월 10일

지 은 이 신광철
글 쓴 이 신정균
펴 낸 이 김희경
기획편집 왕태근
디 자 인 홍지연
표   지 윤동일
인   쇄 (주)소문사

펴낸 곳 느티나무가 있는 풍경
주소 경기도 남양주시 가운로 4길 6-8 302호(다산동)
전화 031. 555. 6405 **FAX** 031. 567. 6405
출판등록 제399-2020-000042
ISBN 979-11-981489-3-3
ISBN 979-11-971341-3-5(세트)

계연수의 죽음을 바라보는 눈, 이유립

〈소설환단고기〉를 다시 쓰며

〈환단고기〉는 한민족의 축복이다

한국인에게 환단고기라는 책은 분명 축복이었다. 민족의 정신과 우리의 역사가 어떻게 만들어졌는지를 알려주는 유일한 책이다. 수행문화가 개천開天이고 개국開國임을 알아야 진정한 한민족의 진면목을 만나게된다. 건국이념이 왜 홍익인간이고 재세이화인지를 알게 해주는 책이바로 〈환단고기〉였다.

어쩌면 운명이 나를 불러 세워 환단고기를 소설로 쓰라고 했을지도 모른다는 생각을 했다. 힘들고 벅찬 글쓰기였다. 쉽지 않은 일을 괜히 하고 있구나, 라는 생각도 했다. 〈소설환단고기〉 2권을 집필 완료한 지 4년이 되었다. 불이 꺼진 것을 다시 지피기 힘들었다. 다행인 것은 그래도 예정했던 5권을 다 썼다는 안도감이다. 정말 여러 번 주저했고 그만두고 싶었다. 개인적으로 운명을 믿는 사람이다. 〈환단고기〉와 가늘게라도 인연이 닿아 있는 인생이라고 생각하며 마음의 위안을 삼고 썼다. 개인적으로 삶에 목적이 없으면 삶은 노동에 불과하다는 담론을 견지하며 사랑은 인생의 등대라고 우기고 있었다.

역사는 왜곡되는 것이 자연스러운 일이다. 역사공부를 할수록 왜곡은 필연이라는 생각을 했다. 심지어 일기에도 자신의 개인사를 왜곡시킨다. 좋은 내용은 적고 부끄러운 내용은 빼놓는다. 여러 가지로 역사는 왜곡의 유혹에 노출되어 있다. 역사는 강자의 편이라는 이야기가 있다. 역사는 강자의 입장에서 쓰일 수밖에 없다는 논리다. 더 확실한 말은 '역사의 진정한 강자는 쓴 자'였다. 그렇다. 쓴 자가 강자였다. 쓰면 된다. 물론 근본이 있어야 한다. 사실에 기반해 적되 정체성이 있어야 한다. 우리는 우리의 역사를 자주적으로 써야 한다.

역사의 피는 따뜻해야 한다.

개인적인 생각으로 역사에는 긍정이 있어야 한다. 역사의 강에는 따뜻한 피가 흘러야 한다는 말이다. 역사를 통해서 진실을 알고, 배워야 할 교훈이 있어야 한다는 전제가 없다면 역사를 논할 이유가 없다. 〈소설 환단고기〉는 우리 환족의 자랑스러운 면을 적으려 노력했다. 당당하게 썼다. 분명한 것은 있는 것을 적었다. 역사적 사료를 찾아서 썼다. 중국과 일본의 왜곡에 대해 화내지 말고 우리의 역사는 우리가 다시 쓰면 된다. 중국과 일본이 왜곡한 것과 상관없이 우리가 주체적으로 정체성과 역사관을 가지고 저술하면 된다. 앞서 말했듯이 역사에서 강자는 쓴 자다. 동아시아의 문화를 창조해낸 위대한 환족의 역사가 세계화되었음을 보았다. 세계화의 주체가 환국이고 단국이고 고조선이었음을 보았다. 인류에게 한류를 전한 최초의 사건이 있었음을 보았다. 환족의 사상에는 너와 나를 넘어 사람을 이롭게 하라는 인류 보편의 공생을 외친 홍익인간弘益人間이 있다. 통 큰 국가관이다. 다시 한류가 출발하고 있다. 환족의 유전자에 들어있는 호기심과 도전, 그리고 창조능력 덕분이다. 글을 마치며 끝없이 완성을 위한 수련에 힘쓴 위대한 환족의 후손임을 감사한다.

〈소설환단고기〉를 쓸 때 참고한 〈환단고기〉안경전 역주자에게 감사드린다. 그리고 다소 거친 인생을 끌고 가는내게 변함없이 힘이 돼준 아내와 자신의 길을 잘 찾아가고 있는 딸 아들, 신선과 신명에게 고맙다는 말을 보낸다. 그리고 책을 내느라 고생한 〈느티나무가 있는 풍경〉의 김희경 대표에게 고마움을 전한다. 끝으로 〈환단고기〉라는 책을 만나게 해준 김인수 후배님에게 감사를 보낸다.

일산에서 신광철

목 차   〈소설환단고기〉를 다시 쓰며   **6**

1. 염표문에 담긴 건국이념과 통치철학

염표문을 만나다   **16**

천부경을 다시 읽다   **24**

홍범도를 찾는 위험한 눈이 있다   **32**

길은 달라도 애국의 길은 같다   **36**

우주의 원리, 자연의 원리,   **39**

인간의 원리를 독자적으로 정의 내린 민족이 있다

밀정들이 홍범도의 집을 찾다   **44**

나철, 교육과 종교 사이에서 갈등하다   **50**

천부경은 환국에서부터 내려왔다   **55**

홍범도 이사하다   **62**

천부경을 한 글자로 말하면   **66**

이기, 이상룡에게 활동비를 요구하다   **71**

2. 천부인의 의미

홍범도, 기사범에게 인생의 길을 묻다   **77**

천부인은 무엇인가   **84**

이기와 이상룡의 생각이 닮았다   **88**

홍범도 결단하다   **93**

일본만행에 궐기하다   **99**

조선, 무너지다   **103**

일본이 러시아를 굴복시키다   **112**

이기와 나철, 암살단을 조직하다   **117**

계연수, 고서를 번역하다   **120**

홍범도, 격문을 준비하다   **129**

3. 흉노와 몽골의 출발

이기, 참간장斬奸狀을 적다   **135**

흉노와 몽골의 출발을 찾다   **143**

을사오적 저격용 총을 구하다   **148**

홍범도, 다시 일어서다   **153**

강화도 마니산 참성단을 탐방하다   **158**

이기와 나철, 을사오적 척결을 결행하다   **165**

나라를 살리고 죽이는 것은 개인이 아니라

국가정책이다   170

역사학당이 사라지다   175

이관집의 집에 사내아이가 태어났다   177

강화도에서 마포나루로 배를 타고 가다   181

의병대를 창설하다   185

역사학당의 화재원인을 모르다   189

홍범도 일본 군수열차를 공격하다   194

4. 환족의 국통맥

국통맥을 세우다   199

나철, 창교를 준비하다   206

계연수 국통을 적은 책을 준비하다   216

홍범도, 위기에 서다   222

단군교를 창교하다   227

기사범 사망하다   232

계연수를 찾아라   236

조선이 무너지다   239

단군교를 대종교로 개명하다   245

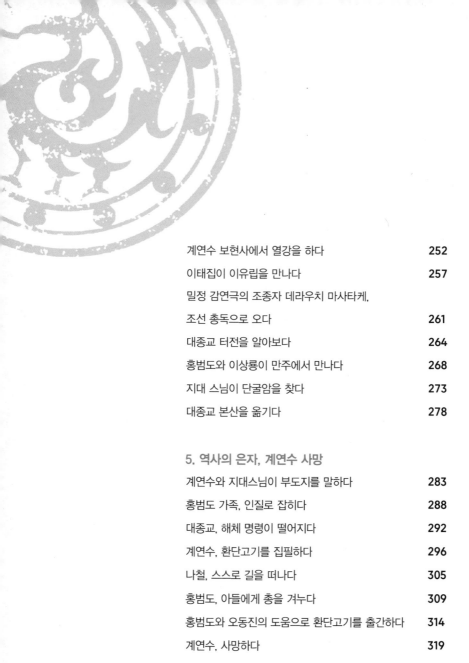

계연수 보현사에서 열강을 하다   **252**

이태집이 이유립을 만나다   **257**

밀정 감연극의 조종자 데라우치 마사타케,

조선 총독으로 오다   **261**

대종교 터전을 알아보다   **264**

홍범도와 이상룡이 만주에서 만나다   **268**

지대 스님이 단굴암을 찾다   **273**

대종교 본산을 옮기다   **278**

5. 역사의 은자, 계연수 사망

계연수와 지대스님이 부도지를 말하다   **283**

홍범도 가족, 인질로 잡히다   **288**

대종교, 해체 명령이 떨어지다   **292**

계연수, 환단고기를 집필하다   **296**

나철, 스스로 길을 떠나다   **305**

홍범도, 아들에게 총을 겨누다   **309**

홍범도와 오동진의 도움으로 환단고기를 출간하다   **314**

계연수, 사망하다   **319**

역사는 강자가 독점한다
역사에서 강자는 쓴 자다

"역사에는 긍정이 있어야 한다.
역사의 강에는 따뜻한 피가 흘러야 한다는 말이다.
역사를 통해서 진실을 알고, 배워야 할 교훈이
있어야 한다는 전제가 없다면 역사를 논할 이유가 없다.
〈소설환단고기〉는 우리 환족의
자랑스러운 면을 적으려 노력했다."

1. 염표문에 담긴 건국이념과 통치철학

염표문을 만나다

이기는 분주하게 사람들을 만났다. 그러면서도 시간을 내어 나철과의 시간을 만들었다. 나철도 마찬가지였다. 역사교육을 조선에 펼치기 위해 사람들을 만났다. 바쁜 중에도 나철은 이기와의 역사공부시간은 냈다. 지독하게 파고드는 나철과 열정을 가지고 가르쳐 주는 이기의 만남은 사이좋은 삼촌과 조카 같았다.

–오늘은 무슨 주제입니까?

–오늘은 술집이기도 하니 의미있는 주제로 모시겠습니다.

–아니. 갑자기 왜 그러십니까.

이기가 농담을 담아 존대를 하자 나철이 당황해 하며 말했다.

-지난번에는 염표문을 통해서 우리의 교육이념과 철학을 이야기하지 않았나?

-예. 그렇습니다.

-이번에는 우리의 역사의 뼈대를 이야기해보세.

-역사의 척추가 되겠군요.

-그렇지. 국통맥에 대해 짚어보세.

탁주가 사발에 가득 채워졌다.

-먼저 드시고 시작하시지요.

-그러세.

이기와 나철은 탁주를 시원하게 들이켰다.

-술은 악마의 음료입니다.

-그런가. 천국의 음료가 아니고!

-사람의 본성을 드러나게 하지요.

그러니 천국의 음료가 아닌가?

-왜지요?

서로 반대의 생각을 내놓았다.

-술이 천국의 음료라서 사람의 본성을 속이지 못하도록 해 그 사람의 본성을 알게 하니 천국의 음료가 아니던가.

나철이 이기의 설명을 듣고 시원하게 웃었다.

-저는 반대로 생각했습니다. 사람의 본성을 드러나게 하니 들켰다는

입장에서 악마의 술로 보았고, 해학께서는 숨기지 못하게 하는 진실의 음료로 보시는군요.

–그렇군. 어찌 되었든 지금 우리에게는 가슴을 덥게 하는 음료 같네.

–그렇습니다.

–우리 국통맥은 환국부터 시작한다고 보네. 개인 입장으로 환국은 연합국으로 여러 나라가 합해져서 나라를 세웠는데 대표적인 주도자가 선도를 기본으로 하는 민족이었을 것으로 보네. 그것을 우리는 배달겨레라고 하지.

–배달겨레요.

–그렇네. 배달겨레.

이기는 잠시 설명을 멈추었다. 생각을 하다가 다시 말을 이었다.

–배달겨레의 특징이 바로 앞서 말한 선도를 기본으로 하는 민족이었고, 또한 선도에서 배운 우주와 자연의 원리가 사람의 몸에도 내재되어 있다는 것을 발견했지.

–아하. 우주와 인간의 몸이 같은 원리로 작동하는 것을 깨달았다는 말씀이시군요.

–그렇지. 배워보니 이해가 되던가?

수행을 시작한 지 제법 된 나철이 우주와 인간의 몸이 같은 원리로 작동하는 것을 느꼈는가를 묻고 있었다.

–처음에는 확신이 안 섰지만 지금은 이해가 됩니다. 분명 사람은 자연의 일부고 자연의 원리가 그대로 작동하는 몸을 가지고 있음을

느낍니다.

ㅡ바로 그걸세. 선도에서 깨우친 지혜로 천손의 이론이 나왔을 것으로 보네.

ㅡ말씀하시니 이제 이해가 갑니다.

ㅡ우리 민족이 첫 나라를 환국으로 말하고 있지만 정신적인 면을 계승했다는 것에서 환국을 처음으로 본다는 것일세.

ㅡ아하.

나철이 문득 깨달은 바가 있음을 표현했다.

ㅡ그렇네요. 전적으로 이해가 갑니다. 사실 환국의 정체가 무엇인가 했습니다. 정체성이 시작된 나라라고 할 수 있네요.

ㅡ그렇네. 연합국이었으니 다양한 성격의 나라가 있었음을 이해해야 하네. 처음에는 배달겨레만이 가졌던 철학이 점차적으로 국가경영에 반영되고, 지배원리에 적용되면서 환12국이 공유를 했을 것으로 보네.

ㅡ냉철하십니다. 어디에도 없는 것을 혜안으로 보고 계십니다.

냉철한 나철이 냉철한 이기의 논리를 받아들였다.

ㅡ우리 민족의 두 번째 나라가 단국이라고 말씀하셨지요?

ㅡ그렇네. 단국이 우리 환족, 달리 말하면 한민족의 출발이라고 할 수 있네.

ㅡ제게는 중요한 전환점이 되는 부분입니다. 우리 민족의 첫 출발이 단국이라는 말씀에 마음이 갑니다.

ㅡ그런가?

-예. 우리 민족의 출발이 기대됩니다.

나철의 눈은 빛났다. 이기의 입으로 시선이 집중되었다.

-환국에서 배달겨레가 주축이 된 3천명의 문명개척단이 출발하네. 동쪽으로, 동쪽으로 이동을 시작하지.

-왜 동쪽이었습니까?

-이유는 따뜻한 나라를 찾아온 것일세.

-남쪽이어야 하는 것 아닙니까?

-당시에는 해가 뜨는 쪽을 따뜻한 곳으로 보았지.

-이해됩니다.

-단국에 대한 이야기는 지난번에 했었지. 동쪽으로 이동해 터를 잡은 것이 지금 대륙의 동부지방과 만주일대 그리고 한반도라고 했네. 그곳 중에서 주도세력인 배달겨레가 성스러운 산인 백두산의 정기를 받는 곳에 터를 잡은 것이 바로 단국이라는 것도 이야기 했네.

-예. 들었습니다.

-이제는 자네가 내게 설명해보게. 왜 배달이라고 했나?

이기가 나철에게 되물었다. 이해를 얼마만큼 하고 있나 확인하기 위해서였다.

-배달은 '밝달'이라고 하셨습니다.

-그렇네. 밝달의 뜻도 설명해보게.

-밝은 땅이라고 하셨습니다. 해가 가장 먼저 뜨는 곳이라 밝은 땅의 나라로 명명했다고 하셨습니다.

-정확하게 기억하고 있네.

나철은 배우는 데는 부끄러움이 없었다. 자신의 공부를 시험해보는 이기에게 오히려 고마웠다.

-지난번에도 말씀드렸지만 다시 생각해도 장엄했으리라 보입니다. 새로운 터를 찾아 문명을 이식하고, 건설했다고 보면 됩니까?

-옳은 생각일세.

-그랬군요.

설명을 하는 이기도 설명을 듣는 나철도 감동적인 장면을 상상하고 있었다. 배달겨레가 최초로 세운 나라가 단국이었다.

-단국을 배달이라고 하는 이유는 무엇입니까?

참 여러 번 설명한 내용이었다. 이기는 처음부터 다시 시작하는 마음으로 나철에게 설명을 준비하고 있었다.

-그러면 박씨는 혹시 '밝씨' 가 아닐까요?

-나는 그렇게 보네. 박혁거세의 박도 '밝' 으로 해석하고 적어야 한다고 생각하고 있네.

탁주병이 비어 있었다. 대화를 나누면서 한 잔씩 마신 것이 벌써 비어 있었다.

-주모 여기 한 병 더 주세요.

나철이 주모를 불러 세웠다.

탁주가 나오자 다시 빈 잔을 채워 시원하게 들이켰다.

-오늘은 뼈대를 공부하니 나라가 제대로 서는 기분입니다.

－알려주는 나도 행복하네.

－저는 새로 태어나는 기분입니다.

나철은 고향집에서 자신이 가지고 있던 서적들을 모아놓고 화형식을 거행 했었던 기억을 떠올렸다. 지금은 달라졌다. 유학이 아니라 고대에 환족이 세운 나라와 정신을 제대로 배우고 있었다. 참 다행스러운 일이라고 생각했다. 이기 같은 능력있는 스승을 만난 것이 소득이었다. 거기에 역사학당에서 활동하는 계연수를 비롯한 사람들의 놀라운 정보량과 정신에 감사하고 있었다.

－다음으로 고조선인 것은 알겠는데 왜 무너졌습니까?

－내분으로 보이네. 좋게 말하면 역성혁명이고, 나쁘게 말하면 반란이었다고 할 수 있지. 이 부분은 꼼꼼하게 살펴보아야 이해가 가고 복잡한 과정을 통해 멸망의 길로 가네.

－지금의 조선과 같은 길을 갔겠군요.

－다르다고 볼 수 있네. 지금은 쇄국으로 인해 자체적으로 나라가 약해졌고, 외부세력이 개입한 상태지만 그때는 달랐네.

－중요한 말만 기억해 두었다가 개인적으로 공부하게. 조선은 위대한 발전을 했지만 전체적으로 보면 3단계를 거치면서 멸망했네. 삼한에서 삼조선으로, 삼조선에서 대부여로 체제가 바뀌면서 무너졌다고 할 수 있네.

－예. 알았습니다. 삼한, 삼조선, 대부여를 기억하고 있겠습니다.

－마지막 단군은 47대 고열가高列加단군인데 본국인 진조선은 약화되고,

열국들이 득세를 하자 왕위를 내놓고 산으로 들어가네. 산신이 되었다고 적고 있네.

−국통의 맥을 이은 것이 고구려 백제 신라가 되겠군요.

−바로 이 지점이 복잡하고 어렵네.

설명이 복잡했다. 나라도 많고, 적통을 설명하는 것도 쉽지 않다. 고조선은 여러 나라로 쪼개져 분국의 형태가 되어 있었다. 적통이 계승도 하나로 설명되지 않고 여러 나라를 연결해야 겨우 이어졌다.

−다 잘라버리고 설명하면 해모수라는 걸출한 인물이 태어나 적통을 계승하네. 그것이 북부여지.

−하나만 기억하겠습니다. 해모수의 북부여가 고조선의 적통을 이었다고.

−그러면 되네.

−그렇다면 다음은 말씀 드린 대로 삼국이겠군요. 고구려 백제 신라.

−그렇네.

이기는 무언가 설명을 하려다 그냥 넘어가려 했다.

−그러면 대진, 즉 발해는 어디에 넣어야 합니까?

−글쎄. 그것이 애매하네. 그래서 나는 북부여 다음으로 고구려 백제 신라 그리고 가야로 보고, 다음은 대진국과 신라로 이어졌다고 봐야 하네.

−신라가 통일을 했다고 하지만 고구려의 영토의 상당 부분을 다시 차지한 대진국과 신라가 함께 한 시대로 봐야 하네.

-예. 알겠습니다.

-다음은 바로 고려로 이어져 조선에 이어졌다고 하면 되네.

-대장정이었습니다. 우리 민족의 역사를 하나로 이어지는 과정을 처음부터 끝까지 한 번에 공부한 것은 영광입니다. 저로서는 감회가 새롭습니다.

오랜 시간 이기와 나철의 대화는 이어졌다. 이기는 설명하면서 듬직함을 나철은 들으면서 묵직함을 느꼈다.

-오늘 헤어지기 전에 하고 싶은 말은 끝없이 의심하고, 의심을 확인한 후에 다시 확인하는 과정을 거쳐야 하네.

천부경을 다시 읽다

오늘은 천부경을 파헤치는 날일세.

계연수가 이태집에게 말했다.

천부경에 대한 이야기는 여러 번 있었다. 계연수에게는 익숙한 주제였다. 여러 번 다른 해석을 들었다. 처음으로 강렬하게 받았던 천부경에 대한 기억은 단굴암에서 기다리고 있던 단학도사였다. 그리고 계연수를 만들어 준 존재인 스승 이기에게 받은 책을 통해서였다. 그리고 얼마 전 이관집과 함께 만났던 단목도사였다.

이번의 천부경에 대한 설명은 계연수가 이태집에게 개인 교습하는 차원이었다.

－오늘은 그렇습니다. 오늘은 별렀던 날입니다.

－내 설명에 앞서 설명한 것도 들어가 있을 수 있네. 하지만 처음부터 끝까지 살펴보세.

－너무 감사합니다.

이태집이 계연수에게 개인 교습을 받을 수 있다는 것에 고마움을 표현했다.

－천부경은 짧으면서도 깊고, 깊으면서도 간결하게 만들어진 위대한 경일세.

계연수가 천부경에 대해 운을 뗐다.

－백 명이 해석을 하면 백 명의 해석이 다른 것이 천부경이라고 할 수 있네.

－이유가 뭘까요?

－상징으로 되어 있어서 그렇다고 할 수 있지.

－상징이라면 숫자로 되어 있어 그렇다는 말씀이신가요?

－그렇지. 숫자가 구체적이지 않아서 그런 결과라고 보네.

－천부경을 외우시나요?

－당연히 외우지. 천부경을 외우면 힘이 느껴진다고 하는 사람들도 있네.

－저도 외우겠습니다.

－외우는데 어렵지 않네.

계연수가 이태집에게 천부경을 외울 것을 권했다.

－정말 이해가 안 되는 부분이 일￣이 삼￤이고, 다시 삼￤이 하나￣라고 하는 부분은 이해가 안 됩니다. 정확하게 말씀드리면 무슨 의미인지 모르겠습니다.

－당연하다고 보네.

－하나가 셋이 된다고 하면 아이들도 무슨 말인가 할 것일세.

－제가 그렇습니다.

이태집은 솔직하고 담백한 성격의 사람이었다. 옳고 그름을 바로 밝히고, 어떤 현상이나 납득시키지 못하면 믿을 수 없다는 사람이었다. 근거를 중요하게 여기고 논리적인 사람이었다.

－천부경은 구체적이지 않네, 내용과 논리가 그렇다는 것이 아니라 좀 전에 이야기 했듯이 숫자가 가진 상징성이 그렇다는 걸세. 숫자가 구체적으로 무엇을 지칭하지 않는다는 점에서 그렇네. 천부경이 숫자로 만들어져 있어 오히려 지금까지 지속될 수 있었고, 신비로움을 주는 것이라고 보네.

－형님은 진단에 거침이 없으십니다.

－나는 내가 가진 것이 옳다고 주장하지 않네. 지금까지는 옳다고 생각하네. 언제 어디서 지금까지의 정의가 깨어질지 모르네.

－냉철하십니다. 조선의 대부분이 공자와 맹자의 생각이 옳고 감히 틀리다고 말하지 못하고 있습니다.

-그렇네.

-형님께서는 감히 모든 이론의 정당성이 언제 깨질지 모른다는 말씀을 하시니 겨우 깨우쳐 가고 있는 사람이 갖게 되는 의문점을 해소시켜줍니다. 통쾌합니다.

계연수는 이태집의 말을 듣고는 답하지 않았다. 아버지에게 공부할 때 생각이 문득 났다. 계연수에게 천부경을 설명할 때와는 사뭇 다른 것이 이태집이었다.

계연수와 이태집이 이야기에 열중하고 있을 때 밖에서 인기척이 났다. 이태집이 문을 열고 나갔다. 신명이었다. 오랜 만에 찾아왔다.

-그냥 들어오시지 그랬어요.

-아니 누군가 여기를 자꾸 살펴보는 것 같아서 내가 쳐다보니 바로 사라지기에 뭔가 해서.

이태집이 편하게 들어오지 망설였냐는 의미로 이야기를 하자 신명이 말을 받아 밖의 상황을 이야기했다.

-이곳 역사학당이 화재가 난 것을 모르시지요?

-무슨 말이야.

-누군가 방화를 해서 반파半破되었어요. 지금 다시 복구 작업을 해서 지금 모양이 된 것입니다.

-아하. 그랬군.

이태집과 신명이 문에서 이야기를 주고받자 계연수가 나오며 신명을 반겼다.

–어서 오시게.

–반갑네.

계연수와 신명은 잘 통했다. 계연수는 역사로, 신명은 문화로 정통한 사람들이었다.

–왜 그리 뜸했나?

–돌아다니느라 바빴네.

–어디를 그리 다녔길래?

–청국과 일본을 다녀왔네.

–우리 조선을 무단 점령하고 있는 나라들을 방문했군. 자네의 활동력이 부럽네.

신명은 동에 번쩍, 서에 번쩍하는 사람이었다. 신명의 눈은 언제나 예리했다. 말을 경쾌하고 행동은 활달했지만 세상을 바라보는 눈은 매의 눈처럼 날카로웠다.

–청국과 일본은 어떻던가요?

이태집이 신명에게 물었다. 조선과 다른 점을 물었다. 청국을 방문한 사람들은 드물게 있어도 일본을 다녀온 사람은 거의 없었다. 청국과 일본이라는 나라는 어떻냐는 질문이었다.

–청국이야 오랜 교류가 있었지만 일본과는 거의 교류가 없이 살았지 않은가. 조선은 일본을 모르고 일본에서는 조선을 꿰뚫어보고 있었다는 것을 이번에 느꼈네.

–무슨 의미지요?

이태집의 성격이 나왔다. 집요하게 파고드는 성격이었다.

-일본은 다른 세계의 나라고, 조선은 500년 전의 모습 그대로인 나라라고 할 수 있네.

-정말 그 정도 수준입니까?

신명의 말에 이태집이 놀라움을 드러냈다.

-나는 분명한 조선 사람인데 조선을 다시 보게 되었네. 내가 한 문장으로 정리하면 이렇네.

신명은 자신이 하고 싶은 말을 하기 위해 잠시 말을 멈추었다.

-조선은 위대한 조선 백성의 능력을 가지고 최악의 가난하고 나약한 나라를 만들었다고.

-놀랍습니다. 그 원인을 어디에서 찾으세요?

-여러 요인이 있지만 문을 닫고 산 것에 있다고 보네. 물적인 것만이 아니라 정신적인 것도 고립은 멸망을 자초하는 것이라고 주장하고 싶네.

-여러 요인을 살짝이라도 짚어주시지요?

-너무나 정당하게 요구하는군.

신명에게 더 세부적으로 설명해줄 것을 주문하지 신명이 농을 담아 말하자 모두 웃었다. 이태집의 집념은 누구도 막을 수가 없었다.

-백성의 천재성을 막은 것이 페인이라고 보네. 첫째가 쇄국이 문제였다고 할 수가 있네. 문을 닫아 걸은 걸세. 육지도, 바다도 막아놓았으니 새로운 문물이나 새로운 정책이 나올 수가 없었네. 무역거래도 하지 못

하게 했으니 어처구니가 없는 일을 저지른 거지. 둘째는 인구의 절반을 버렸다는 걸세. 어쩌면 3/4을 무능한 존재로 버렸다고 할 수 있네.

−그건 또 무슨 말씀이세요?

역시 이태집이 신명에게 물었다.

−무슨 소리냐, 이 말이지?

−그, 그건 아니고요.

이태집이 신명의 말에 당황해서 말을 더듬었다.

−자연스러운 질문일 수 있네, 우리는 자각하지 못했기 때문에, 자성도 할 수 없는 상태이기 때문일세. 무엇이냐면…

신명이 잠시 숨을 골랐다.

−백성이 가진 천재성을 막은 것이 문제였네. 백성의 반을 노비를 만든 것이 조선일세. 백성의 반인 여성을 집에 가두었으니 전체적으로 3/4 의 능력을 잠재우게 한 것일세.

−그렇게 말씀하시니 그렇네요. 저는 생각해 보지 못한 내용입니다.

−지금도 그대로 유지되고 있네. 다만 노비는 법적으로는 사라지고, 여성들은 집에서 반 발 정도를 나온 상태라고 할 수 있네.

−그리고요?

다음을 빨리 이야기 해보라는 의미였다.

−들으려면 일 푼 내게!

신명이 웃음을 담으며 농담으로 일 푼을 내라고 하자 모두 웃음이 터졌다.

-우리는 아직도 노동은 아랫것들 차지라는 생각이 세상을 사로 잡고 있네. 노동의 천시였지. 공부 못하고 머리 안 좋은 사람들이 하는 것이라고 못을 박아 놓았다고 할 수 있네. 여기에 상업과 공업의 무시, 발명자에 대한 무시가 있네.

-또 있나요.

-당연하지 여러 가지가 복합적으로 일어났다고 보면 되네. 뛰어난 노동집단을 천민부락으로 만들어놓은 것을 지금까지 유지하고 있다는 안타까운 점일세.

-아하 저도 아직까지 말씀하신 것들은 자각하지 못했습니다. 말씀하시니 확, 다가옵니다.

-나도 그렇네. 나도 반성하네.

이태집이 조선의 현실을 자각하지 못했다는 말에 계연수도 반성한다는 말로 부족했던 것을 말했다.

-일본은 어떻던가요?

-일본은 다른 세계였네. 과학이라는 의식의 전환을 해서 조선과는 다른 세상을 만들었다고 할 수 있네. 비교가 될 수가 없네. 놀라웠네. 바로 옆에 있는 나라가 변하는 것을 모르고 산 조선이 안타까웠지.

-정말 안타깝습니다.

이태집이 신명의 말을 받았다.

-두 사람은 오늘 무얼 하고 있었나?

신명이 계연수와 이태집만이 학당에 있는 것을 보고 물었다.

－천부경이야기를 하고 있었네.

－오호. 천부경!

－들어본 적은 있네. 우리 조선인의 경 아니던가!

－그렇네. 같이 이야기 해보세. 유익할 걸세.

－끼워주면 고맙지.

계연수가 신명의 말을 받아 함께 이야기할 것을 권하자 신명이 흔쾌히
승낙 했다.

홍범도를 찾는 위험한 눈이 있다

아이들이 마부 놀이를 하고 있었다. 마부놀이는 두 편으
로 나뉘어, 진 편이 허리를 굽혀 말이 되고 이긴 편이
그 위에 올라탄 후 대장끼리 가위바위보로 승부를 가린다. 남자아이들
이 양편으로 나뉘어 한쪽은 말이 되고 다른 한쪽은 말에 올라타는 기수
가 되어 노는 놀이다. 가위바위보로 말과 기수의 역할을 정했다.

홍범도의 두 아들도 동네아이들과 함께 놀고 있었다. 큰 아들 홍양순과
둘째 아들 홍용환도 아이들과 어울려 재미있게 뛰어놀고 있었다.

나이가 제법 든 여인이 아이들에게 다가갔다.

－재밌겠다. 이 동네에 사니?

-예.

아이들의 여인의 말에 큰 소리로 합창하듯 말했다.

여인은 주머니에서 사탕을 꺼내 아이들에게 하나씩 나누어 주었다.

-아줌마는 왜 우리들에게 사탕을 줘요?

-너희들이 이뻐서 그렇지. 아줌마 아들 같아서 그래.

한 아이가 묻자 여인이 대답했다.

-아줌마 아들은 누군데요?

-여기에 살지 않아.

역시 아이 중 한 아이가 묻자 여인이 답했다.

-그런데 너희들 중에 홍범도라는 사람을 아는 사람 있니?

-아니요.

아이들이 역시 합창하듯 말했다.

이때 홍범도의 둘째 아들인 홍용환이 무언가 말을 하려고 했다. 눈치 챈 큰 아들 홍양순이 동생의 입을 막았다. 눈치 빠른 여인이 두 아이의 모습을 보았다.

-이제 그만 놀자.

한 아이가 소리치며 아이들 무리에서 벗어나자 아이들도 흩어져 집으로 돌아갔다. 홍양순과 홍용환도 길에서 벗어나 집으로 달려갔다.

여인은 흩어져 달아나는 아이 하나를 붙잡았다. 그리고 사탕 하나를 더 주었다.

-너 금방 저리로 달려간 두 아이네 집을 아니?

-네. 알아요.

-그 아이 이름이 뭔데?

-하나는 양순이고 작은 아이는 용환이예요.

-성은?

-홍가예요.

순간 여인의 눈빛이 빛났다.

-그 아이들 집 좀 알려주렴.

-왜요?

-도와줄 일이 있어서 그래.

-아하. 그래요. 그러면 따라 오세요.

아이는 순순히 여인을 안내했다. 집 앞에까지 안내해주었다.

홍범도와 태양욱, 차도선은 낮에 있었던 일로 마음의 흥분이 가라앉지
않은 상태였다.

-주둔지에 가보고 싶습니다.

차도선이 먼저 말했다.

-그래. 내일 가보세.

흔쾌하게 홍범도가 차도선의 생각에 동의했다. 태양욱도 반겼다.

-엄마!

-그래. 우리 큰아들.

큰아들이 홍양순이 엄마를 부르자 큰 아들의 머리를 쓰다듬어 주며 말했다.

-밖에서 노는데 어떤 아줌마가 아버지를 찾아서 모른다고 했어요.

홍범도의 아내는 가슴이 철렁 내려앉았다.

-언제?

-아까 우리들이 집에 들어오기 전에요.

-그래서 어떻게 했어?

-모른다고 했잖아요.

-그래. 잘했다.

-그런데 엄마가 왜 놀라세요?

-아무 것도 아니다.

-그 아줌마가 우리에게 어떻게 하려고 하나요?

-아니다.

홍범도 아내는 말을 해놓고 가슴이 진정 되지 않았다.

바로 턱 밑까지 다가 왔구나 싶었다. 얼른 밖으로 나가 문을 잠갔다.

-엄마. 왜 그러세요?

-누가 아버지를 찾으면 모른다고 해라. 아버지는 큰일을 하시는 분이라 적이 많단다.

-무슨 일이요?

-나라를 살리는 일이다.

큰 아들 양순과 엄마의 대화를 둘째 아들 용환이는 눈만 동그랗게 뜨고 바라보고 있었다.

－그런데 왜 사람들이 아버지를 해하려고 해요?

－우리 조선을 삼키려는 일본군이 특히 아버지를 노리고 있으니 누가 아버지를 찾으면 내게 얼른 알리고 몸 조심해야 한다.

－예. 알았습니다.

큰아들 양순이가 또박또박 대답했다.

길은 달라도 애국의 길은 같다

이기는 나철과 헤어져 집으로 돌아왔다. 나철에게 열심히 역사에 대해 알려주고 있었지만 이기는 이기대로 준비를 하고 있었다. 그동안 만남이 뜸했던 매천 황현을 만나기 위해 집에서 나갔다. 황현은 활달하게 활동하고 있었다. 날카로운 이성과 기개를 가진 사람이었다. 절개도 굳어 사람을 사귀면 변함이 없었다. 너무 올곧아 냉기가 흐를 정도였다.

－어서 오세요.

－반갑네. 어떻게 지냈나?

황현이 이기를 보고 반가움이 가득한 목소리로 맞자 이기가 안부를 물었다.

-밤잠을 잘 수가 없습니다.

-무슨 일이 있는가?

-나라가 이렇게 망해가고 있으니 잠이 오지 않습니다.

-이해하지만 내가 살아야 나라도 살릴 수 있는 것 아닌가.

잠을 잘 수 없다는 황형에게 이기가 위로의 말을 했지만 사실은 이기도 마찬가지였다. 나라를 생각하면 잠이 오지 않았다. 소화도 안 되고 명치끝이 답답했다. 늘 체한 느낌이었다.

-나라가 망하는 것을 제 눈으로 목격하게 되었습니다.

-그것이 안타깝네.

-해학께서는 무엇을 하고 계십니까?

-나는 늘 하던 대로일세. 역사를 끌어안고 살지.

-저는 제가 아무 것도 할 수 없다는 사실에 좌절 하곤 합니다.

-나와 같이 역사를 조선민에게 전하는 일을 해보겠나?

-아닙니다. 저는 공부도 안 되어 있고, 다른 방법을 찾아보겠습니다.

황현은 간단하게 자신의 마음을 전했다. 황현다운 성격이었다. 대쪽 같고 확실한 성격을 가진 황현이었다.

-그리하게.

이기는 황현에게 더 이상 부탁하지 않았다. 서로 다른 생각, 다른 길을 가지만 애국의 방법은 여러 가지가 있었다. 다른 길을 가다가 필요할 때 합심하는 것이 더 효과적일 수 있었다.

-해학께서는 어떤 방법으로 역사를 알리려 하십니까?

-아직 확정짓지는 않았네. 그렇지만 가능하면 우리의 전통종교를 살리려는 것으로 가닥을 잡고 있네.

-우리의 전통종교라면?

황현이 궁금한 표정으로 말을 흐리며 물었다.

-우리에게는 고대에 신교라는 것이 있었네. 그것이 후일 삼성을 섬기는 것으로 일부 바뀌지. 그것을 되살려 조선인의 마음에 자리 잡게 하는 것이 목적일세. 무엇보다도 선수행과 기수련이 주된 것이어서 심신에 좋고 역사의식을 심어줄 수도 있어 여러 가지로 효과가 있어 보이네.

-이미 마음의 결정을 보셨군요.

-마음의 향방은 정했지만 실질적인 면에서 결정해야 할 것들이 남아있어 확정은 미루고 있네.

-무언가 할 수 있다는 것이 부럽습니다. 저는 소리치고, 하소연하는 것밖에 없습니다. 난감합니다.

-세상은 자네의 말을 귀담아 듣고 있네.

실제로 황현의 생각은 조선에 작동되고 있었다. 황현의 말을 가볍게 보지 않았다. 그리고 조선에서 영향력이 있는 대표적인 사람 중에 한 사람이었다. 선비로서, 지식인으로 인정을 받고 있었다.

-그렇지 않습니다.

황현은 겸손하게 부정했지만 황현의 영향력은 살아있었다. 황현의 영향력은 조선의 조정과 재야의 인물들까지 조선을 대표하는 사람들이 많았다.

―필요할 때 서로 협력하기로 하세.

―당연히 그래야지요.

―그렇다고 잠을 못자면 싸울 힘도 사라지니 마음을 다스리게.

―예. 그러겠습니다.

이기는 황현의 건강이 걱정되어 다시 당부했다.

―우리는 행동으로 세상과 부딪혀보세.

이기의 마음이었다. 마음으로 아파하는 것은 나 자신만 힘들게 하고, 다치게 하는 일이었다. 행동으로 보여주어야 하는 것이 진정한 지식인이라고 생각했다. 🔲

우주의 원리, 자연의 원리,
인간의 원리를 독자적으로 정의 내린 민족이 있다

제가 감히 물어보겠습니다.

―형님은 우리 역사가 어떤 면에서 특별하다고 생각하세요?

이태집의 질문에는 두려움이 없었다. 궁금한 것을 직설적으로 물었다.

―우주의 원리, 자연의 원리, 인간의 원리를 확실하게 정의 내린 환족의

역사가 가진 위대함 때문일세.

-말씀 하신 중에 자연의 원리는 천지인할 때 '지地'에 해당하는 것을 표현하신 거지요?

-날카롭구만. 그렇네. 숫자 이二라고 할 수 있지.

이태집은 오늘 따라 하나도 그냥 넘어가는 것이 없었다. 구체적으로 확인되어야 다음으로 넘어갔다. 의문사항은 즉각 물었다. 천부경에서 명시적으로 천일일天一一, 지일이地一二, 인일삼人一三이라고 적고 있다. 천지인, 곧 '하늘땅사람'이 모두 '일一'이면서 독자적으로 다시 천天을 일一, 지地를 이二, 인人을 삼三으로 규정하고 있다. 이태집의 질문은 바로 지地, 곧 땅에 있었다.

-그렇다면 우리의 사상 속에는 우주의 원리, 자연의 원리, 인간의 원리가 다 들었다고 보시는 겁니까?

-그렇네.

의심을 풀어야 들어갈 수 있는 것이 학문의 세계였다. 그냥 믿기에는 인간은 지혜롭고 합리적인 존재였다. 계연수는 이태집의 날카로운 질문에 설명을 할 수 있어야 한다고 생각했다. 모든 것이 아귀가 딱 맞아 떨어지듯 확실할 수는 없지만 적어도 합리적인 근거라도 있어야 했다.

-무엇이 그렇습니까?

이태집의 질문에는 답하기 어려운 상황으로 다가오고 있었다.

-천지인이 다른 존재지만 근원은 하나로 같다는 것일세.

-그래서 작동원리는 원리는 다르지만 근원은 같다는 말씀이시지요?

-그렇지. 근원을 알려면 근원이 무엇인지가 필요하네.

-하늘이 아닐까요?

이태집이 앞서 짚었다.

-왜 그렇게 생각했나?

계연수가 하늘을 근원으로 잡은 이유를 물었다.

-저는 느낌으로 잡았습니다.

-느낌을 이야기해 보게.

질문자가 바뀌었다. 계연수가 질문하고 이태집이 답변하기 시작했다.

-천부경이니 의미 그대로 하늘을 본뜬 말씀이라는 의미이니 하늘이 근본이라고 생각했습니다.

-자네는 역시 대단하네. 전체를 읽어가는 능력이 있네.

계연수가 이태집의 직관력을 칭찬했다.

-그렇다면 이번에는 왜 하늘의 마음을 가지고 있는 천지인이 셋으로 나뉘었을까?

이태집은 생각에 잠겼다. 시간이 흘렀다.

-존재방식이 달라서 아닐까요?

자신이 없는 목소리였다.

-부분적으로 옳다고 생각되네.

다시 계연수가 이태집에게 시간을 주었다. 이태집의 생각을 확인하기 위해서였다.

-모르겠습니다.

이태집은 더 이상 답을 하지 못했다.

－작동원리라고 할 수 있네. 자네가 말한 존재방식의 차이도 있지만 그것보다는 작동원리라고 할 수 있지.

－작동원리요?

－그렇지.

－국가가 만들어지고, 국가를 다스리고, 국가의 백성들을 교육시키는 것이 초기 국가를 만든 사람들에게 필요했던 덕목으로 보이는데 우리가 그랬지. 그것을 작동원리라고 했네.

－그렇군요. 천지인 중에서 근본이 되는 것이 결국은 하늘인데, 하늘에 대한 정의는 어떻게 보아야 하나요?

－그것은 천부경을 설명한 것이 〈삼일신고〉라고 본다면 〈삼일신고〉 첫장에 이렇게 하늘에 대해 썼네. 〈하늘은 얼굴도 바탕도 없고, 비어 있는 듯하나 두루 꽉 차 있어 있지 않은 곳이 없으며 무엇 하나 포용하지 않는 것이 없다〉고 했네.

－좀 막연하게 느껴집니다.

－그 말이 정답이라고 할 수 있네. 결국 하늘에 대한 정의는 추상적일 수밖에 없지만 결국은 하늘을 진리로 보고 있음이 확실하네. 천부경 81자 중에 일一이 무려 11번이나 나오네.

－와우. 그것까지 파악하셨어요.

－일一이라는 숫자는 천도를 말하고, 하늘에서 받는 천명을 말하고, 하늘의 법인 천법을 말한다고 할 수 있네. 너무 어려운 이야기를 하고 있

는 것은 아니겠지.

―제 생각엔 이 정도의 대화는 필요하다고 봅니다. 우리는 역사의 은자들 아닙니까?

―충분히 인정하네.

역사의 은자들이 알아야 하는 수준을 이태집이 농담을 담아 이야기하자 계연수가 흔쾌히 동의했다.

―일一이란 의미를 시작이라고 해석하고, 일一이란 의미를 끝으로 해석해도 되겠지요.

―우리의 의식 속에는 처음은 끝으로 이어지고, 끝은 다시 처음으로 이어진다는 원리를 담고 있지 않은가.

―그렇지요. 우리에게 자연은 순환이지 끝이 있는 것이 아니라는 것일세. 그러니 자네가 말한 일一은 시작점인 '시始'이기도 하고 종착점인 '종終'으로도 해석할 수 있는 걸세.

―그럼에도 언뜻 들으면 삼신三神이라는 말에서 우리는 신을 세 분 모시고 있나라고 생각하게 돼요.

―우리는 분명하게 일신一神으로 하나의 신만을 인정하지만 결국 현상세계에서는 삼신三神으로 돌아온다는 것을 알 수 있지. 우리에게 신은 자연이기도 하고, 정신이기도 하고, 하늘이기도 해서 사람 안에 신이 들어있다는 말을 어색하지 않게 받아들이는 면이 있네.

―아하. 그래서 신이란 말이 자연스러운 것이군요.

―그렇지.

-천부경 이야기만으로도 하루가 가는군요.

-그렇군. 오늘은 이만하세.

-다음에는 무엇을 말씀해주시겠어요?

-천부경의 전수된 내력에 대해 이야기 해보세.

밀정들이 홍범도의 집을 찾다

홍범도와 일행은 절에서 하루를 묵고 나와 북청의 옛 주둔지를 찾아갔다. 쓸쓸하고 황량했다. 정리되었던 터에 풀이 자라 주둔지였던 모습은 사라졌다.

-잠깐이군요.

-그렇네. 잠깐일세.

-의기가 넘쳤었는데 허전합니다.

태양욱과 홍범도 그리고 차도선이 한 마디씩 했다.

-지금 다시 의병을 일으킨다면 조국을 어디로 하시겠습니까?

태양욱이 의미있는 질문을 했다.

-조선 왕조는 아니겠지요?

홍범도가 대답을 잠시 보류하자 태양욱이 다시 물었다.

-글쎄. 생각해 보지 못했네. 조선왕조는 아니라고 보네.

홍범도가 잠시 생각한 후에 말했다.

─그렇습니다. 조선 왕조는 아닙니다. 백성을 5백년이나 사람 취급을 하지 않았습니다.

─열등한 나라로 만든 사람들이 바로 조선입니다.

태양욱과 차도선이 이어서 말했다.

─그렇다면 어느 나라를 조국이라고 할 수 있는가?

이번에는 홍범도가 두 사람에게 물었다.

두 사람도 역시 답을 하지 못했다. 하지만 현재의 조선왕조는 아니라는 생각은 확고했다.

조선에서는 많은 말들이 무성했다. 정말 경천驚天하고 동지動地 할 일들이 벌어지고 있었다. 그것이 대부분이 일본을 통해서 들어오는 과학이라는 문물과 문화 그리고 국가체제에 대한 것들도 넘쳐났다. 무엇인지 구체적이고 확실한 것은 아니었지만 자본주의라는 말도 처음 들어보고, 공산주의와 사회주의라는 말도 있었다. 무엇보다 조선인들의 눈을 번뜩이게 한 것은 민주주의라는 단어였다. 그리고 더 무서운 자유라는 단어였다. 백성이 주인이 되는 세상이 있다는 것을 알게 되었다. 그러나 그것이 어떤 것인지는 알 수 없었다. 왕이 아닌 백성이 주인이 되는 세상이 있다는 것을 들었다.

─조선은 거대한 혼돈입니다.

태양욱이 선언처럼 말했다.

─그렇네. 조선인은 난파선 위에 있는 사람들일세. 배에 구멍이 나 있는

데 돛과 노가 사라진 형국이라고 할 수 있네.

–그대로 가라앉을 수밖에 없군요.

홍범도가 조선의 상황을 이야기하자 차도선이 홍범도의 말을 받았다.

–나라가 없는 유민이 된 느낌입니다. 전혀 다른 세상을 만나고 있어 어리둥절하기만 합니다.

–나도 그래. 특히 공산주의, 사회주의, 자본주의라는 말을 이해할 수가 없어.

차도선이 이야기하자 태양욱이 받았다.

–공산주의는 모두가 같이 잘 살고 못살면 같이 못사는 것이라고 하는데 그것이 마음이 듭니다. 우리 같이 힘없는 사람들에게 좋은 제도인 듯합니다.

이번에는 차도선이 말했다.

–나는 자유가 있는 세상이 좋네. 내 마음대로 할 수 있잖아.

태양욱이 말했다.

홍범도도 마찬가지였다. 조선인들은 몇 년 사이에 조선왕조가 500년 동안 바뀐 것보다 더 많이 변했고, 상상할 수도 없는 세상이 열리고 있었다. 특히 노비가 사라졌다. 천민이 사라졌다. 적어도 제도적으로는 사라졌다. 그토록 염원하던 일들이 일어나고 있었다. 분명한 것은 조선왕조가 변하게 한 것이 아니라 외부세력에 의해 변하고 있다는 것을 조선 백성들도 알고 있었다. 실체는 알 수 없으나 엄청난 변화가 이루어지고 있었다. 변하게 하는 세력에 대한 호기심도 강했다.

-그래도 살기 좋은 세상이 왔습니다. 지금도 대우받는 사람은 아니지만 우리 같은 포수는 천민이었지요.

-그랬지.

태양욱의 말에 홍범도가 받았다.

-지금도 자유롭지 않지만 백정이나 갖바치 그리고 수많은 재인들이 사람대우를 못 받았지요. 오죽하면 임꺽정이 도적으로 변했겠어요.

-그렇지.

-많이 사라졌지만 양반이 가마 타고 지나가면 땅바닥에 머리 박고 지나가길 기다려야 하는 것이 현실 아닌가요.

차도선이 마음에 감정을 실어 이야기하자 홍범도와 태양욱이 마음에 맺혀있던 것을 털어놓았다.

나이 든 백정이라도 양반 자제에게 반말을 하면 끌려가 멍석말이를 당하는 세상이었지. 분명 세상은 변하고 있어요.

태양욱이 목소리에 힘을 넣어 말했다.

-그만 가세.

-그래야지요.

불만을 이야기하면 감정이 나서 화가 나기도 하는 것을 알아챈 홍범도가 슬며시 말을 끊었다. 홍범도가 방향을 틀며 걸어가며 말하자 태양욱이 따라가면서 말했다.

-그래도 돌아갈 집이 있다는 것이 고맙습니다.

차도선이 이어서 따라오며 말했다

홍범도가 집에 도착할 즈음 집 근처에 낯설고 수상한 사람 둘이 목격되었다. 숨어서 두 사람을 살폈다. 농사를 짓거나 산촌에 사는 사람 같지 않았다. 말쑥한 차림이었다.

홍범도의 집 앞에서 안을 들여다보고 있었다.

-누구냐?

망을 보고 있던 한 사람이 숨어서 살펴보고 있는 홍범도를 목격하고 소리쳤다. 그러면서 주머니로 손이 들어가는 것이 보였다. 분명히 총을 꺼내려는 자세였다. 홍범도가 먼저 준비하고 있던 권총을 꺼내 쏘았다. 그대로 고꾸라졌다. 집안을 들여다보던 한 사람이 도망하며 권총을 꺼내들고 쏘았다. 홍범도가 몸을 숨기는 동안 쓰러졌던 한 사람이 다시 일어나 도망갔다. 두 명의 공격을 받을 경우 위험할 것 같아 추격을 멈추고 담을 넘어 들어갔다.

안에는 아내와 아이들이 다 있었다.

-얼른 자리를 피해야 해요.

-예. 알았어요.

얼른 일어나요. 너희들은 아버지를 따라오고.

겁을 먹은 아내와 아이 둘을 데리고 밖으로 나왔다. 그리고 자리를 피했다.

-어디로 가는 거예요?

-우선 급한 대로 알고 있는 대피처로 가야겠어요. 도착한 후에 다시 생각해 보기로 해요.

아내는 고개를 끄덕이면서 따라나섰다. 홍범도는 세 사람을 이끌고 대피처를 찾았다. 긴급한 상황이 발생할 경우 집합장소로 마련해 두었던 집이었다. 아직 한 번도 사용해 보지 않은 공간이었다.

안전하게 자리를 잡은 후에야 서로의 얼굴을 편하게 바라보았다.

－무사했으니 다행이에요.

－다행이에요.

홍범도의 이야기에 아내가 받았다.

－오늘 아이들에게 당신을 찾는 사람이 있었대요.

－그랬군요. 천만 다행이에요.

아내의 말에 홍범도는 다시 다행이라는 말로 받았다.

－그럼 우리는 어떻게 하지요?

－안전한 곳으로 자리를 알아 봐야지요.

아내의 걱정에 홍범도가 아내를 안심시켰다.

－당신을 노리는 사람이 있으니 두려워요.

－걱정하지 않아도 돼요. 호랑이를 잡던 포수 출신인걸요.

－당신을 믿어요.

－그래요. 당신의 남편은 어떤 환경에서도 살아남을 사람이에요.

홍범도의 아내와 홍범도의 대화에는 서로에 대한 걱정과 위로가 담겨 있었다.

나철, 교육과 종교 사이에서 갈등하다

나철은 분주했다. 나철 자신의 결정이 조선인이 갈 길을 예정할 수 있기를 바라는 마음이 컸다. 흔들리는 조선과 조선인을 위하여 일조할 수 있기를 바랐다. 그것이 교육이든 민족종교의 부활이나 교육 중에서 찾아야 하는 기로에 있었다.

나철은 평소에 친분이 있고 나라 걱정을 하고 있는 사람들과 약속을 하고 만나기로 했다. 몇 번 만났던 사람들이었다. 북촌 재동에 있는 취운정에서 오기호, 강우, 유근 등이 나왔다. 의견을 나누는 자리가 되었다. 나라를 걱정하는 마음으로 밤잠을 설치는 사람들이었다.

모임의 주도는 나철이었다.

─이번 모임에서는 방향설정이 이루어져야 한다고 생각합니다. 여러분의 의견을 듣고 싶습니다.

나철이 개회선언을 하듯이 모임의 성격을 설명했다.

─종교적인 선택이나 교육 강화를 선택하거나 우리의 목표는 국권회복이라고 생각합니다. 제 생각에는 효과가 강한 것을 선택하는 것이 명분을 선택하는 것보다 우선이라고 생각합니다.

─전적으로 우리에게 꼭 필요한 말입니다.

나철의 실리적인 생각을 듣고 유근이 말했다. 유근은 호가 석농石儂으로 경기도 용인 출신이었다. 유근은 사회활동가였다. 독립협회에 가입하여 계몽운동의 일환으로 열리는 각종 토론회를 지도하고 있었다. 독립정신을 고취하며 민족계몽에 앞장서 갔다. 유근은 또한 남궁억, 나수연, 장지연 등과 함께 국한문을 혼용해 발행한 〈황성신문〉을 창간한 인물이었다. 바쁜 중에도 참석했다.

－지금 조선이 타고 있는 배는 방향을 잃은 것이 가장 뼈아픈 일입니다. 그래서 조선에 필요한 것은 방향설정에 필요한 근본을 찾아가는 것입니다. 근본에는 역사보다 좋은 것은 없어 보입니다. 우리의 역사에는 정신과 철학이 담겨 있어 더없이 필요한 것입니다.

오기호가 마음을 담아 열변을 했다.

－우리 역사가 사유와 성찰을 담고 있다는 것을 홍암에게서 듣고 나는 감동 받았습니다. 저는 어떤 방법이든 같이 할 의향이 있습니다.

강우姜虞였다. 충청남도 부여 출신으로 한학에 정통한 사람이었다. 호는 호석湖石으로 인품이 뛰어나고 행동력도 갖춘 인물이었다.

－두 분의 호가 같습니다. 돌이 들어가 있습니다. 유근은 석농石儂, 강우는 호석湖石으로 닮았습니다.

오기호가 유근과 강우의 호의 유사성을 찾아 말했다.

－두 분의 호가 무언가 비슷한 것을 말하고 있는 듯합니다. 석농石儂은 '나는 돌, 돌은 나' 라는 의미 그대로입니까?

－그대로지요.

나철이 묻자 유근이 받았다.

－한 분은 '나는 돌' 이라고 하시고, 또 한 분은 '나는 호수의 돌' 이라고 하시니 재미있습니다.

모두 함께 웃었다.

—홍암弘巖도 다르지 않습니다.

—그렇군요.

오기호의 말을 유근이 동의하며 받았다.

—그렇군요. '큰 바위 산'이니 큰 돌이군요.

—정말 돌들의 합창입니다.

다시 한번 모여 있는 사람 모두 웃었다.

—나라가 망해 가도 살아가야 하는 것은 똑같습니다. 먹고, 자고, 웃고, 떠들고 하는 것이 달라지지 않습니다.

—그럼요. 망국의 왕도 살아가고, 쫓겨난 왕도 살아야 합니다. 또한 백성은 살아가야 합니다. 그것이 세상이치지요.

유근의 말에 강우가 받아서 동조했다. 가벼운 듯, 무심한 듯 던진 말에는 많은 의미를 담고 있었다. 반정의 마지막 왕도 잡혀가 늙어죽었다. 인조에게 쫓겨난 조선의 왕 광해군도 늙어서 죽었다. 설명하지 않았지만 여러 사연을 담고 있었다.

—오늘은 방법을 토의하려고 뵙자고 했습니다. 제가 생각하고 있는 것을 말씀드리겠습니다. 하나는 우리의 전통종교를 회복시키는 작업입니다. 또 하나의 방법은 학당이나 고대에 있었던 우리의 교육기관인 경당을 부활시키고자 하는 것입니다. 문제는 둘 다를 하는 것은 어렵고 일단 하나를 선택해야 합니다. 의견을 바랍니다.

나철이 차분하게 설명했다.

－학당이나 경당 설립은 이해가 가는데, 전통종교의 회복에 대해서는 설명이 필요한 듯합니다.

유근이 나철의 설명에 전통종교의 회복에 대해서 구체적인 설명을 부탁했다.

－제가 설명하기에 부족한 점이 있지만 해보겠습니다. 이렇게 말씀드리는 것에 문제가 있음을 압니다.

확실하고 정확하게 설명할 수 있어야 하는데 아직 배우고 있는 내용이라 부족하다는 의미였다.

－저희가 몇 차례 만나면서 우리의 역사와 정신을 설명한 바 있습니다. 우리는 위대한 전통을 가졌습니다. 첫째 사람이 곧 하늘이라는 인간 존중을 가진 민족이라는 점입니다. 진정 인류에게 필요한 정신입니다. 둘째 사람을 널리 이롭게 하라는 홍익인간의 국가관을 가진 민족입니다. 우리만 잘 살자는 것이 아니라 만민이 함께 잘 살자는 대국적인 철학을 가지고 있습니다. 셋째 하늘에 제사 지내고, 조상을 받들라는 사람으로서 가져야 할 기본적인 성품을 가르치는 사상이고, 철학입니다. 이것을 조선민에게 가르치고 가슴에 품도록 하자는 것입니다. 경당이 교육이라면 전통종교의 장점은 정신만을 가르치는 것보다 실천력이 있고 마음 안에 각인시키는 것이 종교의 회복입니다.

나철은 웅변하듯이 설명했다. 설득력이 있는 목소리와 청중을 휘어잡는 능력을 나철은 가지고 있었다.

－반대할 수가 없게 하는 능력을 가졌어요.

―나는 홍암의 생각이 좋아요.

―굳이 교육적인 면은 얼마든지 만들 수 있고, 실행이 어렵지 않으니 새로운 방법인 종교회복을 목표로 하는 것이 좋습니다.

모두 한 마디씩 찬성의 뜻을 표했다.

―여러분께서 찬성해 주셔서 감사합니다. 일단 방향을 정했으니 적극적으로 실천방안을 만들어 보도록 하겠습니다.

나철은 힘이 솟았다. 고맙게도 자신이 추진하는 방향을 인정해주어 부담을 덜었다. 이제 시작이었다. 자신이 할일은 너무 많았다. 첫째 더 역사공부에 매진해야 했다. 둘째는 이기와 더불어 역사학당의 가족들의 도움이 필요했다. 도움을 요청해야 했다. 셋째는 이론적인 체계가 필요했다. 거기에 공간이 필요했다. 당장 해야 할 일만 해도 넘쳤다. 혼자할 수 있는 일은 없었다. 심지어 공부하는 것도 이기나 계연수의 도움이 없이 더 나아갈 수가 없었다. 이기도 바쁜 사람이고, 계연수는 집필중인 사람이었다. 그럼에도 도움을 요청해야 했다. 나철은 방향이 결정되자 바로 계연수를 찾아갔다.

천부경은 환국에서부터 내려왔다

천부경의 전해진 내역은 아슬아슬 하다고 할 수 있네. 수천 년을 끊어지지 않고 이어져 왔다는 것만으로도 고맙고 감사한 일이지.

–정말 그렇습니다.

계연수와 이태집이 전생의 부부라도 되는 양 붙어 있었다.

–천부경 천제환국 구전지서 天符經 天帝桓國 口傳之書라고 적고 있네. 천부경은 환국의 천제로부터 입으로 전해져 내려왔다는 말일세.

–그곳을 천산으로 보시는 거지요?

–그렇네.

인류문명의 발상지로 천산의 환국을 말하고 있었다.

–좀 더 자세한 기록은 없나요?

–배달을 건설할 때 문자와 역사를 기록한 담당자 신지혁덕이 사슴 발자국을 보고 녹두문을 만들어 최초로 천부경을 기록했다는 기록이 있네. 그리고 오소리강, 지금의 우수리강이 흘러내려오는 곳이다, 라고 적었지.

–문자의 출발이 사슴의 뿔이라고 할 줄 알았는데 사슴 발자국이라고 하시니 정신이 바짝 납니다.

–그렇게 생각하는 것이 일반적이라고 할 수 있지. 우리의 기록에는 문자를 만들었다는 기록이 여러 번 나오네. 그것에 대한 이야기는 다음에

하세.

−좋습니다.

−고조선의 11세 도해단군 때 도해단군과 백성들이 천제를 올리며 천부경을 다함께 낭송했다는 기록이 전하지. 그러면서 천부경을 논하고 〈삼일신고〉를 강론했다고 했네. 천부경과 삼일신고는 하나의 짝이었지.

−국가의 가르침의 원전이라고 할 수 있겠군요.

−그렇지. 고조선이 무너지고 고구려 때에도 전통은 이어졌네. 다물흥방지가多勿興邦之歌를 보면 군인들이 전부 천부경을 노래한 것을 알 수 있네. 또 대진국 4세 문황제가 태학에서 천부경과 〈삼일신고〉를 강론했다고 했네.

−신라나 백제 쪽에서는 기록이 없나요?

−신라에 여러 부족이 방장산 즉 방호선의 굴에서 칠보의 옥을 캐내어 천부를 새기고, 그것을 방장해인方丈海印이라 했다는 기록이 〈징심록〉과 〈부도지〉에 있네.

−그 이후로는 기록이 없나요?

−그렇지 않네. 끊어질 듯 이어져 내려왔네. 최치원 선생에게서도 보이고, 점점 흔적이 사라져가네. 지금의 조선 왕조에는 흔적만 남네. 격암유록에 '천부경은 진경'이라는 말과 〈문원보불〉에 '천부보전天符寶篆'이라는 기록이 있네. 왕도 천제를 올렸다는 기록일세.

−아니 조선의 왕이 천제를 올렸다고요?

−그렇네. 〈황해도 구월산에 환인 환웅 단군왕검을 모신 사당이 있다.

정조가 그곳에서 치제를 올렸는데 제문에서 천부경을 천부보전이라 했다〉는 기록일세.

-놀랍네요. 조선의 왕이 천제를 지냈다니.

-물론 약식이었을 것으로 추정되네. 하지만 약소국 조선의 왕으로서 마음 안에는 웅혼함을 가졌겠지.

인생이 겨우겨우 살아가는 것이듯 천부경도 겨우겨우 이어져 내려왔음을 설명했다.

-살아남아서 지금 제 안에 들어왔다는 것은 거의 기적에 가깝군요.

-나도 그렇게 생각해. 하늘의 가르침과 우리의 정신을 잊지 않고 만날 수 있음에 감사하지.

-무엇보다 위대한 경전이란 생각을 하게 됩니다. 81자의 기적이라고 해야겠습니다.

-그말 좋다. 81자의 기적!

-해석하는 사람마다 다르다는 경전이지만 그것이 도리어 무궁한 내용을 품어 안을 수 있으니 그것도 고마운 일입니다.

-천부경은 환국의 이념이었기에 세계 인류의 경전이라고 해도 부족하지 않아. 왜냐하면 환국이 12국으로 만들어진 연합국이었고, 또한 9개 부족의 연합이라는 점에서 인류의 문화경전이라고 해도 부족하지 않지.

계연수는 감격스러운 표정으로 말했다. 이태집도 마찬가지로 흥분된 마음이었다.

-무엇을 하고 계시나?

감동의 분위기를 깬 것은 나철이었다.

-어서 오게.

-어서 오세요.

계연수와 이태집이 나철을 반겼다.

-나도 끼워 주게.

나철이 마루에 앉으며 말했다.

-환영하네.

-언제든 좋습니다.

역시 계연수와 이태집이 나철의 합세를 반겼다.

-무슨 이야기를 그렇게 즐겁게 했나?

-천부경 이야기입니다.

-살짝살짝 목마른 사람에게 목만 축이게 한 천부경이구만. 오늘 본격적으로 공부해 보세!

나철의 목소리에 생기가 돌았다.

-9자씩 9줄로 만들어진 것을 많이 봐서 그것이 정상이라고 생각하지만 해석에는 틀이 없다고 해야 하네. 사람에 따라 다르지만 일반적으로 세 부분으로 나뉘어 있다고 할 수 있지. 상경 중경 하경으로 나누네.

-천부경을 한 글자로 하면 무엇이라고 할 수 있나?

나철이 묻자 계연수는 갑자기 지난번에 만났던 두 사람을 떠올렸다. 단목도사와 생거도사를 이관집과 함께 만나서 생거도사 집에서 묵었던 기억이었다.

＊

−불교를 한 글자로 줄이면 무엇이라 생각하는가.

−마음 심心입니다.

생거도사의 질문에 계연수와 이관집이 같은 답을 내놓았다.

−그렇지. 유교를 한 글자로 표현하면 뭘까?

−예禮가 아닐까요.

−인仁입니다.

생거도사의 질문에 이관집은 예禮를, 계연수는 인仁을, 답으로 내놓았다.

−나는 서라고 생각하네.

−서라면 충서忠恕를 말씀하십니까?

생거도사의 서라는 말에 이관집이 되물었다.

−충서忠恕에서의 서恕는 공자가 인仁을 말할 때 내가 가진 마음과 같은 마음으로 상대를 대하라는 의미를 말할 때 사용하던 서恕이고 나는 차례 서序를 말하네.

계연수와 이관집이 의외라는 표정을 지었다.

−유교에서 예禮는 방법일세. 유교를 실천하는 법으로서 예지. 그리고 유교의 인仁은 유교의 목표일세. 불교가 자비라면 유교는 어질 인이라고 할 수 있지. 질서있는 세상을 주장했다고 보는 걸세.

계연수와 이관집이 생거도사의 말을 인정했다.

－나는 유교를 한 마디로 줄이라고 하면 차례 서序를 꼽네. 유교는 모든 것을 대소大小, 상하上下, 선후先後, 장단長短으로 나누네. 그래서 예라는 실천방법으로 작은 것이 큰 것을, 아랫사람이 윗사람을, 나중에 난 것이 먼저 난 것에 대해 예를 갖추고 존중하도록 하네. 그것을 인仁으로 하라고 하지.

계연수와 이관집이 생거도사의 말을 다시 인정했다. 옆에서 듣고만 있던 단목도사가 말했다.

－우리의 역사를 한 마디로 줄이면 무얼까?

－이건 더 어렵습니다.

－그런가.

이관집의 볼멘소리에 단목도사가 말없이 있었다. 생각해 보라는 시간이었다.

－사람 인人이 아닐까요.

－정답이 있는 것이 아니라 생각해 보자는 걸세.

계연수가 정한 답에 대해 단목도사가 말했다.

－저는 지을 조造로 하겠습니다.

－그렇다면 설명해보게.

사람인人을 선택한 계연수가 먼저 설명했다.

－천지인 중에서도 사람은 클 태太를 써서 태일太一이라고 했습니다. 사람을 강조한 것도 있고, 사람에 대한 강조가 여러 곳에서 보이기 때문

입니다.

계연수가 자신의 이론을 이야기했다.

-제가 만들 조를 선택한 것은 건국도 만드는 것이고, 문명 창조도 만드는 것이기 때문에 만든다는 의미로 조造를 생각했습니다.

이번에는 이관집이 자신의 생각을 설명했다.

-모두 좋은 생각이고 결론일세. 나는 하늘 천을 선택했네. 하늘 천을 선택한 것은 결국은 하늘에서 시작하고 하늘로 매듭짓는 것에서 찾았네.

단목도사가 잠시 말을 쉬었다가 이어서 말했다.

-하늘에서 와서 다시 돌아가는 곳이 하늘이고, 그래서 우리는 천손민족이라고 하네. 또한 우리의 정신적인 푯대라고 할 수 있는 천부경도 마찬가지로 하늘의 뜻을 그대로 지상에 펼치는 것으로 되어있네. 원천이 하늘일세. 건국도 하늘의 뜻을 실천하는 것이고, 한민족의 정신선언이라고 할 수 있는 천부경도 하늘의 뜻을 그대로 옮겨놓아 부합되는 것으로 보았기 때문일세.

또한 진인사대천명盡人事待天命이라고 하여 사람이 노력을 다하고 하늘의 뜻을 기다린다고 하네. 하늘이 기준일세.

-말씀을 들으니 하늘 천이 훨씬 명확하다고 느껴집니다.

-갑자기 뭔 생각을 하세요.

이태집이 잠깐 생각에 잠긴 듯한 계연수를 보고 말했다.

－지난번에 만났던 분이 생각났네. 그때도 한 글자로 정의를 내려 보자는 시도를 했거든.

－무슨 이야기인데요?

이태집의 물음을 받아서 계연수가 자세하게 상황설명을 해주었다.

－그것의 연장선이라고 보면 되겠군.

나철이 말했다.

－우리도 해보세.

나철의 생각을 계연수가 받아 동의했다.

－그러면 자네부터 해보게.

나철이 계연수에게 먼저 할 것을 청했다.

홍범도 이사하다

홍범도는 이사를 결정했다. 이사를 한 지 얼마되지 않았음에도 이미 밝혀진 이상 이사를 해야 했다.

－내가 우리 가족을 힘들게 하네. 미안해요.

－아니예요. 큰 사람은 큰 일을 하는 거예요. 우리의 고난은 누구에겐가 행복으로 돌아갈 거예요.

－그렇게 말해줘서 고마워요.

-언제나 당신 생각하면 힘이 돼요. 당신은 내게 산인 걸요.

아내가 남편을 응원했다. 홍범도에게는 어느 누가 칭찬해주는 것보다도 힘이 되었고 진정으로 감사했다. 아내가 자랑스러웠다. 안으면 참새처럼 작았지만 홍범도에게는 봉황이었다. 정신적으로 힘을 주는 사람이었다.

-하던 일마저 서둘러요.

홍범도의 아내가 홍범도를 재촉했다. 아이들도 엄마 아빠를 도와 짐을 나르고 땔감을 날랐다.

-이곳은 편할 거예요. 우리만 입을 다물면 찾기도 어려울 거고요.

이사한 곳은 도시였다. 원주에서 조금 벗어난 곳으로 사람의 발길이 뜸했지만 도시와 인접해 있어서 옆집 사람에 대한 관심이 없었다. 도시가 좋은 점이었다.

-아버지 무거워요.

큰 나무여서 혼자 들기 힘들어 하는 둘째 용환이가 소리쳤다.

홍범도 혼자 들어도 좋지만 함께 들어주었다. 둘이 옮기는 즐거움이 있었다. 홍범도는 아이들이 자신에게 불러주는 아버지라는 말이 행복하게 했다. 아내와 두 아들이 대견스러웠다. 자신은 고난의 길로 몰아가면서 가족의 평화를 걱정하는 어긋난 행동을 바라보았다. 참, 인생은 어긋나면서 외길로 가는 것이구나, 라는 생각을 문득 했다.

-아버지 이것 좀 도와주세요.

이번에는 큰 아들 양순이가 절구를 들면서 도움을 요청해 혼자 생각에서 깨어났다.

-이것이 행복인데.

홍범도는 다시 자신의 생각에 젖었다.

나와 가족 그리고 국가라는 관계를 생각했다. 답이 나오지 않았다. 개인의 희생으로 국가가 유지되어야 하는가. 국가는 개인을 어떻게 책임져야 하는 것인가. 평소와 달리 갑자기 많은 생각이 지나갔다. 평소의 홍범도가 아니었다. 행동력이 뛰어나고 직설적인 면이 있던 홍범도였다. 말보다 행동하는 사람이었다.

-당신, 오늘은 달라요.

아내가 가까이 와 이야기할 때 갑자기 자신이 평소와 다른 것을 깨달았다.

-으응. 내가 그랬나.

혼잣말로 중얼거린 듯이 말했다.

-무슨 걱정이 있으세요?

-아니. 이사를 하면서 걱정했는데 무사히 이사를 했고, 우리 가족을 보고 있으니 마음이 행복해서 그래요.

진정이었다. 가족은 감사한 공동체였다. 함께 하면서 서로 기대고, 있는 것만으로도 흐뭇하게 하는 힘이 있었다. 언제 깨질지 모른다는 생각을 하니 마음이 무거웠다. 피해서 이사를 한 것이었다. 밝혀지지 않아야 했다. 숨어서 사는 것을 의미했다. 잘못한 것도 없으면서 숨어 사는 신세가 되었다.

-저는 믿어요. 누구의 삶도 자유롭지 못하다는 걸요.

홍범도가 아내의 다음 말을 기다렸다.

-태어난 이유로 부터요.

-태어난 이유요?

아내의 말을 홍범도가 되물었다.

-예. 저는 영혼이 육체를 지배해서 사는 것이라고 생각해요.

홍범도는 다시 아내의 다음 말을 기다렸다.

-어디에선가 먼 곳에서 온 영혼이 우리가 살고 있는 세상에 있는 육체를 빌려 입은 것이라는 느낌을 가져요. 무언가를 이루기 위해서지요. 그것을 실현하는 것이 인생의 목적이지요.

순간 홍범도이 머리에서는 많은 말들이 지나갔다. 나는 왜 태어났을까, 무엇을 해야 하는 것일까, 우리가 지금 만나고 살고 있는 가족이란 무엇일까.

-고민하실 필요 없어요. 마음이 시키는 일이 태어난 이유일 가능성이 많아요.

아내의 말이 다시 홍범도를 현실로 돌아오게 했다.

-당신은 무엇을 하러 왔어요?

-당신을 만나러요.

순간 홍범도는 멍해졌다.

-이번 생은 당신을 도우러 온 것 같아요. 많은 생각을 했어요. 당신이 나가 있는 동안.

나가있는 동안이란 것은 의병활동을 시작해서 목숨을 걸고 나라를 위하여 투쟁할 것을 선언하고 행동으로 옮긴 때를 두고 한 말이었다.

－당신은 끝까지 자신은 버리고 나를 위하여 살아주는 군요.

아내에게 고마웠다. 자신이 없는 동안에 아이들을 챙기며 살아가는 모습이 안타까우면서 고마웠다. 싫은 내색 하나 없는 단단한 여인이었다.

천부경을 한 글자로 말하면

천부경을 한 글자로 하면 무엇이라고 할 수 있나, 라는 질문에 대한 답을 계연수에게 요청하자 계연수는 단번에 답했다.

－ '일一' 이지.

－이유는?

나철이 '일一' 인 이유를 물었다.

－천부경은 하늘을 세상에 옮겨 놓겠다는 선언이라고 나는 보네. 그래서 하늘의 숫자인 '일一' 이 가장 중요한 글자라고 할 수 있지. 그리고 하나는 출발이면서 마지막 귀결이라고 할 수 있네. '일一' 이 하늘이고, '이二' 가 땅이고, '삼三' 이 사람일세.

-설명이 마음에 쏙 들어오네.

나철이 자신의 마음을 설명했다.

-일一부터 '십十' 까지 숫자가 31번 나오네.

-와아. 대단하십니다. 그것을 세어보셨어요?

계연수의 말에 이태집이 감탄하며 물었다.

-세어봤지. '일一' 이 11번으로 가장 많이 나오고, 다음은 '삼三' 이 8회 나와.

-대단하구만.

계연수가 숫자가 나오는 횟수를 말하자 나철도 놀라워했다.

-상당히 철학적이어서 천부경이 천 년을 넘어, 몇 천년을 이어온 것이라고 믿네. 새겨 볼수록 심오하거든.

-가엾은 중생에게 설명해보게.

나철이 은근 농담처럼 주문했다.

-일시무시일一始無始一은 '一始無始' 로 끊어 해석하기도 하고 다섯 글자 전부를 이어서 보기도 하는데, 여기서 "시작인 '하나一' 는 무無"라는 해석에서 오묘해지고 막막해지게 하네. 더 막막한 것은 이어서 해석했을 때일세.

나철과 이태집은 계연수의 말을 기다렸다.

-어렵다고 할 수 있지. "시작인 '하나一' 는 무無인데, 무에서 다시 시작하는 하나다."

-아리송하군.

계연수의 설명을 듣고 나철이 감회를 이야기했다.

−무無는 없는 것이 아니라 '비어 있되 가득 차 있는 것'으로 해석해야 하네. 허虛는 비어 있는 공간이고, 무無는 '가득 찬 비어있음'으로 해석해야 한다는 것일세. 무엇으로 가득 차 있느냐?

나철과 이태집이 다시 계연수의 다음 말을 기다렸다.

−기氣, 즉 기운일세.

−불교에서 말하는 공空과 비슷하게 보아야겠군.

−부분적으로 그렇다고 할 수 있네.

계연수의 설명에 나철이 불교에서 말하는 공空과 연관시켜 말하자 계연수가 인정했다.

−있는 것과 없는 것을 다른 것이 아니라 하나로 보았다는 점이 우리의 특별한 점이라고 생각되네.

나철이 무無와 공空이 비어있으나 가득 차 있다는 사상을 이야기했다.

−우리 조상들은 수련을 통해서 공간에도 어떤 힘이 있다는 것을 몸으로 체득했지. 그것은 수행을 하다보면 깨우치게 되는 세상일세.

−나도 요즘 수련을 해보니 느낄 수 있었네. 큰 것을 깨달았지.

계연수는 직접 느낀 것이었다. 그리고 나철도 이기의 권유에 의해 열심히 수련을 하면서 몸으로 느낀 것을 말했다.

−우리 민족은 이미 오래 전에 이미 수련과 수행을 통해서 우주의 원리를 깨우친 것으로 보아야 하네. 그 원리가 우리의 일상생활뿐만이 아니라 사상과 철학에도 그대로 녹아있네. 예를 들면 '기가 찬다. 기운이

빠진다. 기진맥진하다. 기막히다' 같은 일상 언어가 수행분화에서 출발했다고 볼 수 있네.

－그렇군.

계연수의 말을 나철이 받았다.

－ '기똥차다' 라는 말도 있어요.

이태집이 농담 삼아 말하자 모두 웃었다.

－기는 천연의 생명력이라고 할 수 있지.

－기의 흐름을 원활하게 해주면 몸의 병이 자가 치유됩니다.

개연수와 이태집이 기에 대해 이야기했다.

계연수와 이태집은 오래 전부터 선 수련을 하고 있어 기의 흐름을 잘 알고 있었다.

－기가 몸을 한 바퀴 도는데 약 2시간 정도 걸리네.

－그것이 느껴지나?

－하다보면 알 수가 있네. 기도로 순행循行이 되는 것을.

－아하. 그렇군. 고수구만.

계연수가 기가 한 바퀴 도는데 2시간 정도 걸린다는 말에 나철은 놀랐다.

－앉아서 운동한다고 생각하면 되나?

－그 말도 맞네. 가부좌를 틀고 앉아서도 운동 부족을 못 느끼는 것이 바로 선 수련 덕분일세.

나철은 관심이 많았다. 그리고 실행을 하면서 새로운 것을 깨우쳐 가면서 더욱 궁금한 것이 많았다.

―얼마나 해야 그 정도 경지에 올라갈 수 있나?

―그것은 기간하고 별 관계가 없네. 개인별 능력에 따라 현저하게 차이가 나네. 자네 같은 정도면 곧 느끼게 될 걸세.

―위로하려는 것인가, 사실을 말하는 것인가?

계연수의 설명을 나철은 믿지 못했다.

―자네는 집중력이 뛰어난 사람이라 빠르게 진전을 볼 걸세.

―그건 저도 그렇게 생각합니다.

계연수와 이태집이 다시 확신에 찬 목소리로 말했다.

―힘을 주어서 고맙네.

나철이 계연수와 이태집의 말에 고마움을 전했다.

―구좌생선久坐生禪이란 말이 있네. 오래 앉아 있어야 선禪이 생기고, 그것이 마음을 씻어주고, 정화한다는 말일세. 선禪은 몸을 운동시키는 것이면서 마음을 움직이는 것일세.

―참 어렵네. 몸을 운동시키면서 제 자리에 앉아있고, 마음을 움직이면서 마음이 고요해야 한다고 하니 그렇네.

―마음이 움직이는 것을 바라보는 것이 큰 힘이 되네.

―해보겠네. 무無는 '가득 찬 비어있음'으로 해석해야 한다는 것이 그대로 선수행에 적용되는구만.

계연수의 말에 나철이 마음을 담아 받았다.

―바로 그걸세.

계연수가 나철의 생각이 바로 선수행이고, 천부경의 내용임을 확인시켜 주었다.

-그래서 사람이 하늘과 땅을 품어 안은 존재로서 세상의 역사를 이끌어가는 주도자이면서 완성자로 보는 걸세. 그래서 세상을 완성하는 존재가 바로 사람이고, 세상의 중심은 바로 사람의 마음으로 보는 것일세.

-놀랍네. 세상의 중심이 바로 마음자리라고 하니!

계연수의 설명에 나철이 목소리를 높였다.

이기, 이상룡에게 활동비를 요구하다

이기는 분주했다. 역사학당에도 들리지 못하고 사람들을 만나 환족의 역사를 조선인에게 알리기 위해 종교 회복과 교육 중에서 어느 것을 최종적으로 선택할 것인가를 논의 했다. 나철은 나철대로 이기는 이기대로 사람을 만나고 다녔다.

이기는 현실적인 사람이었다. 그리고 실천력이 뛰어났다. 나라를 위해서 할 수 있는 일이라면 발을 벗고 나섰다. 이기의 사명은 역사에 있었지만 정치와 조선의 제도에 대해 많은 관심과 열정을 가지고 있었다. 물론 심중에는 역사가 있었다. 그러나 역사는 드러내지 않았다. 역사와 손이 닿아 있는 사람들에게만 열려있는 문이었다.

하지만 현실적인 문제에도 적극적으로 다가갔다. 조선을 지탱하는데 중요한 것이 땅의 배분이었다. 국가 운영의 중요한 문제가 농업에 달려 있었다. 농업이 주된 산업이었다. 농사를 지을 땅의 문제는 전제田制를 바로잡는데 있었다. 나라의 이용을 잘하는 것이 결국은 전제개혁이라 고 생각하고 있었다.

탁지부대신 어윤중을 찾아가 건의했다.

−조선을 살리는 일은 전제田制에 있습니다.

−그래서 전제 개혁 작업에 들어갔습니다. 고마운 말씀이십니다. 관심 을 가져주어서 감사합니다.

이기의 발언에 어윤중은 공감과 감사를 전했다.

−국법이 백성을 가난하게 하려는 의도를 가진 적은 없습니다. 다만 권 력을 가진 사람들이 약자의 땅을 빼앗아 가는데 있습니다. 무엇보다 정 확한 실측에 의해 약자에 손해 보는 일이 없어야 합니다.

−그 일을 실천하는 데는 해학 같이 정확한 선비가 필요합니다. 도와주 셨으면 합니다.

전국의 토지 측량을 위해 양지아문量地衙門이 설치되었을 때 양지위원에 임명되어 충남 아산의 토지를 실측할 때 이기가 역할을 했다. 농민들의 생활을 안정시키고 기울어 가는 국세를 회복하기 위해 토지개혁이 꼭 필요하다는 의견을 개진하고, 부분적인 성과를 얻어내기도 했다.

이기는 토지를 정확하게 측량해 지주의 횡포를 줄여 농민의 고충을 덜

수 있게 했다. 나라의 세수를 늘려 국가부강에 도움이 되도록 했다. 누가 뭐라고 해도 이기는 실천하는 실학자였다. 애국계몽운동가로서 농민생활 안정을 위한 현장의 실천가였다. 그럼에도 이기는 매번 벽에 부딪혔다. 개혁을 위한 준비가 되어 있었지만 꿈을 펼칠 수가 없었다. 힘을 가진 만큼만 세상을 바꿀 수 있음을 이기는 현장에서 깨달았다. 세상은 내 뜻대로 되지 않았다. 그럼에도 내 소신대로 추진한다는 것이 이기의 인생관이었다.

이기는 답답한 마음에 한양을 혼자 걸었다. 빡빡한 일상이 이어지고 있었다. 겉으로 보기에 한양과 조선은 달라진 것이 없었다. 근본적으로 사람이 살아가는 모습은 별다르지 않았다. 일상이란 것이 그랬다. 아침에 일어나 일터로 가고, 일터에서 일하다 저녁이 되면 집으로 돌아와 잠을 자고 다음날은 같은 행동이 반복된다. 그럼에도 세상은 변했다. 조선은 거대한 변화의 바람에 직면하고 있었다.

불과 얼마 전에 있었던 일들을 떠올렸다. 그것도 예상하지 못했던 일이었다. 한성사범학교관제를 공포하고 1895년 4월 학교가 설립되었다. 학교 설립 목적은 교관教官을 양성하기 위한 조치였다. 이기가 간여하게 되었다. 직원은 학교장 1명, 교관 2명 이하, 부교관 1명, 교원 3명 이하 및 서기 1명을 두었다. 입학 자격은 본과는 20~25세, 속성과는 22~35세로 규정되어 이기가 담당하기에 좋았다. 교과목은 수신 국어 한문 교육 역사 지리 수학 물리 박물 화학 습자 작문 체조 등을 가르쳤다. 속성과에서는 수신·교육·국문 및 한문 역사 지리 수학 이과 습자 작문 체조가 과목이었다. 조선의 교육이 근본적인 변화를 맞이하는 새로운 교육편제였다. 이기는 교관으로 중요한 자리였다. 생도의 교육을 담당하는 일을 맡았다. 더구나 성인교육이어서 자신의 역사를 가르칠 수 있었다. 하지만 현실은 달랐다. 이기가 관심이 있는 역사가 있었지만 이기가 가진 정체성과 역사관과는 전혀 다른 교육내용이었다.

이미 지침이 내려와 교관으로 방향설정이나 내용을 바꿀 수 없었다.

결국은 그만 두었다. 싸워서 될 일이 있고, 아무리 노력하고 고집을 부려도 되지 않는 일이 있었다. 이기의 자리에서 고칠 수 있는 일이 아님을 알았다. 교장과 싸워서 될 일도 아니었다. 그렇다고 조정의 관리들과 싸워서 될 일도 아니었다. 세상은 상황에 따라 정해지고 있었는데 변화의 물결을 누구도 거스르기 어려운 것임을 깨달았다. 나라가 망하는 것을 바라보기만 해야 하는 조선의 국왕이 있었고, 조선의 관리들이 있었고, 조선의 백성들이 있었다. 어쩔 수 없는 것이 세상에는 있었다. 마찬가지였다. 이기가 감당할 수 있는 것이 아니었다. 이기는 교관직을 그만 두었다.

이기는 돌아보니 전혀 예상하지 못한 세상을 만나고 있다는 생각을 했다. 이기는 자신을 돌아보았다. 자신이 살아온 것들, 자신이 현장에서 소리친 것들보다 마음 안에 숨겨 놓고 있는 우리 민족의 역사에 마음이 꽂혀 있었다. 진정으로 이기의 마음은 역사에 있었다. 역사를 잊은 민족은 애국을 모르게 되고, 역사를 잊은 민족은 나라에 대한 애정을 갖기 어렵다는 생각을 하고 있었다. 그래서 이기에게 조선인에게 필요한 것은 역사로 보았다. 그 역사는 누구에게 의지해서 될 일이 아님을 정확하게 인지하고 있었다. 나라가 할 수 있는 일이 아니었다. 더구나 몸을 담았던 한성사범학교에서 실행을 할 있는 일은 더구나 아니었다. 그래서 스스로 만들어야 한다는 것을 확고하게 마음먹었다.

이기는 살아온 인생에 좌절을 맛보기도 하고 작은 성취도 있었다. 이기는 스승이 없는 인생을 살았다. 스스로 세상을 깨우쳐 가는 사람이었다. 최악의 경우 나라를 잃는다 해도 나라를 찾아서 재건할 수 있는 바탕은 역사에서 나올 것이라고 생각했다.

일을 도모하려면 무엇보다도 경제적인 면을 무시할 수가 없었다. 땅이 있어야 하고, 공간이 있어야 했다. 또한 활동을 하려면 경비가 필요했다. 모든 문제를 해결하는데 윤활유 역할을 할 수 있는 것은 돈이었다. 추진력과 잠재력을 현실화하는데 중요한 역할을 하는 것이 돈이었다. 돈은 목적을 실천하는데 무엇보다 필요했다.

경제적인 문제를 해결해 줄 수 있는 사람을 떠올렸다.

－잘 지내셨나?

－반갑습니다. 먼 길을 이렇게 불쑥 찾아와 주시니 감동입니다.

이기의 방문을 반긴 사람은 이상룡이었다.

이기는 많은 고민 끝에 이상룡을 찾아갔다. 안동은 멀었지만 망설임 없이 찾아갔다. 역사학당 식구들에게는 이야기하지 않았다. 역사학당에서 남에게 싫은 소리를 할 수 있는 사람이 자신이란 것을 이기는 잘 알고 있었다. 역사학당 식구들 중에서 남에게 손을 벌릴 수 있는 사람은 자신과 나철뿐이라는 것을 누구보다도 꿰차고 있었다. 추진력과 사회성을 가지고 있는 사람이 바로 이기 자신과 나철이었다. 이기는 자신이 감당해야 할 악역을 생각하고 있었다.

─돈이 필요하네.

─당연합니다. 제가 먼저 헤아렸어야 했습니다.

이기의 말을 받는 이상룡의 답에 이기는 멈칫 했다. 돈이 필요하다는 말에 당연하다는 말에 놀랐고, 이어진 '제가 먼저 헤아렸어야 한다는 말에 또 한번 놀랐다. 사실 당황스러웠다. 이상룡의 정확한 말의 진의를 알아채지 못하기도 했지만 예상하지 못한 말에 적지 않게 놀랐다.

2. 천부인의 의미

홍범도, 기사범에게 인생의 길을 묻다

홍범도는 이사를 해놓고 마음이 안정되었다. 이사를 하게 된 것은 가족의 문제였다. 자신을 둘러보았다. 애국이 무엇인가 생각해 보았다. 나라를 위한 일이 숨어살아야 하는 것인가. 조선 백성과 조선의 왕에게서도 인정받지 못하는 의병활동을 하는 것이 옳은 것인가. 일본과 싸워야 하는 것이 옳은 것인가를 생각했다. 답답했다. 무언가 활로를 찾아야 했다. 홍범도만의 문제가 아니라 조선의 의병들이 고민하는 문제였다.

답답할 때면 생각나는 사람이 있었다. 기사범이었다. 불과 얼마 전에 만났음에도 다시 보고 싶었다. 길을 잃었을 때 길을 찾아가도록 도와준 분이었다. 흔들릴 때 마음의 안정을 시켜준 분이었다. 어떻게 살아야 잘 사는 것인지 알고 싶었다. 누구도 해결해 줄 수 없는 일임을 알고 있었지만 기사범을 만나면 무언가 막힌 숨이 확 터질 것 같은 느낌이 들었다.

–또 왔습니다.

–환영하네.

홍범도의 방문을 기사범이 반겼다.

농사일을 챙기고 있었다. 한결 같은 목소리와 한결 같은 행동거지. 기사범은 변함이 없었다. 낮은 목소리와 느린 말에 담긴 여유가 있었다. 겉으로 보기에 참 평범한 사람이었다. 어느 것 하나 특별한 것이 없었다. 자세히 보면 안정된 눈과 흔들림 없는 몸과 마음가짐을 볼 수 있었다. 숨어 있는 성인 같았다. 적어도 홍범도에게 기사범은 예사로운 사람이 아니었다.

–제가 또 길을 잃었습니다.

–인생길은 길이 없네. 바람이 조석朝夕으로 변하듯이 흔들리는 재미로 사는 것이 인생일세.

–바람도 계절풍이 있습니다. 아침저녁으로 불어오는 들바람과 산바람이 있고요.

–그렇네. 내가 자네한테 배우는 바가 크네. 자네가 더 잘 살고 있는 걸세.

-놀리지 마십시요.

홍범도와 기사범의 대화는 자연스럽게 진행되었다.

-그럼. 자네에게 계절풍은 무엇인가?

-...

기사범의 예상치 못한 질문에 홍범도는 말문이 막혔다.

사실 그것이 알고 싶어 찾아왔다. 그럼에도 기사범의 질문에 길을 가다

앞이 탁 막힌 기분이었다.

-당황할 것 없네. 태초에 길이 없었네. 길이란 것이 있는 것이 아니라

만들어진 것일세. 다시 말하면 없는 것이 정상이라는 말일세.

-벽을 만난 느낌입니다.

-그렇다면 쉽네.

-쉽다고요?

-그렇지.

-말씀해 주시지요.

-이야기 할 것도 없는 너무 평범한 이야기라 말 할 것도 없네.

-그래도 그것이 무엇인지 말씀해 주시지요.

홍범도는 기사범을 졸랐다.

-정말 너무 쉽다니까.

-제게는 어렵습니다.

-그렇다면 좋네. 벽을 만났으니 벽에 문을 내면 되네.

홍범도는 순간 당황했다. 너무나 쉬운 것을 왜 나는 해결을 못하고 있

었지 싶었다.

-그렇네요.

-세상의 대부분의 일들이 그렇네. 다 알고 있는 것들일세. 다만 행동하지 않은 것일 뿐.

-고맙습니다.

-무엇이 고맙다는 말인가. 누구나 알고 있는 것을 말한 것인데.

기사범은 홍범도를 바라보다 말을 이었다.

-생각해 보게. 담장을 쳐놓고 문을 만들지 않는 사람이 있는가.

정말 그랬다. 너무나 당연한 일이었다. 담을 쌓으면 문을 만들고, 성을 쌓아도 문을 만든다. 너무나 당연한 일이었다.

-왜 저는 문을 낼 생각을 못했지요.

-문을 세상의 문으로만 생각하고 마음의 문도 있음을 생각하지 않은 것일세.

기사범은 평소와 다름없이 차분하게 말했다.

-제가 그랬습니다.

홍범도가 기사범의 말에 자신을 돌아보며 말했다.

-문은 열림의 공간인가, 닫힘의 공간인가?

-열림의 공간입니다.

기사범이 홍범도에게 묻자 홍범도는 즉답을 못하고 망설이다 답했다.

-원래는 닫힘의 공간일세. 집도, 성도 자신만의 공간으로 만든 것일세. 그냥 담이 없어도 되고 성곽이 없어도 되는데, 굳이 담을 쌓고 성곽을

쌓을 것일세. 타인의 침입으로부터 보호받기 위한 자신만의 공간이지. 편의를 위해 잠시 열어두는 것이지.

―그럴 듯합니다.

홍범도는 전적으로 동의할 수 없다는 목소리로 말했다.

―사람도 닫힌 존재라고 할 수 있네. 그래서 문을 만들어야 하는 것이지. 어떤 사람들은 문 대신 창으로 세상과 만나고 소통을 하네. 세상으로 걸어 나가지 않고 바라만 보는 걸세.

―제가 그런 듯합니다.

기사범의 말에 홍범도가 말했다.

―무슨 말씀을 그리 하시나. 말이 아니 되는 말일세. 조선의 홍대장일세. 자네는 행동력이 넘치는 사람일세. 나는 창문형이고, 자네는 대문형일세.

의병을 일으켜 조선을 놀라게 한 존재가 홍범도였다. 기사범이 홍범도의 성격을 확실하게 짚었다. 홍범도는 머쓱한 표정을 지었다.

―그래도 저는 길이 보이지 않아 스승님을 만나 길을 찾을 생각입니다.

―나는 내 길도 못 찾고 있네. 길이 애초에 없었다고 하지 않았나?

―예.

어린아이처럼 천연덕스럽게 대답했다.

―한데 없는 것을 어떻게 찾아주겠나?

―저는 매번 제가 어려울 때마다 도움을 받았습니다. 답답했던 마음이 트이는 것을 경험했고요.

-그것은 내가 알려준 것이 아니라 자네가 가지고 있던 마음을 나에게서 발견하고는 알아챈 것일세. 준비된 자만이 자신의 길을 찾아내지. 왜 그런지 아는가?

-모르겠습니다.

홍범도는 역시 어린아이처럼 모른다는 말을 천연덕스럽게 답했다.

-모르는 게 자랑 같군.

-저는 스승님을 만나면 그렇게 됩니다. 모르는 것이 훈장 같습니다.

홍범도의 말에 두 사람은 함께 웃었다.

-여행을 하면서 하늘의 소리를 들었다고 하는데 아닐세. 여행을 하면서 자신의 마음 안에 있었던 이야기를 확인하고 오는 것일세.

-다시 말하면 내 안에 결정이 되어 있는 것을 다시 확인한다는 것을 듣는다고 표현한다는 말씀이시지요?

-그렇네. 사람은 듣고 싶은 이야기만 듣네. 내가 들은 그 말이 이 세상에 없었던 것이 아니라 듣고 싶었던 말이라 들린 걸세.

-대단하십니다. 제가 그런 듯합니다.

-나는 내가 한 말이 대개 틀리지만 가끔 맞을 때가 있네. 그것이 오늘일세.

기사범이 평소답지 않게 농담처럼 말을 하면서 크게 웃었다.

-그래도 한 가지가 남았습니다. 어떤 문을 내느냐, 입니다.

-자네는 말 하나 마나 대의大義를 따라가면 되네.

-대의요?

홍범도는 뜻밖의 말을 듣고 되물었다.

-개인이나 작은 단체가 아니라 조선민이나 국가라는 큰 문을 열어 제껴야 하는 사람일세.

홍범도는 기사범의 말에 침묵했다. 그것을 받아들이기에는 자신이 작다고 느꼈다.

-자네의 마음 안에는 두 개의 마음이 서로 부딪히고 있을 걸세.

-홍범도는 기사범의 이야기에 귀를 기울이고 있었다.

-하나는 세상을 구하고 싶다는 큰 마음과 나 자신과 가족을 지켜야 한다는 작은 마음일세. 그리고 이것이 과연 내가 할 일인가에 대한 생각의 흔들림일세. 그것은 지난번에 자네가 이야기해서 알게 된 것일세.

-정확합니다.

-어떤 일을 해도 후회할 걸세.

-왜지요?

-어떤 선택이든 큰 아픔을 가져올 것이 확실하니 그렇네.

-큰 아픔이라니요?

홍범도는 기사범의 큰 아픔이라는 말의 의미가 구체적으로 잡히지 않았다.

-자네의 품성은 가족만을 위해서 살 사람으로는 그릇이 크네. 그러니 가족만을 위해 한 세상을 살기에는 답답할 걸세. 그리고 대의를 위해서 세상으로 나가면 가족이 힘들어지네. 결국 자네는 후회 할 걸세.

-그렇다면 어떻게 해야 합니까?

－답은 간단하네.

기사범은 그리고 입을 닫았다.

천부인은 무엇인가

천부경이 그렇게 대단한 줄은 오늘 알았네.

나철이 계연수가 말해주는 천부경의 이야기를 듣고 말했다.

－우리 역사는 들어갈수록 신비한 세상을 만나는 요술세계 같지.

－인정하네. 빠져들수록 헤어 나오기가 어려워지는 것을 느끼네. 우주의 원리, 자연의 원리, 인간의 원리가 체계적으로 이미 고대에 만들어졌다는 놀라움에서 헤어 나올 수가 없네.

계연수의 설명에 나철이 느낌을 말했다.

－나는 우리의 정신사는 인류의 미래를 열어줄 수 있는 사상이라고 생각하네.

－역시 인정하네.

나철의 솔직한 생각이었다. 다른 세상을 만나고 있는 자신이 대견스러웠다.

－천부경은 들었고, 천부인은 또 무엇이 다른가?

－자네가 설명해 주게.

나철의 물음에 계연수가 이태집에게 미뤘다. 이태집은 전문가였다. 집안 내력도 있었고, 관심도 컸다. 전문가였다.

－아직은 정확한 것을 알 수가 없습니다. '천부인天符印 세개三箇'라는 것만 명확히 적혀 있습니다. '개箇'라는 것이 서로 다른 낱개의 의미가 있는데 그것도 아직은 무어라고 말하기 어려운 것이 천부인을 천부경으로 보는 분들도 있습니다. 맞지요?

이태집이 계연수에게 동의를 구하자 계연수가 인정한다는 의미로 고개를 끄덕였다.

－천부인을 하늘을 대신하는 도장이란 의미로 지금으로 이야기하면 옥새라고 할 수 있습니다.

－천자의 물건이었다고 할 수 있겠군.

－그렇습니다. 그런 견해보다는 낱개로 세 개인 것으로 청동거울 청동방울 청동검으로 보는 견해입니다.

－각자 의미를 가지고 있겠군.

－그렇습니다. 아직은 연구 단계지만 명확한 것은 청동거울과 천부경의 존재입니다. 천부경에 우리는 태양을 숭상하는 태양족이라는 선언이 있는 것과 관계가 있습니다. 바로 빛을 반사할 때 사용하는 것이 청동거울입니다.

－얼굴을 비춰보는 것이 아니고?

－그렇습니다. 천자의 물품으로 청동거울을 가진 사람이 천자라는 선언

입니다.

-그렇군. 얼굴이나 비추는 것으로 알았더니 증명서인 셈이군.

-그렇습니다.

나철은 배우는 것에 당당했다. 아랫사람에게 배운다는 생각을 가진 사람이 아니었다. 이태집에게도 스스럼없이 배우고, 질문했다. 모르는 것이 부끄러움이 아니라는 것도 함께 가지고 있었다. 끝없이 배우는 것이 학문이라고 생각하고 있어 계연수와 이태집도 마음이 편했다.

-청동방울은 무슨 용도인가?

나철이 다시 청동방울에 대해 물었다.

-청동방울은 일반 방울이 아니라 팔주령八珠鈴은 천제를 지낼 때 사용했던 것으로 보입니다. 가능한 추측은 천제를 지낼 때 신령을 부르는 도구였을 것으로 보입니다.

-팔주령八珠鈴이라고 이름을 붙인 이유가 있을 듯한데.

나철은 예리했다. 그냥 넘어가지 않았다.

-8개의 방울이 달려 있어서 팔주령입니다.

-8개인 이유는 사방팔방四方八方할 때 방향을 나타내기 위한 것이 아닐까?

-그렇게 봅니다.

역시 나철이 팔주령의 의미를 짚었다. 나철의 예측을 말하자 이태집이 인정했다.

계연수는 지켜만 보고 있었다.

-우리의 방향에 대해서는 아시지요?

-기본으로 사방四方을, 세분해서 팔방八方을 말하지. 여기에 상하上下를 더해서 십방十方이라고 하지 않는가?

-역시 공부에 있어서는 대가십니다. 대가로 인정합니다.

-내가 대가라면 그대는 대가의 스승일세.

이태집이 나철의 해박함은 이미 알고 있는 바였다. 이태집이 대가라는 말에 나철은 머쓱해서 평소 사용하지 않던 '그대' 라는 말과 '대가의 스승이 이태집' 이라고 머쓱함을 둘러말했다.

-의문이 가는 것이 있는데, 환웅이나 단군이 팔주령을 사용했을까 싶은데.

나철이 팔주령을 사용하는 사람이 왕이었냐는 질문이었다.

-이 부분은 제가 설명을 드리기는 어렵습니다.

나철의 질문에 이태집이 대답하면서 계연수를 쳐다보았다. 응원을 요청하는 눈빛이었다.

-환국이나 단국 그리고 고조선 시기는 이미 제정일치에서 제사와 정치가 분리되었을 것으로 보네. 국가의 수장인 왕과 제사장이 분리되었을 것으로 보네.

-그렇다면 팔주령의 사용은 왕이 아니라 제사장이었을 것으로 본단 말이지.

-그렇네. 환인 환웅 그리고 단군들은 천제의 주관자면서 정치의 최고 통치자였고. 천제의 의식을 행하는 사람은 제사장이었을 것으로 보이네.

−이유가 있나?

−기록에 보면 통치자와 제사장이 분리되어 있었음을 알 수 있네.

나철은 지치지 않았다. 끈기 있고 집요하게 파고들면서 알고자 했다.

−나는 얼마나 더 공부해야 하는 것인가?

−하산해도 되네. 이미 수준에 올라있네.

나철의 말을 계연수가 받았다. 계연수의 진심이었다. 조선에 우리 역사를 나철만큼 아는 사람도 적었다. 단군을 개인으로 알고 있는 것이 조선인의 역사 수준이었다. 나철은 상당 부분을 짧은 기간에 배웠다. 남다른 기억력도 한몫했다. 배운 것을 잊지 않고 숙지하고 있었다.

−벌써 하산하라고 하면 그 많은 공부는 어떻게 하란 말인가?

−천, 천, 히!

나철의 말에 다시 계연수가 또박또박한 말로 답해주었다.

이기와 이상룡의 생각이 닮았다

조선민에게 역사를 알게 하기에는 내가 감당해야 할 몫이 있는데 그것에 자금이 필요하네.

이기는 다시 한번 자신의 입장을 조금 더 자세하게 설명했다. 돈이 필요하다는 이기의 말에 당연하다는 이상룡의 말에 놀랐고, 이어진 '제가 먼저 헤아렸어야 한다는 말에 또 한번 놀랐다. 사실 당황스러웠다. 이상룡의 정확한 말의 진의를 알아채지 못하기도 했지만 예상하지 못한 말에 적지 않게 놀랐다.

—말씀을 직접 하도록 하게 해서 죄송합니다. 당연히 도와드려야지요.

이기는 순간 마음이 풀렸다. 역사를 조선의 백성에게 전하기 위해 필요한 자금을 부탁한다는 것이 힘이 들었다. 돈은 사람을 힘들게 했다. 하지만 다행스럽게도 이상룡이 나서서 도와주겠다는 말에 고마웠다.

—고맙네.

—고맙긴요. 제가 당장 가진 것은 적습니다. 땅을 처분해서 마련해 전달해 드리겠습니다.

—땅까지 처분해야 한다고?

—제가 다른 곳에 지원할 것이 있어 사용하고 가진 것이 적습니다.

이상룡의 생각은 앞서 가고 있었다. 자신의 여유자금이 아니 땅을 처분해서 마련해야 함에도 거리낌 없이 자금 마련을 생각하고 있었다.

—내가 할 말이 없네.

—아닙니다. 나라가 망한 후에 땅이 무슨 소용이 있겠습니까. 나라가 사라진 후에 무슨 즐거움이 있겠습니까.

이기가 하고 싶은 말을 이상룡이 하고 있었다.

—나는 내가 할 수 있는 일이 하날세. 역사!

—진정 필요한 일입니다. 제가 단해와 운초를 만나면서 많은 생각을 했습니다. 그리고 대단한 민족이라는 생각을 했습니다.

단해는 이태집의 호고, 운초는 계연수의 호였다.

―미리 시작했어야 했습니다. 나라에 대한 자존감을 갖게 하는 것이 나라를 지키는 일이란 것을 알았습니다.

―그렇네. 나라를 사랑하는 사람이 나라를 지키려고 할 것일세.

―바로 그것이었습니다. 평화의 웃음소리는 군사들의 피와 땀으로 지켜진다는 것을 깨달았어야 합니다.

―맞네. 그랬어야 했네. 자네 같은 사람이 조선에 관리로 몇 명만 더 있었어도 조선은 이렇게 기울지 않았을 걸세.

이기와 이상룡의 대화는 무르익어 가고 있었다.

―자네는 의병을 일으키겠다고 했는데 어떤가?

―수월치 않습니다. 그리고 때가 아닙니다.

―홍대장 이야기는 아는가?

―소식 못 들었습니다.

―의병을 해체했다네.

―아하. 그랬군요. 저는 이해합니다.

이기가 전해준 홍범도의 소식에 이상룡은 마음 아팠다. 지금 자신이 겪고 있는 상황을 알고 있었기 때문이었다.

잠시 침묵이 흐르다 이상룡이 다시 말을 이었다.

―참 난감한 상황입니다. 홍대장도 마찬가지 상황이라고 생각합니다. 무엇보다 적을 누구로 삼아야 할지가 난감합니다.

―이해는 가지만 구체적으로 이야기해보게.

이상룡은 말이 없이 허공을 바라보았다. 이기는 이상룡을 바라보며 다음 말을 기다려 주었다. 그리고 이상룡은 잠시 쉬었다 말을 시작했다.

－우리의 적은 하나가 아니라는 것이 문제가 있습니다. 의병이 일어나 일본군이나 청의 군대를 치면 우리의 조선군이 의병을 공격합니다. 예를 들어 일본군과 청의 군이 물러난다고 하면 썩을 대로 썩은 조선이 다시 건재해질 겁니다.

이상룡이 숨을 고르며 다시 이야기를 시작했다.

－조선은 이제 백성에게는 무너져야 할 나라로 보는 사람들이 늘어나고 있습니다. 갈수록 늘어날 것입니다. 500년 동안 백성을 사람 대우 하지 않았습니다. 그리고 주변국, 특히 일본과는 비교가 안 되는 약소국으로 추락한 것을 조선인은 다 알고 있습니다. 정치를 잘못해서라고 생각하고 있습니다. 이것은 의병으로 참가하는 사람들의 일반적인 시각이라는 점에 좌시할 수가 없습니다.

이상룡은 기다렸다는 듯이 열변을 토했다. 이상룡은 아직 말이 남아 있었다. 이기는 청자聽者로 이상룡의 열변을 기다렸다.

－일본국과 싸우면 조선의 관군이 달려들고, 조선의 무능함을 질타하려니 나라는 기울어져 가고 있고, 주적이 사라진 상황에서 의병들은 길을 잃었습니다.

이상룡이 열변을 마쳤다.

－그렇다면 묻겠네. 지금의 조선을 인정하지 않는다면 대안을 생각하고 있는 것이 있는가?

중요한 질문이었다. 이기는 조선의 상황에서 지도자들이 대안을 찾아야 할 단계에 도달했다고 생각했다.

―그것이 어렵습니다. 저는 깜짝 놀라고 있습니다. 선교사들을 만나면서 진정 새로운 세상에 대해서 공부하고 있습니다. 백성이 주인이라는 민주주의라는 말이 있는 것에 놀랐고, 왕정만을 생각했는데 같은 혈통을 가진 왕이 아닌 평민이 통치를 한다는 놀라운 세상을 봤습니다. 그리고 우리로 이야기하면 왕을 선거로 뽑는다는 말에 더욱 놀랐습니다.

이상룡의 목소리는 여전히 살아 있었다. 약간 상기된 느낌이었다. 이기도 들어 알고 있었다. 하지만 구체적이지 않았다. 하지만 분명한 것은 왕을 바꾸어야 한다는 말만으로도 삼족을 멸하고, 목이 바로 달아나는 조선과 전혀 달리 왕을 백성의 손으로 뽑는 나라가 있다는 것만으로도 놀라운 일이었다. 분명히 조선은 후진국이었다. 그리고 가난한 나라였다. 개인으로 교육사업을 하고, 의병활동을 지원했지만 어느 것도 쉽지 않았다.

―백성들이 다른 세상이 있다는 것을 알아가고 있는데 다시 왕정을 필요로 할까요?

―나도 그렇게 생각하고 있네.

―너무나 조선은 뒤처져 있습니다. 그래서 의병이 일어나도 누구를 상대로 싸울 수가 없는 상황입니다. 홍대장도 바로 이런 어려운 상황 때문에 해산했을 것입니다.

이상룡은 현재 상황을 정확하게 읽어내고 있었다.

-난감한 세상에 태어나 길을 찾아야 하는 책무를 가진 것이 자네와 나라고 생각하네.

-그렇게 생각해주시는 분이 있으니 제게도 힘이 납니다.

이기의 말에 이상룡이 동참했다.

이기와 이상룡은 현실 속에서 대안을 찾으려는 사람들이었다. 현실론자였다. 그리고 문제점을 찾아내 해결해야 하는 것이 지식인의 책임이라고 생각했다.

-제가 볼 때 홍대장은 다시 일어날 겁니다.

-무슨 근거인가?

-홍대장의 눈매는 먼 곳을 보는 듯했습니다. 홍대장은 이상론자입니다. 큰 세상을 꿈꾸고 있을 것입니다.

이상룡은 확신에 찬 목소리로 말했다.

홍범도 결단하다

대의를 위해서 사는 것도 후회, 가족만을 위하여 사는 것도 후회할 것이라면 어떻게 해야 하지요?

홍범도는 선택해야 할 때가 다가오고 있었다. 가족이 위험해지고 있다는 것을 직감했고, 자신이 나라를 위한 큰일을 할 경우 가족은 더욱 위태로울 것은 자명했다. 홍범도는 진심을 담아 기사범에게 물었다.

–참을 수 없는 것을 찾아보게.

대의를 위해 사느냐, 가족을 위해 사느냐 중에서 선택을 할 경우 어떤 선택을 하든 결국 홍범도 자네는 후회할 것이라는 기사범의 말에 이은 대답이었다. 선택이 어렵다면 하나만을 지속할 경우 못 견딜 것이 무언인가를 찾아보라는 말이었다. 참을 수 없는 것. 그것이 답이라고 했다. 참을 수 없는 것이 무엇일까. 집에서 사냥을 하거나 텃밭을 일구고 장작을 패는 일로 한 생을 산다는 것을 인정할 수 없었다. 세상에 나가 세상을 바꿀 수 있다는 꿈을 가진 자신을 발견했다. 홍범도의 가슴 속에서 뜨거워지고 있는 것이 있었다. 자신이 나서야 할 일이 있었다. 아니라고 해봐도 결국은 세상을 위해 해야 할 일이 있었다. 답은 정해졌다.

–저는 집안이 아니라 집 밖에 맞는 사람 같습니다.

–모든 답은 내 안에 있네. 자네도 자신 안에 있는 순수한 마음을 읽어야 하네.

–정했습니다.

–그런. 그 길로 가게.

기사범의 말에 홍범도는 고개를 끄덕였다. 기사범은 언제나 그랬듯이 답을 말하지 않고 답이 나오도록 길목을 열어주었다. 기사범은 능력자였다.

–저는 스승님에게서 많은 것을 배웠습니다.

–다시 말하지만 나는 가르친 적이 없네. 나도 겨우겨우 사네.

-그래도 제게는 큰 힘이 되고 있습니다.

-길 없는 길이 있네. 그것이 인생길이라는 생각을 하네.

홍범도는 기사범을 생각하면 든든했다. 듬직한 언덕 같았다.

-막막한데 어둠이 찾아오는 것처럼 힘이 들 때도 없습니다. 그럴 때마다 스승님을 생각하곤 합니다. 어둠 속에서 아침이 밝아 오듯 마음이 편안해지곤 합니다.

홍범도의 솔직한 마음이었다.

-나는 자네의 행동력에 반하네. 조선을 흔들 수 있는 있는 사내의 매력을 가지고 있지. 더 이상 바랄 것이 있겠나.

기사범의 칭찬에 홍범도는 멋쩍었다.

-나는 무적자無適자일세. 어디에도 녹아들지 못하고 혼자 즐기는 사람일세.

-혼자서 즐길 수 있다는 것이 예사로워 보이지 않습니다.

-사람은 태어나 어울리며 살아야 하는 것일세. 누가 봐도 나는 독립군이지.

-저는 독립군이 부럽습니다.

홍범도와 기사범은 기질이 달랐다. 달라도 많이 달랐다. 홍범도는 사람들과 어울려 집단을 만들고 이끌어가는 것을 즐겼다 반면 기사범은 조용하게 혼자 생각하고 세상을 관찰자로 바라보고 생각하는 것을 즐겼다. 혼자인 것을 즐기는 기사범이 부럽다는 것에 반대로 살고 있는 홍범도를 생각하고 웃었다.

기사범이 홍범도의 말을 듣고 크게 웃었다.

―조선을 뒤흔드는 의병대장이 혼자 놀고 있는 독립군을 좋아한단 말인가.

―저는 이곳에 오면 마음공부를 하러 온 사람이 됩니다. 다른 세상을 만난 듯하거든요.

―누구에게나 고향 같은 곳이 있어야 하네. 친숙한 곳이 필요하거든.

―제게는 이곳이 그렇습니다. 한 사람이 주는 힘이 얼마나 큰 것인가를 이곳에 오면 알게 됩니다.

―그렇게 생각해 주니 고맙네.

홍범도는 고향이 없는 사람이나 마찬가지인 사람으로서 기사범이 있는 곳이 고향 같았다. 기사범을 생각하면 마음이 부드러워지고, 여유가 생기는 것을 느끼곤 했다.

―오늘은 제가 묻겠습니다.

홍범도가 기사범을 바라보면서 말했다.

―무슨 중요한 말이라도 준비해 온 것 같네.

―그렇습니다.

홍범도가 정색을 하며 말했다.

―말해보게.

―스승님은 왜 사세요?

기사범이 말머리를 열어주자 홍범도가 한 말이 뜻밖이었다. 기사범이 소리내어 크게 웃었다.

-왜 사냐고, 내가 지난번에 묻지 않았나. 그래서 내가 답을 했을 텐데.

-하셨습니다.

-대답한 것으로 아는데.

-대답하셨습니다.

-한데 왜 또 묻는가, 복수하려는 것인가?

-그럴 리가요.

-그렇다면 이유가 있지 않겠나?

-지난번에 이번 생은 관찰자로 살 것이라고 하셨습니다. 그것 말고 삶의 방법에 대해서 묻고 싶습니다.

지난번에 사는 이유를 물었을 때 관찰자로서의 삶을 살고 있다고 했다. 관찰자로서 사는 것이 삶의 이유라면 살아가는 방법에 대해서 알고 싶었다. 홍범도는 지금 자신의 입지와 상황이 흔들리고 있었다. 길을 잃고 있다고 생각하고 있었다. 홍범도 자신에게는 절실한 문제였다. 왜 살아야 하고, 어떻게 살아야 하는가에 대한 의문을 풀고 싶었다. 하지만 누구와도 이런 이야기를 할 수가 없었다. 기사범에게는 부끄러움이 없었다. 친형 같고, 스승 같았다.

-내가 지난번에도 이야기했네 내 이야기를 듣는 것으로는 도움이 되지 않는다고. 이유는 삶의 방법이 달라서일세.

-그래도 듣고 싶습니다.

-나는 나를 바라보는 일만으로도 충만한 사람일세. 사람 안의 일에 더 관심이 많네.

-특별하십니다.

-나는 내 안에서 내 욕망이 꿈틀거리는 걸 보고, 내 안에서 일어나는 현상들을 바라보는 것만으로도 심심하지 않게 사네. 그리고 사계절이 일어나고 무너지고, 싹이 트고 열매 맺는 것만을 바라보고 사는 것만으로 충분한 사람일세. 자네는 다르네.

-예. 다릅니다.

-나는 사람 안에서 일어나는 일에 관심이 많고, 자네는 사람 밖의 일에 관심이 많은 사람일세.

-그렇습니다.

-자네는 자네가 생각하고 있는 일 중에, 생각하면 가슴이 더워지는 일이 있을 걸세. 그것이 자네의 마음 안에 자리 잡고 있는 본심일 가능성이 많네.

홍범도는 기사범과 마음을 터놓고 둘만의 시간을 가지고 이야기하는 것이 즐거웠다.

-저는 의병대장으로서 지휘하고 통솔할 때 피가 끓는 듯했습니다. 살아있는 느낌을 받았습니다.

-바로 그걸세. 자네는 '조선의 홍대장'이 잘 어울리는 사람일세.

-고맙습니다.

-돌아보지 말게.

일본만행에 궐기하다

혼란한 세상과는 상관없이 봄이 오고 여름이 왔다. 그리고 가을이 오고 겨울이 왔다. 다시 봄이 오고 있었다. 역사학당 식구들은 바쁘게 활동하고 있었다. 다시 봄이 오고 있었다. 조선은 국호를 대한제국으로 바꾸었다. 이름만 바꾸었지 나라는 한 발 더 무너져 내리고 있었다. 말이 대한제국이지 조선의 왕보다도 못한 상태였다. 조선, 아니 대한제국은 무너져가고 있었지만 봄은 힘차게 오고 있었다. 마지막 추위가 남아 봄을 저지하고, 봄은 조금씩 다가서고 있었다. 사건이 터졌다. 역사학당에도 소식이 전해졌다.

－러시아와 일본이 붙었답니다.

－전쟁이 났다는 소리인가?

이태집의 말에 이기가 물었다. 좋은 소식은 없고 슬픈 소식만 전해지고 있었다.

－그렇습니다.

－고래 싸움에 새우 등 터지겠군.

이기가 말했다. 이기는 약소국인 대한제국의 입장을 누구보다도 잘 알고 있었다.

－청일전쟁으로 주도권을 잡은 일본이 러시아를 상대로 대한제국의 관할을 놓고 전쟁을 벌였겠군.

이기는 현장에 있는 사람이었다. 역사학당에서는 나철과 함께 현실적이고 나라가 돌아가는 상황을 알고 있는 사람이었다.

–우리가 할 수 있는 역할은 없을까요?

–없네.

나철이 이기에게 묻자 한 마디로 잘라 말했다. 나철도 이미 알고 있었다. 대한제국의 입장에서 할 수 있는 일이 없다는 것을, 그리고 조선민으로서 할 수 있는 일이 없다는 것을. 그래도 실낱같은 가능성이라도 있을까 물었을 뿐이었다.

–우리는 우리 할일을 하세.

시국이 혼란스러울수록, 나라가 무너져 내릴수록 역사학당 식구들이 할 일은 역사에 전념하는 것이었다. 나라가 망하더라도 필요한 것이 역사라는 생각을 하고 있었다. 역사동맹을 결성한 후로 더욱 활발하게 각자의 역할을 수행하고 있었다.

이기는 종로로 달려갔다. 세상 돌아가는 것을 들으려면 가만히 앉아 있을 수만은 없었다. 사람을 만나야 했다. 혼자 걸어가면서 생각했다. 일본이 전쟁을 벌렸다면 분명 대한제국의 지배권을 놓고 싸울 것이 예상되었다.

이기의 예상은 적중했다. 대한제국을 집어 삼키려는 나라는 하나둘이 아니었다. 청나라는 대한제국과의 끈을 놓지 않으려고 했다. 하지만 청일전쟁에서 패하면서 대한제국의 지배권을 상당 부분 놓아야 했다. 더구나 영국 프랑스 독일 등이 청나라를 공격해와 자신의 입지조차 흔들리고 있었다. 바로 대한제국의 북동쪽에 자리 잡고 있는 러시아도 예외는 아니었다. 러시아는 얼지 않는 부동항이 필요했다. 태평양으로 나아갈 수 있는 겨울에도 사용 가능한 항구를 찾아 한반도에 관심을 가지고 있었다. 일본은 러시아를 대한제국에서 손을 떼게 해야 할 필요가 있었다. 대한제국은 야수들이 들끓는 곳에 살고 있는 연약한 토끼 같은 신세였다. 결국 일본은 러시아를 공격했다. 일본과 러시아의 한판 승부가 시작되었다. 대한제국은 어떤 행동도 할 수 있지 않았다. 토끼가 늑대 무리에게 쫓기고 있는 형세였다. 청일전쟁의 전쟁터가 대한제국의 육지였다면 러일 전쟁은 대한제국의 바다였다. 서해가 주무대가 되었고 남해와 동해까지 전쟁터로 변하고 있었다. 대한제국은 납작 엎드려 있었다.

모든 면에서 열세인 대한제국이 나설 수 있는 전쟁이 아니었다. 대한제국의 땅에서 청나라와 일본이 전쟁을 하고, 대한제국의 바다에서 러시아와 일본이 전쟁을 치러도 대한제국은 침묵했다. 주권을 침해한다는 말 한 마디 못했다. 조선은 이미 주권 국가가 아니었다.

이기의 생각이 옳았다. "우리는 우리 할일을 하세."라는 이기의 말은 숨죽이고 준비하는 것이 현실적인 것임을 깨닫고 처신하는 방법이었다. 지금은 아니었다. 다음을 도모해야 한다는 이기의 생각이었다.

분위기가 뒤숭숭했다.

ㅡ참 답답합니다.

나철이 말했다.

ㅡ마찬가질세. 앞마당에서 위험한 불놀이를 하고 있는데도 막을 수 있

는 힘이 없음이 안타깝습니다. 저 불이 언제 조선을 다 태울 지도 모르는데 조선은 손을 놓을 수밖에 없으니 가슴이 미어집니다.

이번에는 젊은 이태집이 말했다. 조선의 국호를 대한제국으로 바꾸었지만 정서적으로는 조선이었다. 계연수는 아무 말도 없이 앉아 있었다.

─상황이 어려울수록 우리가 할 수 있는 일을 하면 된다고 보네.

다시 이기가 강조해서 말했다.

─이럴 때면 무력을 사용할 수 있는 홍대장이 부럽습니다.

─그렇지만도 않네. 홍대장도 군대를 해산하지 않았는가. 그뿐인가. 석주도 휴식기를 갖고 있네.

홍대장은 홍범도를 지칭하는 말로 굳어졌다. 석주는 얼마 전 이기가 경제적 후원을 받고 돌아왔던 안동 임청각의 이상룡이었다.

─맞습니다.

─큰 것을 쟁취하기 위해서 숨죽이는 것도 필요합니다.

─그렇네. 어느 순간 결사대가 필요할 때가 있을 걸세. 그때 다시 결정을 하면 되네.

이기가 나철의 말을 받아 자신의 생각을 말했다.

조선, 무너지다

대한제국의 서해에서 시작되고 대한제국의 동해에서 결판이 난 러일전쟁은 일본의 승리로 돌아갔다. 조선인은 다시 놀랐다. 우습게보고, 한수 아래로 보았던 일본의 성장에 조선인들은 눈이 번쩍 했다. 대국으로 모셨던 청나라를 무너뜨리고, 대국이라고 생각했던 러시아가 다시 일본에게 무너지는 것을 보고는 놀랐다. 부국강병이란 것이 일본을 두고 하는 말인가 생각했다. 일본은 놀라운 성장과 군대를 양성하고 있었다. 분명 조선 500년 동안 보아왔던 일본과는 다른 나라로 변해 있었다.

일본은 처음부터 조선을 삼키려는 야욕을 가지고 있었다. 하지만 청나라를 물리친 후에 다시 조선을 놓고 적대적인 관계를 가지게 된 나라가 러시아였다. 러시아는 조선을 보호국으로 삼으려 했다. 모든 전쟁이 이권 싸움이다. 이익을 선점하려는 욕망으로부터 시작되었다. 러시아는 얼지 않는 항구를 찾아내는 것이 중요한 정책 목표 중 하나였다. 일본은 대한제국을 집어삼켜 아시아에 대한 영향력 확대를 꾀하고 있었다. 국가 간에 공짜 선물은 없었다. 일본의 조선에 대한 정치력 확대와 러시아의 조선에 대한 영향력 확대 사이에 갈등이 불거졌다. 그것이 러일전쟁이었다. 하지만 결과는 일본의 승리였다.

일본의 승리가 확정되는 순간 대한제국은 일본의 손아귀에서 벗어날 수 없는 올가미가 씌워졌다. 소식은 조선팔도에 전해졌다. 선비들이

들고 일어났다. 조선의 왕은 힘이 없었다. 힘이 없는 사람은 발언권이 없었다.

이기와 역사학당 식구들은 덕수궁 문으로 갔다. 겨울의 찬바람이 불고 있었다. 북한산에서 이어져 내려온 북악산 위로 거칠게 바람이 불고 있었다. 덕수궁 문 앞에는 벌써 많은 사람들이 모여 무릎을 꿇고 호소를 하고 있었다. 대한제국의 왕, 아니 황제에게 소리치고 있었다. 조약 체결 반대라고 소리치고 있었다. 종이에 붓으로 써가지고 들고 있는 사람도 있었다. 이기를 중심으로 역사학당 식구들은 '조약 체결 반대'라는 글을 써 한 장씩 들고 있었다.

ー우리는 결연히 반대한다!

ー조약 체결, 결사반대!

선창을 하고 후창으로 반복하는 구호를 외쳤다. 그리고 엎드려 우는 사람이 있었다. 조선은, 아니 대한제국은 이렇게 망해서는 안 되는 나라였다.

러일 전쟁을 진행하면서 일본은 이미 대한제국의 중요한 군사적 요충지를 장악했다. 이미 예견했듯 일본은 이토 히로부미를 대한제국으로 보냈다. 추밀원장이었던 이토 히로부미를 고종 위문 특파 대사 자격으로 파견했다.

덕수궁 앞에서 반대 시위가 일어나고 있는 동안 이토 히로부미는 고종을 찾았다. 고종과의 만남은 불발이었다. 고종은 만남을 받아들이지 않았다.

어전회의가 소집되었다. 고종은 고개를 돌리고 있었다. 누구의 이야기도 듣고 싶지 않다는 의미였다. 시간이 흘렀다.

-내용을 보았는가?

-지난번에 논의 되었던 내용 그대로입니다.

참정대신 한규설이었다.

다시 정적이 흘렀다. 누구도 분위기를 전환시킬 수 없었다. 무거운 침묵이 흘렀다.

-내 불찰이 크다. 하지만 짐은 조약에 응할 수 없다.

고종은 자리를 떴다. 걸음은 무거웠고, 느렸다. 고종이 자리를 뜨자 무거웠던 분위기는 더욱 가라앉았다. 조선이 무너지는 것을 확인하는 조약내용이었다.

-무엇이 문제인지 다시 한번 살펴보기라도 합시다.

-볼 필요도 없습니다.

학부대신 이완용이 말하자 법부대신 이하영이 감정을 담아 말을 받았다. 학부대신은 교육을 담당하는 책임자였고, 법부대신은 법을 관할하는 책임자였다.

-제가 읽어드리겠습니다.

탁지부대신 민영기가 읽어 내려갔다.

-"일본국 정부와 대한제국은 두 제국을 결합하는 이해공통주의를 공고히 하기 위하여 한국이 실지로 부강해졌다고 인정할 때까지 이 목적으로 아래에 열거한 조관을 약정한다.

제1조 일본국 정부는 동경에 있는 외무성을 통하여 금후 한국의 외국과의 관계 및 사무를 감리 지휘할 수 있고 일본국의 외교 대표자와 영사는 외국에 있는 한국의 신민 및 이익을 보호할 수 있다.

제2조 일본국 정부는 한국과 타국 사이에 현존하는 조약의 실행을 완전히 하는 책임을 지며 한국 정부는 이후부터 일본국 정부의 중개를 거치지 않고 국제적 성질을 가진 어떠한 조약이나 약속을 하지 않을 것을 기약한다.

제3조 일본국 정부는 그 대표자로서 한국 황제 폐하의 궐하闕下에 1명의 통감을 두되 통감은 오로지 외교에 관한 사항을 관리하기 위하여 경성에 주재하면서 직접 한국 황제 폐하를 궁중에 알현하는 권리를 가진다. 일본국 정부는 또 한국의 각 개항장과 기타 일본국 정부가 필요하다고 인정하는 곳에 이사관을 두는 권리를 가지되 이사관은 통감의 지휘 밑에 종래의 재한국일본영사에게 속하던 일체 직권을 집행하고 아울러 본 협약의 조관을 완전히 실행하기 위하여 필요한 일체 사무를 장리掌理할 수 있다.

제4조 일본국과 한국 사이에 현존하는 조약 및 약속은 본 협약의 조관에 저촉하는 것을 제외하고는 다 그 효력이 계속되는 것으로 한다.

제5조 일본 정부는 한국 황실의 안녕과 존엄을 유지함을 보증한다.

이상의 증거로써 아래의 사람들은 각기 자기 나라 정부에서 상당한 위임을 받아 본 협약에 기명記名 조인調印한다."

―단 한 줄로 이야기하면 주권국가를 포기하라는 것입니다. 그중 핵심

은 외교권의 박탈입니다.

민영기가 조약내용을 다 읽자 한규설이 말했다.

많은 말들이 오갔지만 실효성이 없는 말이었다. 대신들의 목소리에는 힘이 없었다. 왕은 자리를 떠서 돌아오지 않았다. 멀리 궐문 밖에서 백성들이 조약을 반대한 소리가 들려왔다. 덕수궁은 을씨년스러웠다. 덕수궁은 어느 궁보다도 초라하고 작은 궁이었다.

이토 히로부미로부터 친서가 전달되었다. 일본의 천황의 친서였다.

-동양평화를 위해서 부득이한 조치입니다. 일본국은 귀국의 안전을 보장할 것입니다.

대한제국의 황제는 단호히 거절했다. 대한제국을 방문한 이토 히로부미가 독대할 것을 부탁해왔지만 받아들이지 않았다.

이기와 역사학당의 식구들은 덕수궁 앞에서 읍소하고 있었다. 조국이 무너지는 것을 바라보는 것은 수치였다. 약자의 주장은 언제나 묵살되는 것이 세상의 이치였다. 말로 안 되면 강제가 동원되는 것이 자연계의 순리였고, 세상의 원리였다. 강자는 마지막으로 강제권을 발동했다. 황제가 반대하고, 대신들이 반대하자 일본은 강제권을 사용했다.

약자의 정의는 개밥에 도토리 같았다. 백성들이 울부짖는 순간에 조약을 위한 준비는 진행되고 있었다. 서울에 주둔하던 일본군 기병 800명, 포병 5,000명, 보병 20,000명을 동원했다. 덕수궁 주변으로 배치했다. 살벌한 분위기가 만들어지고 있었다. 반대할 경우 죽여 버릴 것이라는 분위기를 만들고 있었다. 포를 덕수궁으로 향해 놓고 발사준비태세를 하고 명령을 기다리고 있었다. 대한제국의 황제가 있는 덕수궁을 포로 사격해 불살라 버리겠다는 엄포였다.

반면 덕수궁 앞의 백성들의 수는 늘어나고 있었다. 목소리는 점점 커졌다. 덕수궁 안까지 크게 들리기 시작했다. 어수선하고 침통한 분위기 속에 한파가 찾아왔다. 거적을 바닥에 깔고 엎드려 호소하는 백성들의 몸을 한파가 파고들었다. 울음 섞인 호소가 덕수궁을 넘고 있는 순간에 강제로 끌려간 각료들을 모아놓고 하야시가 날카로운 목소리로 훈계하듯 말했다.

―대한제국의 대신들은 나라를 생각한다면 조약에 날인을 해야 할 것입니다. 날인하지 않을 경우 조선민들의 원성을 들을 것입니다. 일본국은 귀국의 안전보장과 아시아의 평화를 위해서 필요한 조치입니다.

마치 아랫사람을 데려다 놓고 훈계하듯 말했다.

―만약에 조인에 반대한다면 대신들의 안전을 책임질 수 없습니다.

엄포였다. 누구도 입을 열지 못했다. 주한일본군사령관인 하세가와를 대동하고 일본군을 회의장 안까지 진입시켜 놓고 있었다. 대한제국이 아니라 일본국의 회의장에 끌려간 꼴이었다.

일본의 강압이 계속되었다. 분위기는 더욱 험악해졌고, 군인들을 대동한 하세가와까지 거들었다. 칼을 찬 군인들이 둘러싸고 있었다. 긴장이 고조되고 있었다.

고종은 사람을 불렀다. 무언가 느낌이 좋지 않았다. 꿈자리까지 뒤숭숭해 마음이 불편하던 차였다.

-찾으셨습니까?

-그래. 빨리 사람을 보내거라.

-일본국과 각료회의가 진행되는 곳 말씀하시는 겁니까?

-그렇다.

고종의 목소리에는 두려움이 있었다.

-누구를 부를까요?

-궁내부 대신 이재극을 불러라.

고종은 마음이 다급해서 말했다. 고종은 친서를 직접 써가지고 있었다. 일본은 덕수궁 내부에도 일본군을 진입시켜 건물 구석구석에 배치시켜 놓았다. 대한제국의 군인이 아니라 일본군이 대한제국의 궁궐을 점령하고 있었다. 자신의 궁궐에서 황제가 행동이 부자유스러웠다. 행동 하나하나를 감시받고 있었다. 이미 감금되어 있는 상태였다.

이재극이 달려왔다.

-여기 있다.

고종의 손에 들어있는 친서를 건네주면서 말했다.

-각료회의를 연기하라고 전하거라.

-예. 알았습니다.

-황급한 일이니 달려가거라.

-에. 바로 시행하겠습니다.

각료회의를 연기하라는 명령서를 들고 어전에서 나와 궁궐 문으로 달려갔다.

문에 도착하기도 전에 일본군에게 제지를 받았다.

—어명을 실행하는 것이다!

이재극이 일본군을 향해 소리쳤다. 일본군도 물러서지 않았다.

—어디 감히 어명을 행하는 관리를 막는 것이냐!

—궐 밖으로 함부로 나갈 수 없습니다.

일본군은 명령을 따른다는 원칙적인 말만 계속했다. 시끄러워지자 일본군의 책임자가 황급히 달려왔다.

—나는 궁내부 대신 이재극이다. 황제의 명을 받고 임무를 수행하는 중이다. 길을 열어라!

—그럴 수 없습니다.

젊은 장교가 단호하게 길을 막으며 말했다.

—손에 가진 것을 내놓으시오.

오히려 친서를 빼앗으려 했다.

—어딜 감히!

이재극은 소리쳤지만 소용없었다.

—손에 쥔 것을 빼앗아라.

일본군들이 달려들어 친서를 빼앗았다.

—이분을 모셔라.

그리고 젊은 장교는 사라졌다. 이재극은 바로 감금되었다.

주한일본군사령관인 하세가와에게 친서가 전해졌다. 그것은 바로 일본 공사 하야시에게 전해졌다. 분위기는 점점 살벌해졌다.

-여러분들은 집으로 돌아갈 수 없을 수 있습니다.

하야시의 말에는 비수가 들어 있었다.

-한 나라의 대신들을 모아놓고 그런 엄포를 하는 경우가 어디 있습니까!

상황이 어두워지자 울분에 찬 한규설은 하야시의 말이 끝나기도 전에 소리치며 회의장을 뛰쳐나갔다. 한규설은 고종에게 나빠지는 분위기를 알리기 위해 회의장을 나오자 바로 일본군에 의해 감금되었다. 3시간이 지나도 한규설이 돌아오지 않자 각료들은 한규설이 일본군에게 살해되었다고 생각했다. 그만큼 분위기는 살벌했다. 차가운 기류가 흐르고 있었다. 긴장의 수위가 높아져갔다.

침묵을 깨는 한 사람이 있었다.

-일본국의 요구는 대세상 부득이한 것으로 보입니다.

학부대신 이완용이었다. 모두의 눈이 이완용에게로 향했다.

-국력이 약한 우리가 일본국의 요구를 거절할 수 없을 것입니다. 더이상 감정이 충돌하기 전에 원만히 타협하는 한편 대한제국의 지위를 보전하는 것이 좋을 듯합니다.

-그렇습니다. 어쩔 수 없는 일이라면 시간 낭비하지 말고 동의하는 것이 옳다고 봅니다.

이완용이 받아들이겠다는 뜻을 말하자 내부대신 이지용과 군부대신 이근택도 여기에 동조했다.

참정 대신 한규설과 탁지부 대신 민영기, 법부대신 이하영은 끝까지 반대했다. 하지만 대세는 이미 기울고 있었다. 그동안 반대를 했던 농상 공부 대신 권중현은 조약문 수정을 전제로 찬성했다. 외부대신 박제순은 황제의 명령이라면 어쩔 수 없다는 책임회피성의 애매한 발언을 하면서 찬성했다. 황제는 반대를 하고 있음을 알고 있음에도 변명 아닌 변명으로 찬성을 해 과반수 찬성이 되었다. 대한제국, 아니 조선은 그렇게 자주권을 잃어버렸다.

같은 시간에 덕수궁 앞에서의 울음 가득한 호소는 허사가 되고 있었다. 차가운 바닥에 엎드려 호소하는 조선인들의 염원은 무너지고 있었다. 이기와 역사학당 식구들의 호소도 차가운 겨울 바람에 사라지고 있었다. 🔳

일본이 러시아를 굴복시키다

한반도는 일본의 손 안에 들어갔다. 예상했던 대로 러일전쟁에서 일본 제국이 승리하고, 외교권 등 대한제국의 자주권을 박탈당한 을사조약이 체결되었다. 제2차 한일협약第二次韓日協約이라고도 했다. 러일전쟁이 끝나자 마자 조약이 이루어졌다. 러일전쟁은 1904년 2월 8일에서 1905년 9월 5일에 종전되었으니 1년 7개월 간의 전쟁이 마무리되는 마무리되는 순간 일본은 러시아에서 대한제국으로 바로 돌아섰다.

힘의 우위를 확인하는 순간 야욕을 드러냈다.

강권에 의한 강제적인 조약체결이었다. 조선인들은 강하게 반발했다. 치욕이었다. 수천 년의 역사를 가진 나라로서 참담한 일이었다. 대한제국을 보호한다는 이름으로 '보호국保護國'이라는 단어를 사용했지만 누구도 믿지 않았다. 일본은 조약 체결을 위해 이토 히로부미를 대한제국에 파견했다.

조선인들은 들고 일어났다. 반대여론으로 조선팔도는 들끓었다. 조약내용을 알고 조선인은 경악했다. 전쟁 한 번 제대로 못해보고 이렇게 당하는 것이 억울했다. 일본은 군대를 동원했다. 궁궐을 포위하고 정부대신을 협박하며 조약 체결을 강요하였다. 결국은 강자의 뜻대로 돌아갈 수밖에 없었다. 대한제국은 외교권을 강제로 빼앗겼다.

조선의 분위기가 달라지기 시작했다. 속도는 빨랐고, 변화는 확실했다. 일본에 대한 적대감이 예상을 뛰어넘고 있었다. 조선인들이 화가 났다. 다소 우호적이었던 사람들마저 돌아섰다. 내 가족이 사는 나라를, 내 고향이 있는 나라를, 내 조상이 살아온 나라의 주권을 빼앗아가는 일본에 대해 격노했다. 조선인들은 움직이기 시작했다.

홍범도는 분노했다. 의병을 해산하며 낙망했던 때가 떠올랐다. 이미 조선은 무너지고, 대한제국은 무너진 것과 다름없었다. 외교권을 빼앗긴 나라가 온전한 나라라고 할 수가 없었다. 나라를 찾는 것이 중요했다.

나라를 빼앗아 가는 나라는 일본이었다. 일본이 당연히 주적이었다. 방향을 잃었던 것을 찾아오게 한 것이 일본의 대한제국에 대한 주권 침탈이었다. 강제적으로 탈취해간 적이었다. 군대를 동원해 강제적으로 압력을 넣어 주권을 빼앗아갔다. 주적을 찾았다.

홍범도가 마음을 가라앉히지 못하고 있을 때 태양욱이 찾아왔다. 홍범도는 비밀거소에 먼저 나와 있었다.

—잠을 이루지 못했습니다.

—나도 마찬가지였네.

태양욱의 말에 홍범도도 잠 못 이룬 밤을 떠올리며 말했다.

—군대까지 동원해 강제로 조인했다고 합니다.

—그것만이 아닐세. 임금은 아니 황제는 옥쇄로 조인하지 않았다고 하네.

태양욱이 조인 당시의 상황을 이야기하자 임금이 조인을 인정하지 않은 상황을 홍범도가 말했다. 그러면서 왕이나 임금이 익숙하고 황제라는 말이 어색했다.

소문은 빨랐다. 발 없는 말은 조선민에게 입에서 입으로 전해졌다. 일본의 불법적이고 강제로 강탈한 대한제국의 외교권에 대해 이야기했다. 먼저 일어난 것은 유림들이었다. 누구를 가릴 것 없이 거칠고 전폭적으로 일어났다. 먼저 특진관 이근명이 을사오적의 처벌을 주장했고 비서감 이우면, 박기양, 사직서 제조 박봉주, 중추원 의장 민종묵, 전 비서원 윤두병, 의정부 참찬 이상설, 이유승, 박종빈, 이종태, 정홍석, 정명섭, 신성균, 강원형 등이 뒤를 이었다. 그 외에도 숱한 뜻있는 조신과 유생들이 뒤를 이었다.

조선이 들썩이고 있었다. 최익현은 즉각 상소를 올렸다. 이완용을 비롯한 을사조약에 찬성한 을사오적을 처형할 것을 주장했다. 유생들도 예외 없이 일어났다. 조선이 들고 일어나자 고종은 말했다.

-그대들의 말이 공분에서 나온 것임을 안다. 그 충정을 이해한다.

그것이 전부였다. 침통했다. 하지만 이미 기울어진 것을 알고 있었다. 공식적으로 전쟁을 선포하거나 원천무효를 드러내놓고 선언하지 못했다. 사실 대한제국 황제의 입은 밖으로 나오지 못하게 차단되어 있었다. 궁궐은 커다란 감옥이었다.

하지만 주영 서리 공사 이한응과 민영환이 자결하였다. 홍만식도 독약을 먹고 분함을 참지 못하고 죽음으로 항거했다. 대신 조병세는 일본 헌병들에게 강제로 집으로 끌려가게 되자 치욕을 참지 못하고 죽음으로 맞섰다. 또한 학부지사 이상철, 평양 진위대 상등병 김봉학, 경영관 송병선이 잇달아 자결했다.

-형님. 어떻게 하실 겁니까?

조선민이 분노하고, 항의하고, 목숨까지 버리며 맞섰지만 달라질 것이 없었다.

-나는 목숨을 버릴 생각은 추호도 없네.

-저도 마찬가지입니다.

-나는 살아서 일본군을 한 명이라도 더 처단할 걸세.

-적극 동의합니다.

홍범도와 태양욱은 의기가 모아졌다.

-다시 일어나세.

-좋습니다.

홍범도와 태양욱이 의기로 일어설 것을 선언할 때 차도선이 들어왔다.

차도선의 얼굴도 잠을 이루지 못한 것이 보였다. 까칠하고 부석했다.

-저도 일어나겠습니다.

차도선이 느낌으로 상황을 파악하고는 동참할 것을 선언했다.

-고맙네.

-고맙긴요. 제가 선택한 길입니다. 분을 삭이지 못하고 씩씩거리다 왔습니다. 혹시나 나오셨을까 하고요.

-나도 마찬가질세. 앉아 있지 못하고 나왔네.

차도선의 눈빛에 강렬함이 보였다.

-억울해서, 참을 수 없어서 자결했다는 소리가 들려오지만 저는 행동으로 보여줄 겁니다. 제가 왜 죽습니까. 한 놈이라도 더 죽이고 죽어도 죽을 겁니다.

차도선이 자신의 심정을 담아 말했다. 지난 번 일본군과 전투 때 사망한 전우들이 떠올라 더욱 화가 났다.

-남의 손에 지배받는 수치는 내 인생에 없을 걸세.

홍범도도 힘을 주어 말했다.

-저도 마찬가지입니다. 죽는 날까지 싸울 겁니다.

-태양욱도 결의를 다졌다.

이기와 나철, 암살단을 조직하다

-저는 제 손으로 오적五敵을 처단할 것입니다.

-그래, 우리 손으로 처단하세.

나철의 선언에 이기가 동의했다.

-우선 을사조약으로 분노한 사람들이 모여 뒷일을 논의하기로 했는데 같이 가세.

-좋습니다.

이기의 제안을 나철이 받아들여 동행했다.

이기호와 홍일주, 강상원, 이홍래를 비롯해 나라 걱정을 하는 조선의 선비들이 모였다. 이광수도 합세했다.

-해학 선생께서도 건강하시지요?

-그렇네. 우당도 잘 지내지. 오랜 만일세.

이기를 보자 이광수가 정중하게 인사를 했다. 옥산玉山 이광수李光秀였다. 이광수는 대한제국의 문신으로 통훈대부 정3품이었다. 현직이었다. 양녕대군의 17대손이었다. 을사보호조약이 체결되자 의분을 참지 못하여 동지를 모으고 있었다. 전형적인 유학자 집안이었다.

이광수는 명문가 집안이었다. 집도 서울 한복판에 자리 잡고 있었고, 재력가의 집안이었다. 사람이 좋아보였지만 강단이 있고 기개가 있는 사람이었다.

-을사오적과 같은 하늘 아래서 살 수 없습니다. 나라를 팔아먹은 자들

은 처단해야 합니다.

–당연하네. 이들이 다시 무슨 일을 벌일지 알 수가 없으니 후환을 제거한다는 마음으로 제거하세.

이홍래李鴻來의 목소리가 컸다. 이홍래의 말을 받아 나철이 동의했다. 이홍래는 피가 끓는 청년이었다. 이홍래는 민영환의 복심 같은 존재였다. 민영환은 망국의 조정 대신으로 형조 판서에 올랐고, 주미 전권대사에 임명되기도 했던 인물이었다. 조선의 정국을 이끌어가던 대표적인 인물이었다. 민영환은 이홍래가 따르던 사람이었다. 하지만 민영환은 을사조약이 체결되자 조정 대신들을 이끌고 일본에 항거했다. 두 차례나 상소를 올리고 궁중에서 물러나지 않자 일본에 의해 왕명 거역죄라는 명분으로 구속되었다. 민영환은 이미 나라가 기울었음을 깨닫고 본가에서 자결하였다. 믿고 따르던 주인을 잃어 더욱 분기가 넘치고 있는 청년이 이홍래였다.

–일을 벌이려면 자금이 필요합니다. 자금은 제가 대겠습니다.

이광수가 선뜻 자금을 대기로 했다.

–처단은 제가 맡겠습니다.

너무나 강하게 이홍래가 나섰다. 행동대장을 자청했다. 혈기가 넘치는 20대의 청년으로서 두려움이 없었다. 누구도 나서지 못할 만큼 강하게 나섰다.

–저도 참여하겠습니다.

이홍래가 나서자 다른 젊은 청년들이 따라 나섰다.

─문제는 보호조치가 내려졌다는 것입니다.

─일단 동선을 파악하겠습니다.

이광수가 을사오적에 대한 일본의 보호조치가 내려졌다는 말에 이홍래가 암살을 위한 사전 조치로 오적들의 동선을 파악하겠다는 것이었다. 이홍래는 민영환 수하에서 일을 해 조정 대신들의 동선을 누구보다도 잘 알고 있었다.

우선 필요한 것이 권총이었다. 권총은 구하기도 어려웠고, 금액도 예사롭지 않았다. 무엇보다 뒷거래로 취급하는 사람을 알아보아야 했다. 누구도 권총을 구입하는 것을 아는 사람이 없었다. 권총은 서울의 집 한 채 가격을 호가하는 귀한 무기였다. 장교들의 호신용으로 나왔고, 거래물품이 아니었다. 권총을 소지하는 것조차 단속대상이었다. 아직도 관원들은 칼과 활을 소지하고 있는 상황에서 권총은 생소한 무기였다.

─각자 맡은 임무대로 책임을 다하기 바라네.

─조심하셔야 합니다.

이기의 말에 모인 사람들이 한결같이 이기를 걱정했다.

─걱정할 사람은 내가 아니라 여러 분들이네.

─저희는 아직 젊습니다.

이기의 걱정에 젊음으로 마음의 짐을 덜어주었다.

─다음 모임은 열흘 후에 각자 맡은 일을 가지고 다시 보세.

각자의 역할과 임무사항을 나누었다. 그리고 총과 살상 무기는 이기와 나철이 맡았다. 이기와 나철은 발이 넓은 사람이었다.

계연수도 마음이 바빠졌다. 저술작업에 들어갔으나 일이 수월하게 진행되지 않았다.

-형님은 무엇이 어려우세요?

-무엇보다 지명이나 인명에 대한 고증과 확인 작업이 어렵네.

-저도 감이 오지 않을 때가 종종 있습니다. 그래도 형님은 대단하십니다.

-개인이 하기에는 턱도 없는 일이란 것을 깨닫고 있네.

-그리고 직명職名도 까다로운 것 중에 하나 아닌가요?

-그렇지. 아리송한 것이 하나둘이 아니지.

계연수의 힘들다는 토로가 이해되었다. 분명 개인으로서는 감당하기 어려운 작업이었다.

-예를 들면 원문이 이렇게 나오네.

계연수가 이태집에게 〈단군세기〉 원문 내용을 보여주었다.

檀君王儉五十一年天王命雲師倍達臣三郎城千穴口

設祭天壇于摩璃山發江南民丁八千人以助役

辛酉三月天王親幸摩璃山祭天熊伯多蒙

在位五十五年子盧德利立盧德利蒙子弗如來立

是檀君扶婁十二年壬子秋十月以命頒七回曆于民

明年春三月始敎民種柳于白牙岡作都亭

丙辰刻立三一神誥碑於南山庚申作稻田己亥立蘇塗

施三倫九誓之訓治化

-너무 긴가?

-제게는 깁니다.

계연수가 이태집에게 보여준 원문 길이가 긴 듯해 물었다.

-저는 부분만 이해가 됩니다.

-나도 마찬가질세. 다른 책을 뒤져가며 확인해야 해석이 가능하네. 하지만 나는 이것을 외우네.

-저도 상당부분 필요한 책의 경우 외우고 있지만 이렇게 양이 많은 것을 외우는 데는 어려움이 있겠습니다.

역사의 은자들은 중요한 책은 전문을 외우는 것이 거의 의무사항 같았다. 만약을 대비하는 최적의 방법이었다. 복기가 필요하기 때문이었다. 조선팔도에 유일본일 가능성이 많기 때문이었다. 이것이 사라지면 환족의 역사가 그냥 잊혀질 수 있음을 가슴에 새기고 사는 사람들이었다.

-나는 이것을 이렇게 일단계로 작업을 하네. 다음으로 일단 문단을 나누고, 지명과 인명을 찾고 다시 직명을 찾네. 그리고 마지막으로 다시 해석을 시작하네. 지루하겠지만 한 번 보세. 자네도 나중에 필요할 걸세.

계연수가 작업하는 과정을 설명했다. 직접 작업을 해본 적이 없는 이태집도 관심이 많던 일이었다.

단군왕검오십일년 천왕 명운사배달신 축삼랑성우철구

檀君王儉五十一年 天王 命雲師倍達臣 築三郎城于穴口

설제천단우마리산 발강남민정 팔천인 이조역

設祭天壇于摩璃山 發江南民丁 八千人 以助役

신유삼월 천왕 친행마리산 제천 웅백다훙

辛酉三月 天王 親幸摩璃山 祭天 熊伯多蕘

재위 오십오년 자노덕리 입 노덕리 훙 자불여래

在位五十五年 子盧德利 立 盧德利 蕘 子弗如來立

시단군부루십이년임자 추시월 이명 반칠회력우민

是檀君扶婁十二年壬子 秋十月 以命 頒七回曆于民

명년춘삼월 시교민종류 우백아강 작도정

明年春三月 始敎民種柳于白牙岡 作都亭

병진 각립삼일신고비어남산 경신 작도전 기해 입소도

丙辰 刻立三一神誥碑於南山 庚申 作稻田 己亥 立蘇塗

시삼륜구서지훈 치화대행

施三倫九誓之訓 治化大行

─살펴보세. 문단을 나누어놓으니 이제 어느 정도 보이지 않나?

─예. 좀 이해가 갑니다.

─여기서 어려운 점은 해석하기 위해 어디서 끊어야 하는지가 어렵네.
내용을 짐작할 수 있어야 끊을 수 있네.

-저는 그것이 어렵습니다. 지명인지 인명인지 아니면 분문 내용인지가 구분하기 어렵습니다. 물론 논어 대학 같은 것은 여러번 보고 듣고 해서 저절로 되지만 처음 보는 역사서인 경우는 어려웠습니다.

-그것이 정상일세. 인명이나 지명의 경우 처음 보는 것도 나오니 당황스럽네.

-그리고 고문이라 지금은 사용하지 않는 것들이 많으니 힘들지 않으세요?

-그렇지. 자네가 말한 인문 지명 직명이 구분하기 어렵고 본문을 끊는 것이 힘들지만 처음 접하는 역사 기록을 어떻게 해석해야 할지가 또한 어렵네.

계연수와 이태집은 말이 통하는 사람들이었다. 서로를 알고 서로의 어려움도 잘 알고 있었다. 누가 준 일이 아닌 집안에서 내력으로 이어오는 일을 하는 것에 대한 막막함이 있었다. 생업을 저버릴 수 없는 것이 무엇보다 힘들었다. 경제적인 면이 해결되지 않으면 모든 것은 무너지게 되어 있었다. 생업이 무엇보다도 어려웠다. 물론 이기가 도와주고 주위에서 도와줘 가능하지만 중간 중간 시간을 내어 약초를 캐러 산으로 가야 했다.

-해석한 것을 보세.

단군왕검 51년에 천왕께서 삼랑성을 축조하고 마리산에 제천단을 설치할 때 강남의 장정 8,000명을 동원하여 조역助役하게 하셨다. 신유년 3

월에 천왕께서 친히 마리산에 행차하여 천제를 올리셨다. 웅백다가 떠나니 단군왕검 재위 55년이었다. 아들 노덕리盧德利가 계승하였다. 노덕리가 세상을 뜨자 아들 자불여래子弗如來가 즉위하니 부루단군 12년 임자년이었다. 가을 10월에 명을 받들어 백성에게 널리 반포하였다. 다음해 봄 3월에, 처음으로 백성으로 하여금 백아강에 버드나무를 심게 하고 도정都亭을 지었다. 병진년에 삼일신고비를 새겨서 남산에 세우고, 경신년에 도전稻田을 개간하였다. 기해년에 소도를 세워 삼륜구서三倫九誓의 가르침을 베푸니 나라를 다스림이 크게 이루어졌다.

-이렇게 일차 해석을 하고 나면 더 큰일이 기다리고 있네. 어떤 의미가 있는지를 알아야 하고, 무엇을 말하고 있는 것인지를 확인해야 하네.

-진정한 해석이군요.

-그렇네. 무엇을 구체적으로 말했는지를 아는 것이 중요하네. 그리고 그것을 찾아내는 것이 중요하지.

-예를 들면 삼랑성과 마리산, 백아강이 어디인가에 대한 연구도 중요하겠네요?

-그것을 직접 찾아가 확인하는 작업은 지금은 좀 어렵네.

-그것은 개인의 일이 진정 아닙니다.

나라가 나서도 쉽게 하기 쉽지 않은 일이었다. 지난 번 계연수 이관집 이태집 셋이서 광개토대왕릉을 답사하는 것만도 어려웠다. 시간보다도 경비를 감당하기에 역부족이었다. 몇 달 혹은 몇 년을 걸어도 해결하기 어려운 것이지만 숙식을 해결하는 일은 모두에게 경제적인 부담을 주었다.

-그래도 광개토대왕릉 답사는 좋았네.

-저에게도 의미있는 일이었습니다.

계연수와 이태집은 답사여행의 기억을 상기하며 흐뭇했다.

-여기에서도 사람이름이 나오네. 찾아보게.

해석해 놓은 글에서 이태집이 찾았다.

-웅백다홍熊伯多薨이 웅백다가 사망했다는 이야기지요.

-그렇네.

이태집이 무장 중에서 웅백다熊伯多를 찾았다.

-더 찾아보게.

-여기도 있습니다. 노덕리盧德利, 자불여래子弗如來입니다.

계연수의 요구에 이태집이 다시 찾았다.

-역시 한문에 능력자인 걸 확인하는군.

-형님에게 비교하면 아직 하수입니다.

이태집도 한학에 밝았다. 한자지식이 없고서는 은자의 역할을 수행할 수가 없었다. 은자의 집안에서는 벼슬은 자제시켰지만 한문 공부는 착실하게 시켰다. 벼슬로 나아가지 않은 것은 화를 입을 수가 있기 때문이었다 집안에 화를 당하면 역사의 단절 곧 환역사가 사라지고 마는 것을 의미하기 때문이었다.

-여기서 확인할 수 있는 것은 많네. 왕을 천왕이라고 했다는 것일세.

천손이라는 것을 강하게 담고 있는 것이 천왕이지 않는가?

ㅡ그렇지요.

ㅡ그리고 여기서 놀라운 사실이 나오네. 어느 역사서에서도 상상할 수 없는 확실한 증거라고 할 수 있네. 천왕의 이름이 구체적으로 나온다는 점일세.

ㅡ아하. 그렇군요. 놀랍습니다.

이태집이 스쳐지나갔던 것을 계연수가 밝혔다.

ㅡ단군을 개인으로 알고 있는 것이 조선인들의 수준인데 47대 천왕이 있다는 것도 놀랍고, 왕을 단군이라고도 하고, 천왕이라고 했다는 것도 새로운 사실일세.

ㅡ정말 그렇습니다.

ㅡ진정 놀라운 것은 왕의 실명이 나온다는 점일세. 여기서 웅백다熊伯多는 초대 단군왕검, 노덕리盧德利는 2대 단군, 불여래子弗如來는 3대 단군일세.

ㅡ그렇다면 노덕리盧德利는 2대 단군으로 부루단군, 자불여래子弗如來는 3대 단군으로 가륵단군이군요.

ㅡ역사의 은자로 임명함!

이태집이 확실하게 단군 이름을 확인하자 계연수가 이태집의 능력을 인정하며 밝게 웃었다.

ㅡ세 분 모두 대단한 업적을 남긴 분이지요.

ㅡ그렇지. 대단했지. 이야기 해보게.

-초대 단군왕검은 고조선을 세운 분이시고, 고조선의 기틀을 잡으셨습니다. 구체적으로 이야기하면 부소部所를 임명했다고 볼 수 있습니다. 지금으로 이야기하면 육조를 말합니다. 팽우彭虞에게 땅을 개척하는 소임을 주었습니다. 성조成造에게는 궁실을 짓는 소임을, 고시高矢에게는 농사 짓는 일을 맡겼습니다. 그리고 글을 맡은 신지神誌가 있습니다.

-삼선사령이라고 들어 보았나?

-삼선사령은 처음입니다.

-다 아는 이야기지만 생소한 걸세.

-그런가요?

-그렇지. 삼선사령三仙四靈은 7개의 직책이고, 7개의 임무라고 할 수 있네. 우선 삼선三仙은 팽오가 우관虞官, 신지는 사관史官, 고시는 농관農官이었네. 그리고 사령四靈은 특제는 풍백風伯, 악저는 우사雨師, 숙신은 뇌공雷公, 수기는 운사였네.

-점점 어려워지네요. 팽오가 우관虞官이란 의미는 무엇이지요?

-앞에 것은 이름이고 뒤에 것은 직책일세.

-그렇다면 팽오는 이름이고, 우관虞官은 관직 이름이란 말씀이십니까?

이태집은 관심만이 아니라 하나라도 더 알려는 마음이 얼굴에 그대로 보였다.

-그렇지. 신지는 이름이고 사관史官은 직명인 것이지. 마찬가지로 고시는 이름이고 농관農官은 직명이었네. 뒤에 사령도 마찬가지로 앞에 것은 이름이고 뒤에 것은 직명이라고 보면 되네.

―그렇군요. 사령도 특제는 이름 풍백風伯은 직명, 악저는 이름 우사雨師
는 직명, 숙신도 마찬가지로 이름이고 뇌공雷公은 직명이었군요. 수기
와 운사雲師도 이름과 직명이었네요.

―그렇네.

―초대 단군 이야기만 했는데도 어렵네요.

―관직에 따른 임무도 알아야 할 텐데.

―아하. 그렇군요.

―공부는 끝이 없네.

―맞아요. 알수록 더 알아야 할 것들이 늘어나는 걸요.

―나도 그렇게 생각하네. 나도 한참 부족하지. 겨우 큰 흐름만 알고 있
는 거고.

―저는 형님만큼만 알면 좋겠어요.

―누구나 자기보다 더 아는 사람을 보면 그런 생각을 하지. 하지만 우리
가 가지고 있는 지식은 정말 일부분인걸.

―맞습니다. 그래도 관직에 따른 임무는 무엇인지는 알아야지요. 특히
사령에 대해서는 알고 싶습니다.

이태집은 집념이 있었다. 이런 이야기는 계연수가 아니면 어디서 틀을
수 없는 고수의 세계인 것을 누구보다도 이태집은 잘 알고 있었다.

―사령 중에서도 가장 중요한 임무는 왕의 명령을 수행하는 풍백風伯이
라고 할 수 있네. 그리고 질병관리를 맡은 우사雨師, 형벌刑罰로 법질서
를 관장하는 뇌공雷公, 선악善惡으로 도덕을 맡은 운사雲師가 있었네.

−풍백 우사 운사는 들었는데 뇌공이 있었던 것은 몰랐습니다.

−그거야 '환웅이 동쪽으로 이동해 와 나라를 세울 때 풍백 우사 운사를 데리고', 라는 기록 때문일 걸세.

−맞아요. 그것 때문이군요.

−그렇다고 봐.

두 사람의 대화는 점심을 먹을 때가 한참 지났는데도 이어졌다.

−벌써 점심 때가 한참 지났습니다.

−그렇군. 어쩐지 출출했네.

−저도요. 오늘은 머리에서 뇌성벽력이라도 일어난 것 같아요. 너무 많은 지식을 받아들이느라 바쁩니다. 일일 지식입고 총량이 이미 넘어섰습니다.

−그랬군. 오늘은 그만하세.

홍범도, 격문을 준비하다

홍범도는 격문을 준비했다. 의병활동을 할 때 역사학당에서 가져온 역사 서적을 맡기며 공부하게 했던 이호종을 불렀다. 이호종이 왔다. 평생선비 이호종이었다. 선비처럼 말하고 선비처럼 행동했지만 의기義氣는 넘치는 청년이었다.

─어서 오게. 잘 있었나?

─예. 마음은 끓어도 몸은 잘 있었습니다.

이호종은 자신의 속마음을 털어놓았다.

─자네도 고생을 했군. 이러다 조선 사람들이 속병을 앓게 생겼네.

─속앓이를 해 봐야 힘든 건 나 자신뿐 아니겠나. 일어나야지.

차도선이 이호종에게 말하자 태양욱이 차도선의 말을 거들었다.

─일어나야지요. 그래야 제가 살 것 같습니다.

─그래 좋은 생각이야.

이호종의 말을 이번에는 홍범도가 받았다.

─격문을 쓰려고 하는데 자네가 도와주어야겠네.

─홍대장께서 직접 말씀하시면 되지요.

홍범도의 말에 태양욱이 홍범도를 부추겼다.

격문檄文은 조선인들이 분한 마음을 참지 말고 나라를 위해 일어나라는 글로 의병참여를 독려하는 글이었다. 태양욱이 홍범도를 부르는 호칭이 갑자기 형님에서 홍대장으로 바뀌었다.

─그래도 한문을 잘 아는 사람이 쓰는 것이 좋지. 나는 한문에 약하네.

─그러면 불러주시면 호종이가 쓰면 되지요.

홍범도가 자신의 입장을 말하자 받아 차도선이 새로운 제안을 했다.

홍범도는 금강산에서 스님 생활을 하던 때가 떠올랐다. 의지와는 상관없이 절로 갔었다. 절 생활이 내 옷이 아니라는 생각을 했지만 그곳의 인연으로 지금의 아내를 만나게 되었고, 글도 깨우쳤다. 한자를 읽고 겨우 쓸 수 있을 만큼 된 것도 신계사에서 만났던 지담스님 덕분이었다. 이순신 장군이라는 역사적인 인물이 있었다는 것도 지담 스님에게서 처음 들었다. 지담 스님은 수원 사람으로 덕수 이씨의 후손이었다. 홍범도는 역사라는 것을 아예 모르고 살았다. 알 필요도 없었다. 몸 하나 간수하는 것도 구차하고 벅찬 인생이었다.

역사의식이 생긴 것은 계연수를 우연히 산에서 만난 이후였다. 인생은 누구를 만나느냐에 따라 삶의 방향이 달라지는 것을 홍범도는 배웠다. 그리고 만난 사람이 기사범이었다. 기사범은 인생의 의미가 무엇인가. 산다는 것은 무엇인가를 깨닫게 해주었다. 그리고 기사범에게 무술을 배웠다. 자신감을 갖게 해주었다. 살아야 한다는 생각을 가지게 한 것은 누가 뭐라고 해도 지금의 아내, 옥녀였다. 어려서 마을에서 옥녀라고 부르던 것이 굳어져 옥녀로 통용되었지만 정확한 이름은 이옥구였다. 순간적으로 머릿속을 바람이 스쳐가듯 지나간 사람들이었다. 홍범도가 인생을 살아가는데 중요한 역할을 한 사람들이었다. 지금의 홍범도를 만든 사람들이었다.

-무슨 생각을 그렇게 하세요?

-아, 내가 그랬나.

홍범도는 짧은 순간 지나온 생을 돌아보았다.

-불러 보세요. 부르는 대로 쓰게.

차도선이 어느새 붓과 종이를 가져다 놓으며 말했다. 이호종은 벼루에 먹을 갈고 있었다.

-음, 으음.

홍범도는 말이 잘 나오지 않았다. 무언가 어색했다.

-우리들을 모아놓고는 힘차게 말씀도 잘하시더니만 오늘은 왜 더듬으세요.

-글쎄, 그것이 잘 안 되네.

태양욱이 의병시절 홍범도가 기세가 느껴지는 말을 생각하며 말했다.

홍범도는 무슨 말을 할까, 고민을 하다 입을 열었다.

-우리는 우리가 살아온 이 땅의 주인이다. 아끼고 소중하고 지켜내야 할 땅이고, 나라고, 백성이다. 내 아버지와 어머니가 살아왔고, 내 아내와 자식이 살고 있고. 그리고 내 친구와 형제 그리고 이웃이 살아가고 있는 이곳을 침범한 무리들이 있다. 국모母國를 시해弑害하고, 궁궐을 점령하고, 나라의 주권을 빼앗아 간 간악한 무리들이 있다. 주인인 우리는 일어서야 한다. 주인인 우리는 분노해야 한다. 일어나 뭉쳐서 싸우자. 우리는 기필코 승리할 것이다. 다시 주인이 되어야 한다!

홍범도가 호소하듯 말했다. 태양욱과 차도선 그리고 이호종이 박수를 쳤다.

-홍대장 최고!

세 사람이 일어나 박수를 치며 연호했다.

-왜들 그러시나.

홍범도가 쑥스러워하며 말했다.

-오늘은 더 멋졌습니다.

-저력이 있습니다. 역시 홍대님이십니다.

-태양욱과 차도선이 한 마디씩 칭찬을 했다.

이호종은 웃으며 붓을 들어 써내려가기 시작했다.

-말은 순간인데 붓글씨는 한참 걸리는구만

차도선이 이호종을 은근히 재촉했다. 이호종은 말없이 웃으며 차분하게 글씨를 써내려갔다.

-100장은 써야 되겠는데.

-그렇겠네.

태양욱이 방을 붙일 곳을 짐작하며 말하자 차도선이 인정했다.

-그렇군. 종이와 먹이 더 필요하겠네.

-구해와야지요.

다시 태양욱과 차도선이 일을 알아서 주도해 나갔다. 100장을 쓰기 위한 종이도 필요하고 먹도 더 필요했다. 하루에 끝낼 일이 아니었다. 혼자서 쓰기에는 벅찬 일이었다. 시간도 너무 많이 들었다.

-아하. 서각을 하는 친구를 부르세. 누구 없었나?

홍범도가 의병 활동을 하던 시절 재주가 있었던 사람을 생각해 보았다.

-아참. 그 친구, 있습니다.

-누구?

차도선이 말하자 태양욱이 다시 물었다.

-덕천에 사는 김후덕이요.

-그렇군. 부를 수 있나?

－덕천까지 다녀 오려면 이틀은 걸리겠는데요.

－그건 무릴세.

차도선이 떠올린 김후덕이 사는 곳까지 가서 데리고 오려면 너무 멀고 시간도 많이 걸렸다.

－잘 써야 되는 것이 아니라면 내가 좀 거들지.

－알아만 보고 읽는데 지장이 없으면 되지요.

－그렇다면 나도 쓰겠네. 두 사람은 먹을 갈고, 두 사람이 쓰면 되겠네.

홍범도가 팔을 걷고 자세를 잡았다. 홍범도가 붓을 잡고 글씨를 써내려갔다. 잘 쓰는 글씨는 아니었지만 문제가 없었다. 그래도 금강산 신계사에 있을 때 지담 스님으로부터 글을 배우고 익힌 것이 도움이 되었다. 🔲

3. 흉노와 몽골의 출발

이기, 참간장斬奸狀을 적다

나철은 마음이 바빠졌다. 가슴에 적개심이 가득 찼다. 수천 년을 이어온 나라를 팔아먹는 일을 하다니 용서할 수 없었다. 애국이 아닌 매국의 발판을 만들어 놓은 것으로 간주했다. 외교권을 빼앗겼다는 것은 국권을 포기한 것과 다를 바 없었다. 을사오적이 다시 매국을 시작할 것으로 보였다. 미리 최악의 상황인 망국의 사태를 막기 위해서 을사오적의 암살은 필요하다고 생각했다.

―이제 우리가 나설 때일세.

이기가 나철에게 말했다.

-그렇습니다. 우선 필요한 것이 자금입니다. 자금을 마련해야 행동 개시를 할 수 있습니다.

-지난번에 옥산이 자금을 댄다고 했으니 먼저 만나보세.

나철의 말을 받아 이기가 방안을 제시했다. 옥산은 이광수의 호였다.

두 사람은 바로 이광수의 집으로 찾아갔다.

-필요한 것을 말씀하십시오.

-이야기 한 자금이 우선 필요합니다.

이기가 자금 이야기를 꺼내기도 전에 먼저 필요한 것을 말하라는 말에 이기는 마음이 편해져서 쉽게 자금 이야기를 꺼냈다.

-그것은 제가 말씀드렸으니 바로 마련하도록 하겠습니다. 그 외에는 없습니까?

-권총이 필요합니다.

이광수가 다시 더 필요한 것이 있으면 말해달라는 대답으로 나철이 권총을 이야기 했다.

-권총은 나도 쉽지 않네. 비밀리에 구할 수 있는 방안을 찾아보세.

나철의 제안에 이광수가 답했다.

-이렇게 적극적으로 나서주니 고맙네.

-당연히 제가 할 일을 하는 것입니다. 주위에서 나라를 위한 일에 발 벗고 뛰어주시니 제가 고마울 다름입니다.

이기가 고맙다는 말에 이광수가 도리어 고맙다는 말로 감사를 표했다.

가장 어려울 것으로 보았던 자금문제가 쉽게 해결되었다. 이광수가 주위 사람들에게 도움을 요청해주고 이기와 나철이 현장을 뛰며 자금을 모았다. 참여자가 많아 걱정할 정도였다. 자신회 회원은 200여 명에 이르렀다. 자금은 이광수가 2만 냥을 쾌히 내주었다. 큰돈이었다. 그리고 한 사람 한 사람이 자신이 가진 재산의 일부를 내놓았다. 전 내부대신이었던 이용태가 1,700원, 군수였던 전인국이 300원, 농상공부주사 윤주찬이 1,000원, 회위국원 최익진이 200원, 학부협판 민형식이 1만 4천량, 참봉이었던 김연호가 5천량, 그리고 김인식, 김영채 등이 협조해 자금이 모아졌다. 생각보다 충분한 금액이 모아졌다. 그만큼 을사오적에 대한 적개심이 강했다. 을사오적 척결은 조선 백성의 중대사였다.

자신회에서 결사대를 조직하고 동맹서를 영호남 일대에 배포했다. 동맹서는 나철이 작성했다. "이번 거사는 사람이 사람을 죽이는 것이 아니라 하늘이 사람을 죽이는 것이오, 2,000만 민족의 원한을 갚는 것이다"

―조선인에게 을사오적을 죽여야 하는 정당성에 대해서 호소하는 글이 필요합니다.

―그렇지 필요하네.

―그것은 해학께서 써주셨으면 합니다.

―내가!

나철이 이기에게 강력하게 요청했다.

―그렇습니다. 꼭 써주셔야 합니다.

―알았네.

나철의 요청에 이기가 잠시 생각을 하다 받아들였다.

이기는 집으로 돌아와 글을 써내려가기 시작했다. 제목은 참간장斬奸狀이었다. 참간장斬奸狀은 간악한 사람을 죽일 때에 그 까닭을 적은 글이었다.

이기는 이렇게 적어 내려갔다.

-〈간신을 목 베는 글〉

여러 의사義士들이여, 여러 의사들이여! 오늘의 사태는 실로 대한 독립을 유지하기 위한 유일한 길이요, 우리 2,000만 중생의 생사 문제입니다. 진실로 자유를 사랑할 수 있습니까.

청합니다. 결사 의지로 오적을 죽이고 국내의 병폐를 없애버리면 우리와 우리 자손들이 영원히 독립된 천지에서 숨을 쉴 수 있게 될 것입니다. 그 성패가 오늘의 행동에 달려 있습니다. 여러분의 생사 또한 여러분에게 달려 있습니다.

눈물을 흘리며 피가 스미는 참담한 마음으로 엎드렸습니다. 피가 뛰며 지혜와 용기를 갖춘 여러분들의 면전에 의義를 보이려 합니다. 여러분! 각자, 각자가 순결한 애국심을 불러일으켜 주십시오. 흉악한 매국적을 즉시 처형하고 우리나라의 독립을 전 세계에 드높이 선포해야 합니다. 우리의 행동이 성공하면 지옥에 들어가더라도, 지독한 고통을 당하더라도 기쁘고 즐겁기 한량없겠습니다.

그리고 이어서 한 사람 한 사람의 죄목을 적었다. 죽여야 하는 이유였다. 백성이 원하는 일을 대신하는 마음으로 또박또박 하게 적었다. 그리고 을사오적이 아니라 한 사람을 더 보태어 을사육적으로 했다.

이완용 학부대신은 러시아, 일본에 붙어서 조약 체결의 선두에 섰으니 꼭 죽여야 함.

권중현 군부대신은 이미 조약 체결을 인정했고 농부農部의 일국一局을 외인에게 양보했으니 꼭 죽여야 함.

이하영은 조약 체결이 그 손에서 나왔는데도 속으로는 옳다 하고 겉으로는 그르다 하여 백성을 속였으니 꼭 죽여야 함.

민영기는 조약 체결이 안으로는 옳고 밖으로는 그르다 하여 전국 재정을 모두 외인에게 주어버렸으니 꼭 죽여야 함.

이지용 내부대신은 갑신년의 의정서와 을사년의 신조약이 모두 그 손에서 나왔고, 매관매직하여 나라를 망하게 했으니 꼭 죽여야 함.

박제순 참정대신은 외부대신으로 조약을 맺어 나라를 팔고 또 참정대신으로 정권을 양도했으니 꼭 죽여야 함.

이근택 군부대신은 이미 조약 체결을 허락하고 공을 세운다 하여 폐하를 위협하고 백성들에게 독을 뿌렸으니 꼭 죽여야 함.

이기는 한 사람 한 사람의 죄목을 적으면서 다짐했다. 기어이 죽이리라. 이기가 평소에 사용하지 않던 말을 사용했다. '꼭 죽여야 함'이라는 말을 넣으면서 다시 다짐했다. 기어이 실천할 것을.

일본의 밀정, 감연극은 바빠지고 있었다. 데라우치 마사타케로부터 새로운 지령을 받았기 때문이었다. 을사오적을 보호하라는 명령이었다.

조선을 합병하려면 일본에게 우호적인 조선인을 포섭해야 한다는 목적
에서였다. 보호의 목적은 합병으로 가려는 일본의 의도에서 이해관계
가 맞아 떨어졌다.

－새로운 명령이 하달되었다.

감연극은 단호하게 말했다.

－을사오적이라고 불리는 조선의 인사들을 보호하고 한 발 더 나아가서
그들이 활동을 할 수 있도록 기반을 마련해 주는 일을 찾아내는 일에
주력하라.

감연극이 있는 공간은 차가웠다.

－보호 방법에 대해 발언해 보라.

감연극이 대원들을 상대로 말했다.

－조선에서는 그들에 대해 보호를 하지 않습니까?

－그렇다. 오히려 성토하려는 분위기가 강하다. 그래서 우리 일본제국
이 나서야 하는 이유다.

대원 중 한 명이 되묻자 감연극이 답했다.

－거리를 두고 보호하는 것이 옳다고 봅니다.

－인정한다. 그것이 한계다. 이곳은 분명하게 조선 땅이다. 그리고 조선
인들의 거주지라는 어려움이 있다. 그럼에도 우리는 임무를 수행해야
한다.

감연극의 목소리는 역시 단호했다.

－담당자를 조별로 짜서 활동하기 바란다. 조장들은 각자 맡은 대신들

을 정하고 보호방법을 보고하기 바란다. 중요한 것은 보이지 않게 목적을 달성해야 한다는 점이다.

감연극은 조선과의 마찰을 방지하기 위한 당부를 말했다.

-질문 있으면 질문하라!

-경계와 보호가 모호한데 한계선을 말씀해 주시기 바랍니다.

감연극이 질문하라는 말에 1조장이 물었다.

-우리 임무는 경계는 아니다. 밀접보호도 아니다. 다시 말하지만 우리는 보이지 않게 경호하고 동시에 감시임무도 있음을 숙지하라.

1조장의 질문에 대한 답을 감연극은 정확하게 경계를 구분 주었다. 일본의 목적은 조선 조정에서 을사조약을 체결할 때 찬성표를 던진 대신들을 보호하고 또한 그들을 감시해 심경의 변화나 행동을 감시하려는 이유가 있었다.

-다음 질문?

감연극은 짧고 날카롭게 물었다.

-보호하면서 상황 위급 시 적대적인 사람을 사살해도 됩니까?

-그건 안 된다. 우리 대원의 생명이 위급 시에 적을 사살할 수는 있다. 하지만 조선의 대신, 보호대상자를 보호하기 위해서 살상은 안 된다.

3조장의 질문에 감연극은 잘라서 경계를 구분해 주었다. 냉철하고 분별력이 있는 감연극이었다.

-이유를 물어도 됩니까?

-이유는 우리 대일본제국이 아시아의 평화를 위해서 큰 그림을 그리고

있다. 첫번째 대일본제국의 목표가 조선이다. 조선을 대일본제국의 병참기지와 인력차출의 기지로 활용하기 위해서 조선인들에게 미움을 사면 목적 달성이 어려워진다. 첫 단추를 잘 꿰야 하기 때문이다.

1조장의 질문에 대한 감연극의 답이었다.

−조선 역사가들에 대한 감시는 잠시 유보하는 겁니까?

−그건 아니다. 우리 대일본제국의 목표에 손상을 가하는 존재들이 바로 그들이라는 것이 상부의 생각이다. 조선역사가들에 대한 감시와 동태파악은 기본적인 임무라고 생각하면 된다. 쉬지 않고 간다.

감연극은 잠시 생각에 잠겼다가 이야기를 다시 시작했다.

−다시 설명하면 조선의 대신들을 보호하는 것이 단기임무라면 조선의 역사가들을 감시하고 동태파악 하는 것은 장기임무라고 생각하면 된다.

감연극은 둘러보고 말했다.

−다른 질문 있으면 말하라.

−없습니다.

감연극의 질문에 함께 질문이 없음을 답했다.

−각자 임무에 충실하라. 그리고 보고 철저를 명심하라.

흉노와 몽골의 출발을 찾다

O 늘 하루는 쉬자.
　-좋습니다.

계연수가 글쓰기를 멈추고 오늘 하루는 쉬자는 말에 이태집은 덩달아 즐거웠다.

-조선이 망하면 책을 내는 작업도 소용없지 않을까요?

-그럴 수도 있겠지. 그렇지만 책을 만들면 다시 우리처럼 은자들이 나타나겠지. 지금까지 이어져 온 것만도 기적이라고 할 수 있지 않은가?

-그렇습니다.

계연수의 발언에 전적으로 이태집도 동의했다.

-나는 역사를 이어주기 위한 모종의 집단이 있다고 보네. 그렇지 않고서는 이렇게 몇 천 년 전의 역사를 이어올 수 없었을 거야.

-말씀은 그렇게 하셨지만 영혼의 집단을 말씀하시는 거지요?

-그렇지. 우리가 오래 전에 그런 이야기를 나눈 적이 있었지.

-그렇습니다. 그래서 선몽한 도사들이 나타나는 것이 아닌가 싶기도 합니다.

계연수와 이태집의 대화는 언제나 자연스럽게 매끄럽게 진행되었다. 닮은 면이 있었다. 역사의식이 닮았고, 분석적인 것도 닮았다. 그리고 자신의 주장을 우기지 않는 것도 닮았다.

-해학께서 보이지 않습니다. 홍암도 그렇고.

-정말 두 분이 오시지 않은 지 오래 되었네.

이태집의 말에 계연수도 궁금했던 참이었다. 며칠째 역사학당에서 이기와 나철의 얼굴을 볼 수 없었다. 이기와 나철은 역사학당 식구들에게 나쁜 영향을 줄까해서 소리 없이 을사오적 처단계획을 진행하고 있었다.

-우리 조선이 야만족이라고 하는 여진 거란 말갈 숙신 그리고 몽골이나 흉노 같은 같은 북방 민족들에 대해서 어떻게 정의해야 합니까?

-간단하지. 우리의 형제국이나 이웃민족이라고 생각하면 해결되네.

-그렇지만 지금 조선은 야만족처럼 무시하고 차별하는 정책을 유지해오고 있지 않았습니까?

-그렇지. 하지만 우리의 또 다른 기록에는 몽골과 흉노에 대해 구체적이면서도 인명까지 기록하면서 설명하고 있지 않은가. 자네도 알고 있지 않나?

-저는 모르겠습니다.

-내가 자네에게 이야기하지 않았나 보네.

-아, 아. 한데 제 기억에는 없습니다.

이태집은 기억에 없었다. 계연수도 이태집에게 이야기한 기억이 잘 나지 않았다.

-그렇다면 다시 하지. 흉노의 시작은 이렇네. 〈고조선의 3세 단군 재위 6년에 갑진년 임금께서 열양 욕살 삭정을 약수지방에 유배시켜 종신토록 감옥에 가두셨다. 후에 용서하여 그 땅에 봉하시니 흉노의 시조가

되었다.〉고 되어 있네. 그러니 당연히 우리와 인연이 있는 민족이고 나라라고 할 수 있네.

—열양 욕살 삭정은 무슨 의미입니까?

—언뜻 이해가 가지 않을 수 있네. 열양욕살삭정列陽褥薩索靖은 이렇네. 열양列陽은 지명이고, 욕살褥薩은 관명일세. 그리고 삭정索靖은 사람 이름이지.

—아하 그렇군요.

이태집이 새롭고 큰 진실 하나를 깨달은 듯 소리쳤다.

—그리고 몽고족은 〈고조선의 4세 단군인 오사구 단군의 재위 원년 갑신년의 일이다. 임금께서 아우 오사달을 몽고리한으로 봉하셨다. 몽고족이 그 후손이라 말한다〉고 했네.

—아주 구체적이고 정확하게 적고 있네요.

—그것이 무서운 것일세. 역사를 만들 수는 없지 않은가. 왜곡하기는 쉽지만 아예 없는 기록은 만들 수는 없는 것이지.

—이제 이해가 갑니다. 북방 민족들이 우리 나라를 공격했을 때도 관대하고 호의적이었던 이유를.

—바로 그걸세. 우호적으로 대한 것이 고대에 이웃나라로 또는 형제국으로 지냈던 역사공동체이기 때문일세.

—그런데 우리 조선은 왜 그들은 멀리하고 야만족 취급을 하지요?

—역사를 지워 버렸기 때문이지. 알고 있잖은가?

—예. 역사서를 강제로 수집해서 없애버린 것 말씀하시는 것 말이지요?

-그렇지.

조선왕조실록에만도 3번이나 고대사를 다룬 역사책 수거령을 내려 없애버린 역사 말살정책을 두고 하는 말이었다. 세조 예종 성종 때 고대 역사서를 수거해면서 응하지 않은 자에게는 목을 베겠다는 엄포까지 하면서 거두어 들인 책들이 모두 사라졌다는 것이 두 사람은 안타까웠다.

-나라 이름에서도 드러나는 것들이 많네. 대표적인 것이 요遼나라일세. 요나라의 역사를 적은 〈요사遼史〉 서두에는 이렇게 명시되어 있네.

이태집이 계연수의 다음 말을 기다렸다.

-요나라는 고조선의 옛 땅에 도읍을 했다고.

-고조선의 정확한 위치를 아는데 도움이 되겠군요.

-그렇지. 그리고 이야기하려던 것을 마저 해야겠네. 요遼자를 살펴보게. 클 태太에 점하나를 더 찍었지. 어쨌든 클 태太자의 변형이라고 보면 되네. 그리고 가운데에 해日가 들어있네. 그리고 세개의 다리가 달려있지. 내천川자처럼. 그리고 멀리 이어진다는 의미의 책받침辶 변으로 이루어진 글자일세.

-제가 해석해 볼까요?

-좋네.

-커다란 태양을 섬긴다는 의미와 세 개의 다리는 삼신일체 사상을 가진 민족이라는 것을 선언한 나라 이름으로 보입니다.

-정확하네. 우리와의 연관성을 이야기 해보게.

이태집이 나서서 요遼나라의 의미를 설명하겠다고 하자 계연수가 흔쾌하게 맡겼다.

–우리의 환桓이나 한韓의 의미와 똑 같습니다.

–정확하게 맞췄네. 그래도 설명해 보게. 나하고 다른 게 있으면 조율하게.

–환桓에서 나무 목木을 빼고 '뻗칠 궁亘' 자를 보면 같은 의미인지를 알 수 있습니다. 한 일一이 하늘과 땅을 말하고 그 안에 태양을 넣었습니다. 우리와 같이 태양을 숭상한 민족이라는 것입니다. 그리고 세 개의 다리川는 삼신일체三神一體 사상으로 '하늘땅사람'을 상징한다고 할 수 있습니다.

–내 생각하고 일치하는군.

–대단하십니다. 어떻게 요遼 자에서 그런 의미를 찾아내셨지요. 저는 그렇게 여러 번 요遼자를 보았어도 스쳐 지나갔는데.

–이유는 간단하네. 내가 시간이 더 많았던 것이지.

–형님과 이야기하면 시간이 가는 줄 모르겠습니다.

벌써 황혼이 가까이에 다가와 있었다.

을사오적 저격용 총을 구하다

나철이 맡은 것은 권총의 입수였다. 오적을 살상하기 위한 방법으로 권총이었다. 휴대하기 쉽고, 살상력이 뛰어나 적격이었다. 문제는 구하기가 쉽지 않다는 점이었다. 권총을 소지하고 있는 조선 사람은 없었다. 조선의 입장에서 권총은 미래의 무기였다. 관아에서는 아직도 창과 활을 소지했다. 화승총도 감지덕지할 상황에서 권총은 엄두를 낼 상황이 아니었다.

－구했는가?

－아직 못 구했습니다.

오적 암살계획을 마무리하기 위해 다시 모인 자리에서 이기가 나철에게 묻자 못 구했음을 알렸다.

－나도 알아보았는데 쉽지 않네.

－그렇습니다. 비밀리에 거래되는 것이기도 하고, 조선에서는 찾아보기 힘든 무기입니다.

－그렇네.

－그래도 구해야지요.

이기와 나철이 권총 구하기가 쉽지 않음을 토로하고 있었다.

권총은 꿈의 무기였다. 주머니에 넣고 다닐 수 있어서 숨기기에 용이했다. 활이나 창 그리고 칼보다 살상력이 월등하게 뛰어났다. 일본군들이 허리에 찬 것을 보기는 했으나 사용해보지 않은 무기였다.

이광수가 기분 좋은 얼굴로 나타났다.

-오늘 옥산이 무슨 좋은 일이 있나봅니다.

-좋은 일이라면 좋은 일이지요.

옥산은 이광수의 호였다. 나철의 물음에 이광수가 밝은 얼굴로 답했다.

-옥산이 좋은 일이라면 우리에게도 좋은 일이었으면 싶습니다.

나철이 이광수에게 편하게 말을 건넸다.

-다행히 우리에게 좋은 일입니다.

-그렇다면 권총을 구한 것이 아닌가?

이광수가 우리에게 좋은 일이라는 말에 이기가 짐작으로 말했다.

-그렇습니다. 바로 권총입니다. 권총을 구했습니다.

-우와. 대단하십니다.

이광수가 권총을 구했다는 말에 이홍래가 큰 소리로 환영했다.

-어디서 구했나?

-제가 아는 선교사를 통해서 구했습니다.

이기의 물음에 이광수가 답했다. 서울에는 선교사들이 제법 있었다. 이광수는 선교사들과 교류가 있었다. 선교사는 조선인들에게 특별한 사람들이었다. 500년 쇄국의 조선에서 코가 크고, 피부가 하얗고, 키가 월등하게 큰 사람들은 만나는 것만으로도 신기한 일이었다. 어디서 온 사람들인가 싶을 정도로 호기심이 동하는 인물들이었다.

선교사가 한국에 온 목적은 이름 그대로 선교에 있었다. 기독교를 전파하기 위한 복음 전도와 교회의 설립에 있었다. 선교사들이 제사 문제로 탄압을 받았지만 조선에서도 힘이 밀려 탄압이 완화되었고, 민중들에게 다가가고 있었다. 선교사들은 앞선 문명과 과학을 가지고 있었다. 조선과는 전혀 다른 사고체계와 교육제도, 군사제도, 경제와 정치체계를 가지고 있었다. 조선인들에게는 선의적인 느낌이 강했다. 선교사들은 앞선 과학으로 조선인들의 마음을 사로잡았다. 선교사들은 권총을 알고 있었다. 사용법도 알고 있었다. 선교사들과의 교류에서 얻은 친분으로 권총을 구입했다.

나무 상자를 열었다. 기름종이에 싸여 있는 권총을 들었다. 직접 가까이에서 권총을 보기는 이광수를 제외하고 처음이었다. 기름종이를 걷어내자 안에 있던 권총이 나왔다. 반들반들 윤이 났다.

ー이번 계획의 행동대장인 자네가 한 번 만져보게.

이광수가 이홍래에게 말했다. 조심스럽게 이홍래가 총을 받아들었다. 같은 젊은 사람인 강상원도 참여하고 있었다.

ー느낌이 어떤가?

ー글쎄요. 쇠로 만들어졌다는 것을 느낄 수 있습니다. 생각보다 무겁고요.

이광수의 물음에 이홍래가 답했다.

ー이제는 사용방법을 알아야 하네.

ー예.

이광수의 말에 이홍래가 차분하게 답했다.

ー먼저 이름부터 알아보세.

이광수가 총을 잡고 이름을 설명해 주었다. 이름에 맞는 기능에 대해서도 설명했다. 이광수는 철저했다. 권총을 알아야 사격이 가능하고, 계획한 것을 이룰 수 있기 때문이었다.

발사체의 탄도를 유도하는 관 모양의 부분이 총신이나 총열이라고 하는 것과 목표물을 향해 겨누는 가늠자를 설명했다. 총알이 격침을 때려서 총을 발사하고 나면 격침은 다시 탄환의 뇌관을 때려서 장약을 폭발시키는 것까지 설명해주었다. 하지만 생소했다.

-이것이 탄창일세.

탄창은 탄알을 장전해 권총에 삽입하는 도구였다.

-이것이 탄알이네.

-아하. 이것이 사람에게 날아가는 것이군요.

-그렇네.

-그런데 왜 이렇게 작지요?

-작지만 파괴력은 커서 사람을 즉사하게 만드네.

이광수가 이홍래에게 차분하게 설명했다.

-탄창을 권총에 장전할 때는 이렇게 하면 되네.

이광수가 탄창을 권총 하단부의 탄창삽입 부분으로 밀어 넣었다. 그리고 다시 탄창을 뺐다. 이홍래 뿐만이 아니라 모인 사람 모두 신기하게 이광수의 설명을 주시하고 있었다.

-자네가 직접 해보게.

이광수가 이홍래에게 권총을 건네주었다.

이홍래가 탄창과 권총을 받아 삽입하는 것을 연습으로 해보았다. 어색했다. 잘 할 수 있을까 의심이 들 정도였다.

–이번에는 목표물을 겨누고 방아쇠를 당기는 것을 해보겠네. 이리 주게.

이홍래에게서 이광수가 다시 권총을 넘겨받았다.

이광수가 권총의 가늠자와 가늠쇠의 원리를 설명했다. 가늠자에서 가늠쇠를 직선으로 일치시켜서 목표물을 조준한 뒤에 방아쇠를 당기는 것을 알려 주었다. 이홍래가 신경을 써서 연습을 했으나 역시 어색했다.

–처음이니 잘 안 될 걸세.

–연습하겠습니다.

이광수의 말에 이홍래가 답했다.

–이번에는 탄창에 탄알을 넣어보게.

역시 이광수가 탄알을 꺼내 한 알씩 장전하는 방법을 시범으로 보여주었다. 그리고 다시 빼는 방법도 알려주었다. 조선인은 사고 체계가 활에 익숙해져 있었다.

–할 수 있겠나?

–할 수 있습니다.

이광수가 이홍래를 바라보며 물었다. 이홍래의 목소리에 힘이 들어가 있었다.

–자네가 가져가게. 그리고 연습해 보게.

이광수가 이홍래에게 권총과 권총이 들어있던 상자를 이홍래에게 건네
주며 말했다.

―그리고 자네도 배우게.

옆에 있던 강상원에게 다시 설명을 해 주었다.

홍범도, 다시 일어서다

홍범도에겐 역사적인 시간이었다. 다시 소집된 의병들
이 모여 결단식을 하는 날이었다.

―이제는 분명해졌습니다.

홍범도가 대원들에게 말하고 있었다. 홍범도는 가슴이 벅찼다. 나라가
어려워지니 나라의 필요성을 느끼게 되었고, 국권에 대해 다시 생각해
보게 되었다.

역전의 용사들이 모여 격문을 만들고 전국을 나누어서 전국을 돌아다
니며 붙인 결과가 가시적으로 확인되는 날이 오늘이었다. 더 많은 사람
들이 나라를 걱정하고 모였다. 일신의 안위만을 생각하지 않고 대의를
따라가는 사람들이 많음을 확인했다. 그리고 홍범도에게는 더없이 고
맙고 감사한 날이었다.

―우리는 도전을 시작했습니다. 고난을 스스로 선택했습니다. 내 나라,

내 겨레 그리고 우리의 가족과 조선인의 미래를 위해 떨쳐 일어났습니다. 여러분들의 용기에 찬사를 보냅니다. 그리고 여러분들의 헌신에 감사를 드립니다.

홍범도의 목소리에는 긴장감이 담겨 있었다.

-내 한 목숨 잘 살자고 백성들의 재물을 탐하는 탐관貪官들이 있었습니다. 욕심으로 가득 차 백성을 괴롭히는 오리汚吏들이 있었습니다. 나라를 망친 국왕과 조정 대신들이 있습니다. 하지만 이제는 그들도 가엾어 보입니다. 측은해 보입니다. 그들까지를 품어 안은 큰 사람들이 여기에 모였습니다. 조국을 품에 안고 겨레를 위해 싸우고자 하는 사람들이 무섭게 모였습니다. 진정 나라를 구하고자 하는 사람들이 여기 모였습니다. 끝까지 함께 일본 제국주의와 싸우십시다. 우리는 승리할 것입니다.

홍범도의 목소리에 힘이 들어가 있었다. 홍범도의 연설이 끝나자 모두 박수로 맞았다.

세상에 드러내지 않고 가슴을 끓이고 있는 사람들이 많다는 것을 이번 의병모집에서 확인할 수 있었다.

-정말 어려움이 많았습니다.

소대 편성까지 마치고 소대장 이상이 모였다.

-고생들 했네.

홍범도가 소대장급 이상의 모임 자리에서 결단식을 준비하느라 고생한 대원들에게 인사를 했다.

-우리도 이제는 동지라는 이름으로 통일하는 것이 어떻습니까?

-좋습니다.

홍범도의 제안에 모두 찬성했다.

-정말 큰 결단을 하셨습니다.

소대편성에는 신임 소대장도 있었다. 의병으로 참여하게 된 소대장들에 대한 감사 인사였다.

-누구보다도 이번에 고생을 많이 한 사람은 김수협 동지입니다.

홍범도가 부대장인 김수협을 가리켰다. 홍범도와 함께 북청에서 호랑이 사냥꾼으로 알려진 인물이었다.

-저는 사실 여러분들을 다시 만나리라 생각하지 못했습니다. 세상과 등지고 산 속으로 들어가 살고 있었습니다. 사냥꾼이지만 농사를 짓고 살려 했습니다. 한데 세상이 다시 이곳으로 안내했습니다.

김수협이 의병 해체가 이루어진 후에 자신에게 일어난 일을 설명했다.

-제가 부연 설명하겠습니다. 전라남도 해남 대륜산에 들어가 은거하듯 살고 있는 사람을 찾아서 이 자리에 오게 한 사람이 있습니다. 바로 태양욱 동지입니다.

홍범도의 설명에 소대장들이 잘한 일이라고 박수로 응대했다.

-어떻게 찾았습니까?

밤말 살던 이재인 소대장이 물었다.

일본군을 공격해 전과를 올리고, 일본군과의 격전으로 살상을 해 일본군의 보복이 두렵고 조선 관군의 추적이 두려워 모두 집을 옮겨 서로도 잘 모르고 있었다. 격문을 곳곳에 붙이고 입소문을 통해 다시 모이게 되었다. 그리고 열혈의 애국자들이 모였다.

—우연에 가까웠습니다. 제가 순천에 갔다가 해남에 일이 있어 절에 들렀는데 절에서 만났습니다. 대흥사입니다. 그곳에서 다시 의병들이 결집을 준비하고 있다고 하자 은거隱居에서 밖으로 나오게 되셨습니다.

태양욱이 김수협과의 극적인 만남을 이야기 했다.

—왜 숨어 살려고 했습니까?

차도선 소대장이 물었다.

—개인으로서 할 수 있는 일이 없었습니다. 이번 생은 조용히 산에 들어가 텃밭이나 가꾸며 사는 것이 최선이라고 생각했습니다.

김수협이 은거의 이유를 설명했다.

—한데 조선의 내로라하는 사냥꾼이 농사를 지으며 살겠다는 것은 무슨 말씀이십니까?

다시 차도선이 궁금했던 것을 물었다.

—이유는 바로 눈앞에 일만 해결하며 사는 것 같은 생각이 들었습니다. 사냥이 그렇게 느껴졌습니다. 농사는 씨를 뿌리고 기다려야 하는 견딤이 있는데 사냥은 바로 행동하고 바로 소득을 얻는 것이 너무 인생을 쉽게 사는 듯했습니다. 조금은 힘들게 살아보려고 했습니다.

힘들게 살아보려 했다는 말에 여운이 남았다.

—평생 선비인 이호종 동지도 한 마디 해보시게.

홍범도가 말없이 경청하고 있는 이호종에게 이야기할 것을 권했다.

-저는 부대장님의 말씀에 느낌이 왔습니다. '힘들게 살아보려고 했다'는 말씀이 다가옵니다. 저는 책만 읽었지 행동으로 옮긴 것이 드뭅니다. 그래서 행동하는 삶을 살고 싶었습니다. 행동하는 선비여야 한다고 저 자신에게 주문했습니다.

-행동하는 선비! 최고의 발언일세.

조용히 앉아있던 송상봉 소대장이 이호종의 말을 인정했다.

-행동하는 선비, 정말 멋진 말일세. 여기에 모인 사람들은 모두 행동하는 사람들일세.

홍범도가 송상봉의 말에 다시 힘을 실었다.

-태양욱 동지도 한 마디 하시게.

홍범도가 태양욱에게 발언권을 주었다.

-저는 제 이름처럼 태양처럼 불태워 보려 합니다. 정말 많은 고난이 있었고 다시 고난이 있을 것입니다. 하지만 끝까지 달려가려 합니다.

태양욱의 목소리에는 혈기가 느껴졌다.

의병을 모집하기 위한 고생이 있었다. 격문을 만들고 지방까지 돌아다니며 격문을 붙이고, 의병들이 모임 장소를 만들어야 했다. 기본적인 일들이었지만 쉬운 일이 없었다. 피복과 생활용품 그리고 먹거리 조달이 쉬운 일이 아니었다. 무엇보다 비밀리에 해야 하는 일이었다. 하나를 마련하려면 필요한 것이 경비였다. 가장 힘들었던 것은 군자금 모금이었다. 자신의 재산을 털어서 내놓는 사람을 만나는 것이 어려웠다.

-정말 힘들게 이 자리가 마련되었습니다. 우리의 간절한 바람인 국권

회복에 정열을 쏟을 것을 선언합니다.

-선언합니다.

홍범도의 말에 의병 간부들의 목소리는 컸다.

강화도 마니산 참성단을 탐방하다

오늘은 강화도 참성단에 가보세.

-오호. 반가운 말씀이십니다.

계연수는 종일 글쓰기에만 몰입해 온몸이 쑤셨다. 몸이 뻐근하고 담까지 왔다. 칼로 몸을 쑤시는 것처럼 아팠다. 몸을 풀지 않고 한 자리에서 글만 쓴 것이 몸에 무리가 오고 있었다. 다행히 마무리가 되어 정리해 놓고 나니 마음에 여유가 생겼다.

-며칠 짬을 내서 강화도에 다녀옴세.

-저야 최곱니다.

계연수의 제안에 이태집은 마음이 벌써 들떠 있었다.

-목표했던 것은 다했네.

-와우. 축하합니다. 참으로 고생하셨습니다.

-그래도 응원해 주는 사람이 있으니 고맙군.

-역사적인 일을 하셨습니다.

―이제 다음이 본격적인 작업일세. 우리의 국통맥을 이어주는 책을 만들어야 하네.

―이번 일에 순조롭게 되었으니 다음 일도 잘 될 것이라 믿습니다.

하늘은 구름으로 가득 차 있었지만 계연수와 이태집의 마음 날씨는 화창했다. 계연수와 이태집은 가벼운 마음으로 길을 나섰다.

산을 오르면서 바다가 보이기 시작했다. 서울에서 강화도 마니산까지는 이틀을 걸려야 갈 수 있었다. 배를 타고 건너는 것도 일이었다.

―단군께서 하늘에 제를 올리기 위해 쌓은 것으로 전해지는 제단인 것은 알지 않는가?

―예.

―마니산에 제천단을 쌓고 삼랑성三郞城을 쌓으셨다고 했네.

―삼랑성이라면 신라의 화랑과 관계가 있는 것 아닌가요?

―여기서 삼랑은 단군의 세 아들을 말하네. 단군왕검의 세 아들이 쌓았기 때문에 삼랑이라 하네.

―그만큼 참성단을 쌓는 것이 의미가 있고, 국가적인 일이었음을 보여주는 것이군요.

―그렇지. 세 왕자를 보내서 성을 쌓는 일에 참가시켰다는 것은 그만큼 국사였음을 보여주는 것이라고 할 수 있지.

좁은 산길을 오르면서 계연수와 이태집이 이야기를 주고받았다.

―기록에는 〈강화도 마니산에 있으니, 단군이 혈구穴口의 바다와 마니산 언덕에 성을 돌리어 쌓고 단을 만들어서 제천단이라 이름하였다. 단은

높이가 17척인데 돌로 쌓아 위는 네모나고 아래는 둥글다.〉고 했네.

—우리의 전통적인 하늘과 땅을 설명하는 천원지방天圓地方이군요.

—그렇지. 하늘은 둥글고 땅은 네모나다는 우리의 전통적인 것을 그대로 구현했다고 할 수 있네.

—실로 오래 전부터 우리 민족의 마음의 성지라고 할 수 있겠군요.

—그렇네.

—〈동녘땅 수천리 전체를 둘러서 강도江都가 보장지중지保障之重地가 되고, 강도 수백 리 전체를 둘러서 마니가 으뜸가는 명산이다. 산 서쪽 제일 높은 곳에 돌을 쌓아 대를 만드니 참성단이다. 세상에 전해온다. 단군께서 쌓아 제단으로 하여 한얼께 제사지낸 곳이다〉라는 비문도 있네.

—산은 낮아도 기혈이 뭉치는 곳이라는 의미지요?

—그렇지.

땀을 흘리며 오르는 길이 지루하지 않았다. 사람 하나 다닌 흔적이 없었다. 행사 때만 오르고 내렸을 것으로 보였다.

—여기 금표禁標가 있습니다.

—아하. 그렇군. 금표가 맞네.

—천제를 올린 곳으로 신성시했음을 보여주는 표시입니다.

이태집이 금표의 의미를 말했다. 산을 오르는 길에 금표가 바위에 새겨져 있었다. 언제 새겨진 글자인지는 알 수 없지만 국가에서 특별히 신성시해 관리했음을 보여주는 표시였다.

—그렇네. 천제를 언제 지냈을 것으로 생각하나?

－정기가 서린 아침이나 해가 가장 높이 떠오르는 정오가 아닐까요?

－반댈세.

－반대라고요?

－밤에 천제를 지냈네.

－그것은 정말 뜻밖입니다. 이유가 뭘까요?

이태집은 궁금했다. 물어봐야 마음이 풀리는 호기심이 많은 사람이었다.

－우리가 제사를 지낼 때가 언제인가?

－그렇군요. 자시子時 전후에 제사를 지냅니다.

－자시가 되기 전에 시작해서 자시가 지나 제사를 마치지 않는가?

－그렇습니다.

－천제도 자시 전후에 지냈지.

－이유를 알듯합니다.

－눈치 챘군.

이태집이 천제를 자시 전후에 지낸다는 말에 떠오른 생각이 있었다.

－자시子時와 인시寅時에 대한 것을 수련을 하면서 알게 되었습니다. 신들한테 영적인 기운을 받는 시간이 자시子時이고, 사람끼리 에너지를 주고받을 수 있는 것이 인시寅時입니다. 그런 의미에서 자시에 천제를 올렸군요.

－역시 선 수련의 대가로 인정하네.

이태집의 설명에 계연수가 흔쾌히 선 수련의 대가로 인정해 주었다.

－천제는 참성단 제사로는 봄가을에 지냈겠군요.

─그렇네. 임시제와 정기제가 있었지. 임시제는 특별한 일이 있을 때와 국난을 극복하기 위해 치러졌고, 정기제는 매년 봄과 가을에 거행하는 것이 원칙이었는데 국가의 안녕과 평안을 빌었다고 보면 되네.

계연수와 이태집은 정상에 올랐다. 두 사람은 제단을 향해 큰절을 올렸다. 가슴 안에서 감흥이 일어났다. 역사의 은자로 살아온 것들이 가슴에서 구름이 피어나듯 뭉클하게 솟았다. 역사를 품어 아팠던 삶도 힘이 들고 벅찼던 것들도 다 녹아 사라지는 듯했다. 살아있음이 고마웠다. 그리고 감사했다. 신기한 느낌이었다. 살아있다는 것이 감사하다는 것이.

─마니산의 본래 이름은 마리산이었네.

─아하. 그렇군요.

─마리산은 머리라는 뜻의 고어古語인 마리에서 유래했지. 머리는 최고나 첫째의 뜻이지 않은가?

─그렇지요.

─마루라는 의미는 높다는 뜻인데, 들에서 높은 곳을 들마루, 산에서 높은 곳을 산마루, 집에서 높은 곳을 용마루라고 하지 않는가. 바로 마루 중에서도 높은 곳은?

─누마루지요.

두 사람의 대화는 어린아이들이 재밌게 이야기하듯 흥미로웠다.

─종가宗家라 할 때 마루 종宗이라고 하지 않는가. 마루는 높다는 뜻 외에 최고, 최초라는 의미도 가지고 있지. 설명이 길었던 것은 산은 낮은

데도 최고의 산이라는 의미의 마리산이라고 한 것은 기가 넘치는 곳이 어서였네.

–이해가 갑니다.

–풍수가나 수련자들이 마리산을 일러 '기가 폭포수처럼 쏟아져 내리는 곳'이라고 했지. 기가 솟아 몸과 마음이 편안해지는 생기처일세.

–오늘 이곳에 오래 머물러 있어야겠군요.

–아주 좋은 생각일세.

이태집이 기가 생하는 곳이니 오래 머물자는 말에 계연수도 맞장구를 쳤다.

–여기 단 수를 세어보게?

참성단 상방단 동쪽면의 돌층계를 가리키며 계연수가 이태집에게 물었다.

–21개입니다.

계단이 21개였다. 이태집은 자신이 21개를 말해놓고 바로 깨달았다.

–아하, 우리의 칠성문화가 그대로 담겨 있군요.

–그렇지.

–37일을 말하는 것이군요.

–그렇네. 곰과 호랑이가 삼칠일 굴에 들어가 기도하면 사람이 된다는 허무맹랑한 이야기가 아니라 호족과 웅족이 삼칠일 수련해 깨닫게 하려는 것을 말하지. 동물적 성품인 수성獸性을 극복하고 인성人性을 회복하는 것을 뜻하네. 삼이 일곱 번인 37일, 즉 21일 수도를 의미하는 숫

자와 돌계단 21개가 일치하는 것일세.

—그렇다면 21개의 계단은 수도의 기간을 의미하는 것이군요.

—정답일세.

—마리산과 참성단에는 숨겨진 여러 가지의 의미가 있군요.

—그렇지

계연수가 밝은 목소리로 이태집의 말을 받았다.

—이번엔 가장 큰 의미를 찾아보세.

계연수가 의미를 담아 말했다.

—좀 전에 말한 대로 위에 있는 단을 네모로, 아래에 있는 단을 원형으로 만든 것에 천제를 올리고자 사람이 오르면 무엇이 되는가?

—천지인, 합일合一이 됩니다.

—바로 그걸세. 천지인, 삼합三合이 이루어지는 우주의 합일장소일세.

—말만 들어도 가슴이 더워집니다. 천지인, 삼합三合이 이루어지는 우주의 합일장소!

이기와 나철, 을사오적 척결을 결행하다

이기의 집에서 을사오적 척결단의 모임이 있었다. 이기의 사랑방이 거처였다. 이기의 사랑방의 벽면에 을사오적의 이름이 적혀 있었다. 을사오적은 이완용과 이지용, 박제순, 이근택, 권중현이었다. 이기와 나철 그리고 이광수, 오기호가 주축이 되고, 행동대원으로 이홍래, 강상원, 정훈모, 김인식 등이 맡았다. 행동을 위한 모임으로 자신회自新會로 정했다.

이기와 이홍래가 이완용을 맡았다. 나철은 박제순을 맡았다. 각자 2인1조로 해서 한 명씩을 맡았다. 먼저 탐문 작업에 들어갔다. 이기는 이완용의 집을 확인하는 작업부터 시작했다. 어설픈 조합이었다. 마음은 비장하고 단호했지만 평생을 책을 읽고 역사에 관심을 가지고 살아온 선비였다. 암행이나 탐문이 어울리는 사람이 아니었다. 이홍래도 대신을 따라다니며 서류를 전달하고 만드는 일을 한 사람이었다. 누구를 미행하거나 처단하는 것에는 부족한 사람이었다. 하지만 을사오적을 처단해야 한다는 의지는 강했다.

이홍래는 권총과 단도를 몸에 지니고 긴장된 마음으로 이완용의 집으로 향하고 있었다. 앞서서 걷는 사람은 이기였다. 이기는 단도를 가슴에 품고 있었다. 마찬가지로 나철과 오기호가 대원을 대동하고 박제순의 집으로 향하고 있었다. 각자 맡은 을사오적을 저격하기 위해서 출발했다.

이기는 가슴이 두근거렸다. 말로만 듣던 살인을 직접 하는 날이었다. 싸워본 적도 없는 사람이었다. 의기는 넘쳤으나 행동으로 세상과 부딪혀 싸워본 적이 없었다. 목적지를 향해서 가면서 가슴이 두근거렸다. 좌선을 하거니 침묵으로 세상을 관조하던 것과는 다른 세상으로 걸어들어가고 있었다. 생명이 오고 가는 현장으로 가는 중이었다. 이기의 머릿속에는 이완용만 있었다. 처단 장소를 이완용의 집 근처로 잡았다. 마음을 풀어놓을 수 있는 곳이 누구에게나 집이었다. 인력거를 타고 다니는 이완용이었다. 이완용이 인력거에서 내리는 순간을 잡고 총으로 저격할 예정이었다.

이완용이 평소 다니던 길목에 자리 잡고 있었다. 내리는 장소도 파악해 놓았다. 권총을 꺼내 사격하는 순간과 인력거에서 내려 지체하는 시간을 이용해 권총으로 사격하려는 계획이었다. 사람들이 지나갈 때마다 이기의 마음은 긴장되고 초조했다. 계획할 때는 자신만만하던 이홍래의 얼굴에도 긴장이 가득했다. 이기와 이홍래는 서로의 얼굴을 바라보고 인력거가 오기만을 기다리고 있었다. 생각한 시간이 가까워올수록 가슴이 뛰었다.

-준비되었나?

-예. 준비되었습니다.

이기의 물음에 이홍래가 대답했다. 하지만 이홍래는 긴장되어 얼굴이 하얗게 변해 있었다. 주머니에서 권총을 만져 보았다. 그리고 꺼내기 쉽게 단추도 하나 풀어놓았다. 이기는 한복 두루마기를 입고 있었다.

-사정없이 방아쇠를 당겨야 하네.

-염려 마십시오.

이기의 말에 이홍래는 대답을 했다.

큰 길을 막 돌아서 오는 인력거가 있었다. 느낌상 이완용이 탄 인력거로 보였다. 점점 가까이 오고 있었다. 심장이 뛰었다. 마음을 다 잡으려 했지만 긴장은 더욱 높아졌다. 인력거가 서지 않고 그냥 지나갔다. 이완용이 탄 인력거가 아니었다.

-후우.

이기와 이홍래가 한숨을 내쉬었다. 긴장을 풀기 위한 한숨이었다.

다시 인력거가 큰 길을 돌아 이기와 이홍래가 있는 방향으로 오고 있었다. 두 사람은 벽에 몸을 숨겼다. 그리고 가능한 자연스러운 행동으로 보이려 노력했다. 하지만 무언가 어색하고 불편해 보였다.

-이번엔 이완용이다.

이기가 속으로 중얼거렸다.

인력거가 서서히 속도를 줄이더니 예정하고 있었던 자리에 섰다. 이기는 이홍래를 바라보았다. 이홍래의 손이 총을 꺼내기 위해 옷 속으로 들어가는 것을 보았다. 이기의 가슴은 뛰었다. 자제되어지지 않았다.

인력거 안에서 제복을 입은 이완용이 몸을 일으켜 세우며 일어서고 있었다. 이기가 속으로 외쳤다.

-이때다!

목 안에서 혼자 소리치고 있었다. 이홍래의 손이 그때 밖으로 나왔다.

그리고 그를 향해서 겨누었다.

—쏴라!

이기는 속으로 되뇌었다. 하지만 이홍래는 권총의 방아쇠를 당기지 못하고 떨고 있었다.

순간 이완용이 인력거에서 내리기 위해 숙였던 몸을 제대로 서면서 자신을 겨눈 총을 보았다. 하지만 그 순간에도 총은 격발되지 않았다. 이홍래는 얼굴이 하얗게 질려서 덜덜 떨고 있었다.

바라보고 있던 이기가 소리쳤다.

—쏴라!

이기의 목구멍에서 쏴라, 라는 말이 파열음처럼 깨지며 울렸다.

이완용이 질린 얼굴로 달려 집으로 들어갔다. 이홍래는 이완용이 사라지고 난 후에도 몸을 떨고 있었다. 남을 죽인다는 것이 쉬운 것이 아니었다. 그렇게 자신만만하던 이홍래였지만 방아쇠를 당기지 못하고 떨기만 했다. 이기가 참았던 숨을 내쉬며 축처졌다. 기운이 쭉 빠졌다.

나철과 오기호 그리고 젊은 대원들을 대동하고 있었다. 인원이 많아 자신감이 넘쳤다. 총은 젊은 대원들이 지참하고 있었다. 번화한 광화문에서 저격하기로 계획을 세웠다. 자신감이 넘치기도 했고, 호기로운 젊은 대원들의 힘을 믿었다. 나철과 오기호가 이끌고 광화문에서 기다리고 있었다. 한 사람이 아니라 몇 사람이 권총을 지참했고, 사격 거리도 가깝게 잡아서 실수할 수 없을 것이라 자신했다. 한 사람이 실수를 해도 다음 사람이 저격하면 충분히 성공할 승산이 있었다.

긴장감이 감돌았다. 동시에 을사오적을 처단하기 때문에 서로 저격계획을 알 수가 없었다. 나철과 오기호는 인력거에 탄 박제순을 확인하면 바로 인력거에 탄 박제순을 직접 저격하기로 했다. 멀리서 망을 보던 대원이 손으로 알렸다. 박제순이 탄 인력거를 정확하게 찍어 주었다. 인력거가 점점 대기하고 있는 대원들의 앞으로 다가 오고 있었다. 대원들이 권총을 꺼냈다.

－발사!

오기호가 큰 소리로 소리쳤다. 발사 소리가 났음에도 총성이 들리지 않았다.

오기호가 다시 소리쳤다.

－발사, 발사!

오기호가 외치는 사격 명령이 연거푸 이어졌음에도 총성은 없었다. 대원들의 총은 발사되지 않았다. 그때 어디에선가 젊은 청년들이 나타나 총을 겨눈 대원들을 가격했다. 그리고 박제순을 에워싸고 자리를 피했다. 그때서야 정신을 차린 대원 한 명이 박제순의 뒷모습을 향해 총을 발사했다. 하지만 어림없었다. 나철은 바라만 보고 있었다. 먹먹한 표정으로, 넋이 나간 사람처럼 서 있었다.

대원 중 누구도 방아쇠를 당긴 사람이 없었다. 권총의 원리를 설명 받고 실탄을 장전하고 사격하는 훈련까지 마친 상태였다. 실전에서 손이 떨리기만 할뿐 사격을 하지 못했다. 모두 힘없이 제 자리에 서 있었다. 멍하니.

나라를 살리고 죽이는 것은 개인이 아니라 국가정책이다

우리가 탄 이 배로 서울까지 들어가 보세.

-강화로 올 때는 육로로 왔지만 서울로 들어갈 때는 배로 가니 그것도 새롭습니다.

-좋구만. 강을 거슬러 올라가니 느리지만 그래도 배가 가진 즐거움이 있네.

-저도 그렇습니다.

계연수와 이태집이 배로 서울로 올라오고 있었다.

-물이 들어올 때를 골라서 가면 아주 쉽고 **빠르게** 서울에 도착할 수 있네.

-그렇군요. 썰물을 이용하면 서울까지 물이 타고 올라간다고 합니다.

계연수의 말을 받아 이태집이 말했다.

-나는 조선을 생각하면 가슴이 아파.

-시국을 말씀하시는 겁니까?

-그것이 아니라 퇴보한 나라 같아서 말일세.

-퇴보까지는 아니겠지요.

이태집이 계연수의 말을 부정했다.

-가만히 생각해보게. 고조선 때에도 마차를 타고 다니고, 말을 타고 다녔지. 더구나 전쟁 시에는 마차들을 횡렬로 놓고 공격하는 장면들이 종종 연상되는 기록들이 있거든. 길이 있었다는 이야기지.

-아하. 그렇네요.

나룻배에는 짐이 가득 실려 있었다. 사람은 몇 명 안타고 짐이 실려 있는 배를 타고 서울로 올라가고 있었다.

-지금 조선은 말을 타고 달릴 수 있는 길도 없네. 물건을 만들어도 이동할 수 있는 길이 없다는 것이지. 오죽하면 물건을 이동하는 수단이 지게뿐이란 말인가. 고려 때에도 마차를 타고 달리는 길이 있었네.

-그나마 수로가 있어 다행입니다.

계연수의 말에 이태집이 현실적으로 수로를 이용하고 있는 상황을 이야기했다.

-나라를 살리는 것은 백성이 아니라는 걸 느끼곤 하네. 아무리 뛰어나도 정책이 잘못되면 국부를 이룰 수 없네.

-어떤 의미지요?

-한 나라를 살리고 죽이는 것은 국가 경영 정책에 따라 결정된다고 생각하네. 예를 들면 조선에 길을 넓혀 놓으면 모든 것이 원활할 걸세. 물건을 팔 수 있으니 생산에 나설 것이고, 생산된 제품이 널널하게 판매가 되니 상공업이 자연스럽게 발달하고 더 넓은 도로가 필요하겠지. 500년을 지나서 도로는 더 좁아지고, 걸어서 다닐 수 있는 보부상길이 겨우 났지.

-말씀을 들으니 그렇습니다. 정책이 나라를 살리고 죽이는 것이 옳습니다.

-생각해 보게. 이동 수단이 오직 도보라는 것이 얼마나 원시적인가를.

우리나라가 9천 년이 되었다고도 하고, 짧게는 5천 년을 이야기하기도 하네. 아주 작게 잡아서 2천 년을 잡아도 2천 년 동안에 나라에 우마차가 달릴 수 있는 길 하나 못 만든단 말인가. 5천 년 전에도 우마가 활발하게 달렸다는 엄연한 기록이 있지 않은가.

계연수는 열변을 토하듯 말했다. 평소의 계연수답지 않은 모습이었다.

―말씀을 들으니 할 말이 없어집니다.

정말 그랬다. 5백 년 동안 길 하나 번듯하게 못 만든단 말인가. 의지가 없는 것이지. 조선 개국 초 한성부는 도성 내의 중로는 수레 2궤가 통과할 수 있게 하고, 소로는 1궤가 통할 수 있게 한다는 기록이 있었다.

―내가 과거의 기록을 이야기해보겠네. 〈고려도경〉 "군사軍士는 수레로 운송하며, 수레는 말로 끌게 한다. 고려는 비록 해국海國이지만, 무거운 짐을 끌고 먼 곳을 가는 데는 거마車馬를 폐지하지 않는다."는 기록이 있네. 500년 동안 도로는 사라지고, 상공업은 핍박을 받고, 무역은 사라졌네. 왜 우리가 망해가고 있는가!

계연수는 오늘 따라 목소리가 컸다.

―가슴에 끓는 것이 오늘은 많아 보입니다.

―그렇지. 내가 괜히 흥분했네. 정말 답답한 형국일세. 나라일에 관심을 갖지 않으려고 해도 마음이 자꾸 그리로 가네. 이것도 병일세.

―그렇지 않습니다. 조선 사람이라면 누구나 가슴앓이를 하리라 봅니다.

배는 여전히 한강을 거슬러 올라갔다.

―배로 가는 것이 빠릅니까, 육로로 가는 것이 빠릅니까?

이태집이 노를 젓는 사공에게 물었다.

—상황 따라 다르기는 하지만 보통은 배가 빠르지요. 막힘이 없는 수로가 빨라요. 더구나 물때를 잘 만나면 한결 빨라지지요. 물길은 자연이 만든 길이지만 육로는 사람이 만든 길이거든요. 사람이 하늘을 이기기 어려워요.

명언이었다. 계연수와 이태집이 사공의 얼굴을 다시 바라보았다. 인생의 고수 같았다.

조수간만의 차이가 큰 서해의 특성상 바닷물이 차오를 때는 한강나루까지도 바닷물이 올라가 쉽게 이동할 수 있었다. 바닷물이 서울 한강나루까지 물길을 따라 올라갔다. 한강나루는 한강에서 가장 큰 나루였다. 한강에는 일찍부터 광나루, 삼밭나루, 서빙고나루, 동작나루, 노들나루, 삼개나루, 서강나루, 양화나루 등 나루터가 많았다. 특히 광나루, 삼밭나루, 동작나루, 노들나루, 양화나루는 한강의 대표적인 5대 나루였다. 전국의 물산들이 해로를 거쳐 강을 거슬러 올라가고 내려오면서 물동량을 이동시켰다. 또한 지방 상품은 서울로, 서울의 물품은 지방으로 이동시키는 주요 교통로였다. 육로보다 수로가 빠르고 편해 사람들의 주요 이동수단이었다.

—오늘은 바닷물이 도와주는 날입니까?

—바닷물이 도와주는 것은 오늘이 아니라 하루 중에도 시간 따라 다릅니다.

—아하 그렇군요,

-지금은 물이 도와줄 때입니다. 가만히 살펴보시면 물이 거슬러 올라가는 것을 알 수 있습니다.

사공의 말에 강물을 바라보니 물살이 거슬러 올라가고 있었다.

나룻배를 젓는 사공의 힘에 경탄할 정도였다. 쉬지 않고 노를 젓는 모습이 대단해 보였다. 근육질의 팔뚝이 장사 같았다. 구릿빛에 어깨가 탄탄해 보였다. 불평불만 없이 자신의 일에 충실한 모습에 계연수는 감동하고 있었다. 계연수 자신도 산을 오르내리며 약초를 캐고 다녔지만 역사를 한다고 한 곳에 머물러 글을 쓰고 책을 뒤적이는 자신이 부끄러워 보였다. 잘 사는 것이 무엇인가 혼자 생각했다. 사공은 여전히 무심한듯 시선을 멀고 가까운 곳을 오가며 노를 저었다.

-심심한데 맞혀보게.

계연수가 생뚱맞게 수수께끼를 하자고 제의했다.

-우리 조선의 도로의 기준점이 어디인지 생각해보게.

-아, 하. 서울이겠지요.

-서울 어디?

-임금이 계신 궁궐이 아닐까요?

이태집이 자신이 없는 말투로 말했다.

-궁궐 맞네. 점점 정확해지는데 정답은 아닐세.

-그러면 경복궁!

자신이 들어간 목소리로 말했다.

-아닐세. 창덕궁에서도 돈화문일세.

—이해가 됩니다.

—그렇네. 경복궁을 지어놓고도 조선인의 심정에는 창덕궁이 정궁으로 받아들이고 있는 것일세.

계연수와 이태집은 한가로움을 즐기고 있었다.

—말도 없이 역사학당을 비우고 왔는데 괜찮을까요?

—글쎄. 해학과 홍암이 오셨겠지.

—그렇겠지요?

역사학당이 사라지다

역사학당은 불길에 휩싸여 타고 있었다. 주인이 없는 집이 누군가의 방황에 의해 타오르고 있었다. 주위 사람들이 나와 주인 없는 집의 불을 진화하기에 바빴다.

이기는 자신에게 실망했다. 세상에 당당했고, 인생에 당당하게 살고 있다고 자부하고 있었다. 하지만 아니었다. 마음으로 나라를 팔아먹은 자를 처단하겠다고 나선 사람이 정작 상황이 벌어지자 몸이 굳어지는 것을 보고 자신이 원망스러웠다. 이기에게는 칼이 있었다. 이홍래가 총의 방아쇠를 당기지 못하고 있을 때 이기는 달려가 가지고 있는 칼로 찌르거나 난자했어야 했다. 하지만 이기 자신의 몸도 굳어서 움직여지지 않앉다. 난감했다. 이기는 지친 몸으로 역사학당을 들르지 않고 집으로 향하고 있었다.

나철은 나철대로 상심이 컸다. 결심한 일이 틀어져서였다. 그리고 자신이 이렇게 소심하고 담대하지 못한 것에 부끄러웠다. 조선의 선비를 욕했는데 자신이 조선의 선비였다. 말만 앞서고 행동은 뒤쳐지는 조선의 선비였다. 조정을 원망하고, 조선의 임금을 원망했지만 자신도 다를 것이 없었다. 여러 명이 한 사람을 죽이겠다고 모여서 방아쇠 한 번 제대로 당겨보지도 못하고 눈앞에서 사라지는 박제순을 놓친 것이 허망했다. 담대하지 못한 자신이 원망스러웠다. 부족하기만 한 것이 자신을 확인했다.

나철은 역사학당으로 발길을 옮기고 있었다. 그동안 비어두었던 역사학당이었다. 역사학당에 다다르고 있었다. 눈앞에서 연기가 오르는 모습이 보였다. 역사학당 방향이었다. 나철은 아차 싶었다.

－웬 연기가 저리 많이 나지?

나철은 마음속으로 이야기하며 잰발을 놀렸다. 몸은 지쳐서 걷는 것도 힘겨웠다. 그래도 힘을 내 발길을 재촉했다.

역사학당이 보이는 곳으로 돌아서자 그만 자리에서 굳어버렸다. 역사학당은 이미 전소된 상태였다. 기둥과 타지 않는 벽체만 덩그러니 남아 있었다. 주위 사람들이 나와 물을 뿌려 재와 타다 남은 지붕의 볏짚과 목재만이 어지러웠다.

나철은 한참을 서 있다가 그대로 주저앉았다. 할 말이 없었다. 이렇게

무너지는구나 싶었다. 한 나라도 무너져가고, 나철 자신의 삶도 무너져
가는 듯했다. 일어날 힘이 없었다. 한참을 그대로 주저앉아 있었다.

이기는 집으로 돌아와 방에 그대로 누웠다. 행동하는 지식인을 자처
했던 자신이 부끄러웠다. 입으로만 세상을 산 것이 아닌가 싶었다. 현
장에서 살아야 한다고 자신에게 되뇌던 사람이었다. 을사오적을 죽여
야겠다는 마음을 가진 자신이 당당하게 느껴지기도 했다. 실제 현장에
서 총을 발사하지 못하는 이홍래를 보고 자신도 몸이 굳어있었던 것이
한심했다. 칼을 든 자신이 달려가 찌르지 못했다. 이홍래를 원망하기
보다 자신의 나약한 모습이 안타까웠다. 이기는 동학농민운동 때에도
전주로 달려갔던 인물이었다. 의기가 넘쳐 몸으로 달려가 담판을 지으
려 달려가 만나기도 했다. 하지만 을사오적 처단사건에서 보여준 자신
의 모습은 나약하기만 했다. 실제 사람을 죽이는 일은 다르다는 것을
확인했다. 🔲

이관집의 집에 사내아이가 태어났다

삭주의 이관집의 집에서는 한 아이가 태어났다. 이관집
의 넷째 아들이었다.

-고생했어요.

-당신이 옆에 있어주어서 고마워요.

이간집이 산통으로 고생한 아내에게 말하자 이관집의 아내가 말했다.

-우리는 아들 부잣집이 되었어요.

-딸이 살림 밑천이라고 했는데, 또 아들이네요.

-그래도 든든한 아들이 좋아요.

-다 좋게 받아주어서 고마워요.

이관집의 아내가 다시 남편 이관집에게 고맙다고 말했다.

이관집과 부인 태천백씨와의 사이에서 넷째 아들이 태어났다. 은자의 집안으로 오랜 기간 환족의 역사를 이어오는 집안이었다. 이관집도 동생 이태집과 함께 은자로 살아오고 있었다. 역사의 짐을 지고 살아가는 것이 얼마나 지난한 삶인가를 몸으로 받아들이며 살고 있는 집안이었다. 고성 이씨 집안으로 역사의 국통 일부를 책임지고 대대로 이어온 본류 집안이었다.

-우리 아들 이름을 생각해야지요?

-아들이니 크고 단단한 이름을 지어주어야지요.

아내의 말에 흐뭇한 목소리로 이관집이 답했다.

-당신이 지으면 어떤 이름이라도 다 좋아요.

-인생을 넉넉하게 살고, 세상의 큰 산이라 되라는 의미로 넉넉할 유裕에 산 우뚝할 립岦으로 하면 어떨까요?

-저는 당신이 지어주는 이름은 다 좋아요. 넉넉하고 산처럼 크게 되라는 의미 좋아요. 그러면 유립이네요.

−맞아요. 이유립李裕岦.

태천 백씨는 얼굴에 웃음을 담고 환하게 웃었다. 그리고는 갓 태어난 아이의 얼굴을 바라보며 말했다.

−우리 유립아. 건강하게 태어나 줘서 고맙다. 넉넉하게 살고, 나라를 위해서 산처럼 우뚝 서거라.

아내를 바라보는 이관집의 눈에는 고마움이 가득 했다.

이관집의 아들들이 문을 열고 조심스럽게 들어왔다.

−들어가도 돼요.

조심스럽게 장남이 물었다.

−그럼. 들어오렴.

태천 백씨가 부드러운 목소리로 말했다.

하나씩 조심스럽게 들어와 아이의 얼굴을 둘러앉아 바라보았다.

−이름이 뭐예요?

−유립이.

둘째가 묻자 태천 백씨가 답해주었다.

−유립이요?

−그래. 유립

셋째가 다시 물었다. 역시 같은 조로 이름을 알려주었다.

아이를 가운데 놓고 가족이 모여 앉아서 바라보고 있었다.

−만져 봐도 돼요?

−그럼 만져 봐도 돼.

둘째가 묻자 태천 백씨가 좋다고 허락했다. 아이들은 신기한 듯 만져보고 싶어 했다. 둘째가 아이의 손을 만지자 장남이 만지고, 셋째가 다시 아이의 손을 만졌다.

돌아가면서 아이의 손을 만지는 세 아들의 눈이 반짝였다.

－왜 눈도 못 떠요?

－너무 어려서 그래.

셋째가 묻자 이관집이 답했다.

눈도 못 뜬 아이를 바라보는 눈들이 반짝였다. 호기심이 가득한 얼굴들이었다. 다른 것을 잊고 방에 들어와 아이에게 정신이 빠져 있었다.

아기가 울자 태천백씨가 젖을 물렸다.

아이들이 엄마에게 더 가까이 다가가 쳐다보았다. 아이들을 바라보는 이관집의 마음이 훈훈해졌다.

－얘는 몇 살이예요?

－한 살.

－낳은 지 하루밖에 안 되었는데도 한 살이에요?

－그럼. 뱃속에서 일 년을 있었으니 그것도 쳐야 하는 거야. 너도 봤잖아.

－맞아요. 우리도 봤어요.

셋째가 묻는 말에 엄마가 꼬박꼬박 친절하게 알려주었다.

강화도에서 마포나루로 배를 타고 가다

황해도 전류리 포구를 지나니 한강과 임진강이 만나는 오두산이 보였다. 멀리 개성의 송악산이 눈에 들어왔다. 황해도 배천과 개풍을 지나고, 오른쪽으로 통천이 자리잡고 있었다. 통천에는 하성霞城이 있는데 '노을진 성채'가 있어서 붙여진 이름으로 넓고 낮은 평야지대가 이어져 있었다. 바다가 있는 수평선과 지평선이 보이는 벌판으로 확 트인 곳에 아침과 저녁으로 노을이 뜨는 마을이기 때문이었다.

나룻배가 한강과 임진강이 만나는 지점에 작게 솟아있는 오두산이 있었다. 까마귀 머리를 닮았다는 오두산烏頭山에서 방향을 틀어 한강으로 접어들었다. 오두산은 예로부터 서울과 개성을 지키는 군사적 요충지였다. 고려 말에 쌓은 산성이 아직도 남아 있었다. 한강 방향으로 기수를 틀자 나지막한 검단산이 보였다. 서울에 멀지 않았음을 알 수 있었다.

배로 오니 한가롭고 여유가 있었다. 가만히 앉아 있으면 되니 몸도 편안하고 넉넉하게 느껴졌다. 멀리 여의도가 보이기 시작했다.

－다 왔나보네.

－배로 오니 마음이 편안합니다.

계연수의 말을 이태집이 받았다.

－갈 때는 힘들게 걸어갔는데 이렇게 오니 앉아서 여행하는 기분일세.

-저도 그렇습니다. 앉아서 하는 여행, 주유천하周遊天下라는 말이 여기서 나왔나 봅니다.

주유천하周遊天下에서 '놀 유遊'를 '흐를 유流'로 슬쩍 바꾸어 배를 타고 흘러가고 있다는 이태집의 농담 섞인 말에 계연수와 이태집이 함께 환하게 웃었다.

-지금 서울 땅이 옛날에는 양주땅이었는데 이제는 서울이 중심이 되어 있고 양주는 외곽이 되어 있으니 세상은 돌고 돈다는 말이 맞네.

-모든 법칙은 강자가 독식한다는 것을 증명하고 있는 듯합니다.

두 사람의 대화는 막힘이 없이 이어졌다. 언제나 무슨 주제로 이야기하든 잘 맞았다.

-마포나루에 도착했습니다.

-수고하셨습니다.

사공의 말에 계연수와 이태집은 정중하고 짧게 인사를 했다.

계연수와 이태집은 일어났다. 마포나루는 언제나처럼 사람이 많았다. 포구를 중심으로 작게 난 길을 따라 상점들이 줄을 지어 있었다. 대부분 초가집으로 옹기종기 머리를 맞대고 대화라도 하는 듯했다.

-탁주라도 한 잔하고 가세.

-좋습니다.

계연수의 말에 이태집이 흔쾌하게 응낙했다. 주막으로 들었다. 마포나루는 사람이 살아있는 곳 같았다. 사람 사는 곳에는 활력이 넘쳤다. 나라가 흥하고 망하고 보다 무서운 것이 생계였다. 먹고 사는 일은 하루라도 제껴둘 수가 없었다. 백성의 하늘은 밥이라는 말이 실감나는 현장이었다.

－이곳에 오니 사람 사는 기분이 드네.

－저도 그렇습니다.

계연수의 말을 이태집이 받았다.

－이제 진정 큰일이 남았네.

－그렇군요. 국통맥을 잇는 환족의 역사를 만들어야 하는 중차대^{重且大}한 일이 남았습니다.

계연수의 생각을 읽고 이태집이 앞서 말했다. 그만큼 두 사람은 함께한 시간이 많았다. 역사를 공유하기도 한 두 사람이었다.

－지난번에도 살짝 말씀하시다 말았는데 어떻게 엮을 생각이세요?

－내가 가지고 있는 지식으로 엮기보다 기존의 비서를 중심으로 엮을 생각이네.

－한 번에 확 다가오지 않습니다.

－그럴 거야. 내가 구체적으로 설명하지 않았으니 그럴 걸세.

－기본의 비서라면 삼성기 같은 것을 말씀 하시는 거지요?

－그렇네. 전해 내려오던 책들을 그대로 합본형식으로 만들 생각일세.

계연수는 지금까지 흩어져 있던 내용들을 큰 줄기로 묶을 생각이었다.

－이해가 안 가는가 보군. 이런 걸세.

계연수가 잠시 말을 멈추었다. 그리고 다시 시작했다.

－책마다 조금씩 달라 어떤 것을 선택할까를 고민하고 있네. 년도도 다

르고, 기술내용도 조금씩 차이가 있네. 하지만 큰 줄기는 같네.

—환국 단군 고조선으로 이어지는 역사의 국통國通은 변함이 없다는 말씀이시지요?

—그렇지. 하지만 구체적인 서술내용은 다르네. 그것은 이 책을 완성하고 나서 구체적인 모습은 보완할 생각일세.

—워낙 오래 된 역사이고, 구전으로 전해 내려오거나 조각난 것을 다시 꿰맞춰서 만들어졌을 가능성도 있을 겁니다. 그나마 지금이라도 소장하게 된 것이 감사한 일일 수 있습니다.

—나도 그렇게 생각하네. 역사의 편저를 맡은 사명을 가진 사람이라고 생각하고 있네. 역사 전체를 관통하는 책이 없어서 어떻게든 내가 완성시키겠다고 다짐했네.

계연수와 이태집은 인생을 걸고 완성해야 할 책에 대해 진지하게 이야기하고 있었다. 계연수에겐 일생일대의 작업이었다. 스승 이기와의 대화에서도 계연수의 역할에 대해 이야기 한 바 있었다. 계연수는 자신이 할 일이라고 생각하고 있었다. 하지만 넘어야 할 산이 남아 있었다. 먼 길을 달려왔다. 은자로서의 운명과 책을 수집하러 다니던 상황이 떠올랐다. 큰 힘이 된 것은 이기와의 만남이었다. 물심양면으로 지원해 준 이기가 있었다.

의병대를 창설하다

홍범도를 대장으로 한 의병대가 창설되었다. 첫 번째 과업이 결정되었다. 개인의 안녕을 버리고 나라의 독립을 위해 모인 사람들이었다.

-우리는 지금 여기 후치령에 있습니다. 우리의 목표지점은 안변군입니다. 안변군은 함경남도 남부에 위치한 군으로 동쪽은 강원도 통천, 서쪽은 강원도 이천, 남쪽은 강원도 평강 회양, 북쪽은 문천 원산 그리고 동해와 접하고 있습니다.

김수협이 지도를 탁상에 올려놓고 설명했다.

-이동 경로를 설명해 주게.

백두대간이 추가령에서 서로 합쳐져 있어 지세가 높고 험합니다. 백암산 저두산 추애산 풍류산 황룡산이 솟아 있어 전형적인 산세 우세 지방입니다. 우리가 가는 길은 이렇게 이어집니다.

홍범도의 지시에 따라 김수협은 하나하나를 짚어가며 설명했다.

풍류산 동쪽의 안부에는 철령이 있어 천연의 요새입니다. 우리가 진지를 구축하고 숙영할 곳입니다. 안변은 남북교통의 요지입니다. 우리에게 지금 필요한 것은 무기와 장비입니다. 가장 시급한 것을 얻기 위해 첫 목표가 열차탈취입니다.

김수협의 목소리에는 힘이 들어가 있었다.

-큰 산 줄기가 합쳐지는 곳으로 남북으로 단층곡인 추가령구조곡이 발

달했습니다. 우리의 목표지점은 바로 이곳입니다. 은폐하기도 좋고 공격하기도 용이합니다. 지대가 높아서 공격하기 좋고, 이곳만 빠져 나가면 바로 탈취품을 이동하기도 좋습니다.

－각자의 임무도 구체적으로 알려주게.

김수협의 설명이 끝나자 홍범도가 김수협에게 다음 임무를 설명할 것을 지시했다.

김수협은 다시 소대별로 맡은 임무를 설명했다.

이번 목표인 철도는 경원선이었다. 추가령구조곡을 따라 군의 중앙을 남북으로 통과하며, 삼방협 삼방 신고산 용지원 석왕사 남산 안변의 7개 역이 있었다. 또한 안변에서 동해북부선이 분기되어 동부를 지나며 오계역이 설치되어 있었다. 도로도 발달되어 있어 이동에는 어려움이 없었다. 안변까지는 평민 복장으로 이동하기로 결정했다. 무기를 담당한 지원소대는 마차와 지게를 이용해 새우젓 장수나 소금장수로 위장해 이동해야 하는 어려움이 있었다. 군수물품은 소를 이용한 달구지를 이용했다.

홍범도의 출발명령과 함께 안변으로 출발했다.

홍범도는 김수협과 함께 먼저 말로 이동을 시작했다. 안변의 상황과 일본군의 무기이동을 살펴보기 위해서였다.

－아직 조선이 일본에게 완전히 먹히지 않아 다행입니다. 우리가 완전히 일본에게 먹힌다면 이동하기도 쉽지 않을 것입니다.

－당연하지. 우리가 그것을 막아야 하네.

김수협의 말을 홍범도가 받으며 다짐했다.

-나라를 빼앗기면 치안까지 빼앗길 것이고 그렇게 되면 일본군이 조선인을 통치하고 감시할 것입니다. 생각만 해도 끔찍합니다.

-그렇네. 우리의 의기가 그대로 조선에 전해져 다함께 일어난다면 국권을 다시 빼앗아 오는 것도 가능할 걸세.

김수협의 말을 홍범도가 다시 받았다. 의기가 넘쳤다.

-이곳은 조선 땅입니다. 우리가 지켜야 합니다.

-자네 같은 사람이 있고, 우리 대원들이 있으니 마음이 든든하네.

김수협의 말을 듣고 김수협이 있어 든든한 마음을 전했다. 그리고 대원들이 있어 또한 든든한 마음을 전했다.

-저는 홍대장님이 있어서 마음이 든든합니다.

-서로 장군명군이군.

김수협은 진정으로 홍범도가 있어 든든했다. 정신적으로 그리고 실제 작전이나 전투 시에도 홍범도의 존재가 있어 든든했다. 다시 의병대를 창설했을 때도 홍범도가 있어 믿음이 갔다. 개인적으로는 인생의 형님 같은 존재였다.

홍범도와 김수협이 말을 달려 안변으로 다가가고 있었다. 멀리 기차가 달려가고 있었다. 안변을 지나 산간으로 들어가고 있었다. 한눈에 보기에도 공격지점이 예상되었다.

-저곳인가?

-그렇습니다. 한 번에 알아보시네요.

―우리는 인원도 적고 무기로도 밀리니 유격전술로 붙을 수밖에 없지 않은가.

―저도 이제는 대장님의 눈을 닮아갑니다.

김수협의 말에 홍범도가 크게 웃었다.

―이제는 말을 안 해도 서로를 알아주는군.

―그렇게 생각해 주시니 고맙습니다.

―자네나 나나 사냥에서 배운 것을 큰일에 이용하게 될 줄을 몰랐네.

―그러게 말입니다.

두 사람은 몇 번의 전투에서 배운 것이 컸다. 두 사람의 의견은 일치했다.

―약자가 강자에게 이기기 위한 방법은 숨어서 공격할 수밖에 없지 않나?

―그렇습니다.

홍범도와 김수협은 다시 말을 달려 지형이 높은 곳으로 이동해서 전체를 관망할 수 있는 곳으로 달려갔다. 여러 가지를 고려해도 목표지점으로 지정한 것이 적당했다. 공격하기도 좋고 전리품을 이동하기도 좋은 곳이었다. 그리고 철로 한 곳을 막으면 그대로 기차 안에 탄 사람들을 고립시켜 공격하기에 적당한 곳이었다.

계 연수는 이기를 만났다. 그리고 다시 역사학당으로 갔
다. 나철에게도 연락해 역사학당 터로 모이기로 했다.

−참담하네.

이기가 먼저 입을 열었다. 이기의 말에는 여러 가지 의미가 함축되어
있었다. 을사오적 처단에 대한 실패와 자신의 무능함 그리고 역사학당
의 화재로 소실된 것에 대한 감회 등이 섞여 있었다.

−마찬가지입니다.

나철이 자신의 심경을 말했다. 나철 또한 이기와 비슷했다. 계연수와
이태집은 말이 없이 있었다.

−자리를 옮겨 이야기 해보세.

−좋습니다.

이기의 제안을 나철이 받았다. 탑골공원으로 향했다. 세상은 어지러웠
으나 세상의 겉모습은 변한 것이 없었다. 여전히 행인은 많았고, 마차
는 굴러가고, 지게를 진 남자와 머리에 보따리를 인 여인들이 일상으로
바빴다.

−누구 소행이라고 보는가?

이기가 나철에게 물었다.

−저는 일본군이라고 생각합니다.

나철이 답했다.

-이유가 있는가?

-있습니다. 제가 도착했을 때는 이미 진화된 다음이었습니다. 역사학당 주위에서 본 사람들의 말에는 젊고 건장한 일본인들이었다고 했습니다. 그들이 역사학당에 불을 붙이는 것을 보았다고 했습니다. 말을 주고받을 때 일본말을 했다고 했습니다.

-그렇다면 왜 역사학당을 두 번씩이나 불을 질렀을까?

이번에는 계연수가 말했다.

-저도 이해가 안 갑니다.

이번에는 이태집이 계연수의 말을 받았다.

모두 지난번의 화재처럼 불을 지른 사람들을 이해할 수가 없었다. 적대적인 집단이 있는 것도 아니고, 남에게 피해를 주는 역사학당이 아니었다. 역사학당 식구들은 역사에 대한 적대감을 갖는 사람을 아직도 알수가 없었다. 일본이 그러리라고 생각하지 못했다.

적을 알지 못하고 대처하는 것은 정말 암담한 상황이었다. 조선의 조정이나 관군이라면 체포해갈 수는 있지만 방화는 할 리가 없었다.

-지난 번 역사학당의 방화는 성공적이었다.

역사학당에 불을 지른 것에 대해 성공적이라고 치사를 하고 있다.

-우리는 긴장해야 한다. 제군들의 행동 하나하나가 우리 일본제국의 국가역량과 직결될 수 있다는 의무감을 가지고 행동하기 바란다.

감연극은 대원들에게 지시를 하기 위해서 상황을 짚어주고 있었다.

—이제 우리의 목표가 한층 가까워오고 있다. 대일본국의 목표는 조선를 병합하는 것에 있다. 감연극에게 상부는 데라우치 마사타케였다. 데라우치 마사타케는 일본의 대동방 평화정책이라는 야망을 가진 존재였다. 세계정복이라는 욕망의 실현을 위해 군사강국과 제국주의를 주창하는 인물이었다. 감연극의 행동을 결정해주는 인물이었다.

—상부에서는 조선을 병합시키고 나서 필요한 것이 바로 우리의 우월함을 조선인에게 심어주는 것에 있다. 그러려면 조선의 역사 전문가들의 활동 저지에 주력해야 한다. 알았나?

—알았습니다.

강하고 날카로웠다. 명령과 실행이 뚜렷한 집단이었다. 일본의 대동방 평화정책을 실행하는데 첨단에서 활동하는 전위대였다. 밀파된 정보원들이었다. 이른바 밀정이었다.

—지금 우리의 관심 1호는 홍대장의 검거에 있다. 우리가 우리의 법으로 처단하기 어렵다. 생포가 어렵다면 사살해도 좋다.

감연극이 활동하는 공간은 분명한 조선국이었다. 일본의 영향력이 막강했지만 아직도 조선의 국왕이 살아있었고, 조선의 조정은 남아 있었다. 일본의 입장에서 행동에 제한이 되고 있었다.

조선에서 홍범도의 존재는 일본에게 위험요소였다. 홍범도와 조선의 의병들은 일본을 적국으로 단정하고 전쟁을 선포한 상태였다. 일본의 입장에서 조선의 의병은 첫 번째 제거대상이었다. 그리고 조선의 의병들은 무기를 가진 강력한 집단이었다. 감연극이 첫 번째 대상으로 지목

한 사람은 홍범도였다. 그리고 역사가들이었다.

-대일본국을 위해서는 어떠한 행동도 마다해서는 안 된다. 우리는 대일본제국을 위하여 헌신해야 하되 어둠의 행동으로 국가의 안녕에 헌신해야 하는 사람들이다.

감연극은 국가주의에 기울어져 있는 전형적인 일본인이었다.

-상부에서는 역사에 대해 관심이 많다. 우리가 조선을 병합할 경우 더욱 필요성이 확장될 것이다.

감연극은 단호했다. 그리고 설명이 확정적이었다. 이의를 달거나 다른 해석의 여지가 없었다. 정확하게 할 바를 지정해주고 실천할 것을 지시했다.

-역사학당에 방화를 한 자들이 일본인이라면 역사학당에 있는 우리들에 대하여 적대적이라는 이유일 텐데 이유가 무엇일까요?

이태집이 물었다.

-나는 그것을 모르겠네.

이기가 이태집의 말에 답했다.

-우리가 하고 있는 역사가 일본의 입맛에 맞지 않는다고 생각한 것이 아닐까요?

-그렇다면 일본이 우리 환족이 건너가 나라를 건설하고 지배해왔다는 것을 아는 누군가가 있다는 것임에 틀림없습니다.

나철이 모두를 향해 질문을 던지자 이태집이 자신의 생각을 담아 말했다.

-그럴 수 있다고 생각합니다.

계연수가 이태집의 생각을 두둔했다.

−저도 그럴 수 있다고 봅니다.

−나도 그렇네.

나철과 이기가 이어서 동의했다.

−그렇다면 일본의 다음 결정을 알 수 있습니다.

−무엇을 말인가?

계연수의 말에 이기가 물었다.

−일본은 조선을 합병하려고 하는 것이 확실합니다. 점령이 아니라 조선을 일본화 하려는 것이 틀림없습니다.

−일본화한다는 의미를 정확하게 파악이 안 됩니다.

계연수의 이야기 중에 일본화에 대한 의미를 정확하게 이해하지 못한 이태집이 말했다.

−점령해서 조선을 일본국으로 완전 흡수해서 조선인을 일본인으로 만들겠다는 것으로 보이네.

−왜 그것이 필요하지요?

−일본은 섬나라여서 대륙과의 접촉이 힘이 들었지. 조선을 일본화하면 대국의 반열에 들어가고, 대륙국가로서의 면모를 세계에 선언할 수가 있기 때문으로 보이네.

−이해가 됩니다.

계연수의 말에 이태집의 말했다.

−그러기 위해서 필요한 것이 역사라고 보면 아귀가 맞네. 조선을 열등

한 나라로 만들려면 조선의 역사를 축소하고 빈약하게 만들겠지.

−무서운 음모가 진행되고 있군.

계연수의 예상에 대해 나철이 답했다.

−그렇게 보입니다.

이태집도 동의 했다.

이기는 가만히 생각에 잠겼다. 마음이 복잡하고 어수선했다.

홍범도 일본 군수열차를 공격하다

14시 27분에 열차가 지나갈 것일세.

홍범도가 회중시계를 주머니에서 꺼내 보면서 김수협에게 말했다. 현재 시각은 오전 9시였다. 본대가 도착하려면 아직 3시간 정도가 남았다. 홍범도 부대가 입수한 정보는 군수물품을 싣고 이동하는 열차가 지나가는 시간이었다. 열차에 탑승한 전투병들은 소수이며, 보급품을 담당하는 일본군들로 열차를 세우면 공격하는 것에 어려움이 없을 것으로 판단했다.

−우리의 계획을 설명해보게.

홍범도가 김수협에게 말했다.

−군수물품을 실은 기차가 지나가기 직전에 보이는 저 곳에서 바위를

굴려 떨어뜨릴 것입니다. 그리고 매복하고 있던 부대원들이 공격할 것입니다. 매복지는 말씀드렸던 4곳이 바로 저기입니다.

김수협이 선발대로 와서 작전계획을 세운 사람으로 정확하게 장소를 짚어가며 설명했다.

-기차가 도착하기 직전에 미리 떨어뜨릴 것입니다. 아차하면 실수할 수가 있어서 기차가 오는 것을 보고 미리 굴려서 떨어뜨릴 예정입니다. 정차하거나 충돌할 경우 즉시 동시에 공격할 것입니다.

-노획물품의 이동이 그리기 쉬워 보이지는 않은데.

-현재로서는 우리가 지금 작전을 위해 이동시키고 있는 마차와 지게를 그대로 이동수단으로 사용할 수밖에 없습니다. 감쪽같이 사라지는 것이 관건입니다.

홍범도가 전리품의 이동에 대한 걱정을 말하지 김수협이 자세하게 설명했다.

본대가 도착하고 개인지참 무기가 지급됐다. 계획했던 장소로 이동했다. 시간은 아직 여유가 있었다. 복장은 평상복을 입고 있었다. 의심을 받지 않고 이동하기 위한 조치였다. 각자의 위치로 배치되었다.

기찻길 옆 경사진 둔덕 위에는 큰 바위를 굴러뜨릴 준비가 되어 있었다. 참나무 가지를 친 줄기에 버팀목을 걸어 두 사람이 잡아당기면 바로 굴러 떨어지도록 준비해 놓았다. 개인별로는 단도와 개인소총 하나씩을 가지고 있었다.

홍범도와 김수협은 전체가 보이는 장소에서 내려다보고 있었다. 다시 의병이 소집되고 나서 첫 전투여서 긴장이 컸다.

−지난 번과 어떤가?

−새롭습니다. 지난 번 만큼 긴장이 됩니다.

홍범도의 물음에 김수협이 답했다.

−나도 그렇네.

−우리에게는 중요한 전투입니다. 그리고 열차를 터는 것은 처음이어서 더욱 긴장이 됩니다.

−열차를 공격하면 일본군의 보복이 엄청 클 것일세.

−저도 그러리라 봅니다.

의병 해단식을 하기 직전에도 대대적인 일본군의 공격을 받았던 것을 상기시켰다.

시간이 지나가고 있었다. 이제 10여 분 남았다. 은신하고 있던 대원들이 바위를 향해 이동했다. 주위에는 사람들의 모습이 보이지 않았다. 몸을 숨기고 있는 대원들의 눈빛이 빛났다. 공격을 낮으로 잡은 것은 전리품의 이동을 고려해서였다. 어둠이 내리면 개인이 담당할 전리품을 가지고 산악으로 숨어 이동하기 어려웠다. 가능하면 빨리 목표지점에서 빨리 피할 수 있고, 공격지점에서 어느 정도 멀어져서는 여유 있게 이동할 수 있는 시간을 고려했다.

대원들의 눈은 모두 기차가 올 곳을 향해 있었다. 반대에서 달려오는 열차가 있었다. 모두 몸을 숨기고 열차가 지나가는 것을 바라보았다.

−열차를 탈취할 수 있을 정도로 우리가 성장했습니다.

-그렇지. 적군 하나 죽이는 것도 두려워하던 대원들이 이제는 능란해 보이네. 든든하고.

김수협의 대원들에 대한 진단에 홍범도가 인정했다.

2분 전이었다. 멀리서 열차의 기적소리가 들렸다. 곧 열차가 올 것을 기적소리가 알려주고 있었다. 홍범도의 지시가 떨어졌다. 대기하고 있던 대원들이 바위로 다가섰다. 참나무로 만든 긴 장대를 바위 밑에 밀어넣고 받침돌 위에 얹었다. 지렛대 원리를 이용하기 위해서였다. 장대를 누르면 바위가 밀리며 둔덕 아래로 굴러 떨어질 것이다.

멀리서 열차의 앞머리가 보이기 시작했다. 열차가 산악지대로 들어서면서 굽어져 있어 바위가 굴러 떨어져 있어도 금방 발견하기 쉽지 않았다. 그것을 이용해 굽은 곳을 택해 바위를 선택했다.

홍범도의 손이 개시명령을 내렸다. 점점 가까워오고 있었다. 장대에 대원들의 힘이 모아졌다. 큰 바위가 들썩 거렸다. 움찔움찔 움직이기 시작했다. 바위가 커 한 번에 밀려나지 않았다. 점점 열차가 달려오고 있었다. 바위가 장대에 받쳐져서 들썩 거리다 우지끈 소리를 내며 구르기 시작했다. 기차는 달려오고 있었다. 바위가 구르기 시작했다. 달려오는 열차의 철로에 안착해야 성공이었다. 바위 한 개가 굴러 떨어졌다. 다음 바위가 다시 굴렀다. 두 개의 바위가 철로를 점령하며 자리를 잡았다. 바로 열차가 굽은 철로를 돌아 달려들었다.

기차가 정차하려는 소리가 끼이익 하고 파열음을 냈다. 하지만 이미 늦은 상태였다. 쿵하고 바위와 부딪히며 멈춰 섰다. 흔들리면서 앞부분이

탈선되며 옆으로 쓰러졌다. 동시에 대원들이 총을 쏘며 달려들었다. 많은 시간이 필요하지 않았다. 충격을 받은 열차와 함께 안에 탑승한 일본군들에게도 충격이 왔다. 인원도 생각한 것처럼 많지 않았다.

열차 안에 있던 일본군과 교전이 시작되었다. 하지만 저항은 그리 크지 않았다. 전투는 이미 기울어진 상황이었다.

－우리는 성공했습니다.

홍범도의 목소리가 허공을 흔들었다.

와아, 하는 함성이 뒤를 이었다. 아군의 손실이 없는 성공적인 작전이었다. 물자가 절대적으로 부족했던 상황을 타개 하는데 중요한 역할을 했다 .그리고 자신감이 생기는 계기였다.

4. 환족의 국통맥

국통맥을 세우다

계연수는 준비했던 역사서의 편저자로서의 임무를 완성해야 한다는 생각이 더욱 굳어졌다. 환족의 역사를 재현해내야 한다는 생각이었다. 일본의 야욕을 눈치 챈 이상 더욱 서둘러야 할 일이었다. 혼자 힘으로는 감당하기 어려운 일이었다. 우선 책을 선정해서 만들어야 했다. 가장 중요한 것은 국통을 어떻게 정하느냐에 대한 문제였다. 계연수가 저술에 들어가기 전에 확정되어야 할 큰일이었다.

이기를 찾아갔다. 이기는 언제나처럼 계연수를 챙겨주었다.

-나는 자네를 볼 때마다 안쓰럽네.

-저는 아직 젊고 활달합니다.

이기의 말에 계연수가 밝은 목소리로 젊고 활달함을 강조하자 이기가 환하게 웃었다. 계연수도 환하게 웃었다.

-내 짐을 넘겨준 것에 대한 미안함과 숙제를 준 것에 대한 부담이 있네.

-그렇게 생각하실 필요가 없습니다. 제가 좋아서 선택한 일입니다. 제가 짊어지고 가야합니다.

-그것이 바로 내가 미안하고 고맙고 한 것일세.

이기는 자신이 가지고 있던 은자 자리를 계연수에게 넘겨주었다고 생각했다. 자신이 가지고 있는 책들을 계연수에게 넘겨주면서 부터였다. 계연수에게 넘겨준 책들은 집안에서 대대로 이어져왔던 책들이었다. 목숨을 걸고 지켜온 책들이었다. 어디서도 구할 수 없는 책들을 넘겨주었다. 그것을 제자인 계연수에게 넘겨주면서 자신은 은자의 역할을 다했다고 생각했다.

또 하나는 계연수에게 환족의 역사를 완결할 책을 만들라는 주문이었다. 계연수는 이기의 제안을 받아들였고, 실행 책임자 격으로 결심하고 있었다. 둘 다 지난하고 개인으로서는 벅찬 임무였다. 이기가 계연수에게 미안하고 고마운 마음이 드는 이유였다. 조선에서 역사가로 산다는 것은 사사로운 삶을 포기하는 것과 별다르지 않았다. 벼슬을 하면 안되고, 경제력을 가질 수 있는 시간과 마음을 포기해야 하는 일이었다.

상공업에 종사하면서 역사를 공부할 수가 없었다. 시간과 노력이 필요한 것이 역사공부였고, 연구였다. 지명 하나를 확인하는 것만으로도 몇 달이 걸리기도 했다. 다른 서적에서 확인을 하고 현장에서 증명해야 하는 것들이었다. 모든 것이 부족했다. 힘든 것은 경제적인 문제였다.

경제활동을 하면 역사공부와 연구는 포기해야 했다. 경제적인 지원자가 이기였다. 그리고 부분적으로 나철이 도왔다. 숨은 조력자였다. 이제는 마지막 과업이라고 할 수 있는 역사서를 완성하는 일이었다. 역사서를 저술하려면 우선 되어야 할 것이 국통이었다. 어느 나라를 환족의 역사로 삼을 것인가, 였다. 많은 나라가 생기고 무너졌다. 그럼에도 결정적인 나라가 주도적으로 역사를 이어왔다. 대표적인 나라를 선정해야 하는 일이었다. 역사관이라고 할 수 있었다.

－스승님은 어떤 나라를 대표로 기술해야 한다고 보십니까?

－정말 어려운 과제를 내게 주는군.

계연수의 물음에 이기는 솔직한 마음을 전했다.

－정말 쉽지 않은 문제입니다.

－그렇지만 결국은 역사를 기록하는 사람이 결정해야 할 일일세. 그것은 자네의 생각이 중요한 역할을 할 걸세.

－저는 스승님의 생각을 먼저 듣고 싶습니다.

－나는 이야기 한 적이 있었네. 하지만 그것은 큰 틀에서 잡아보았을 뿐이네.

이기는 잠시 숨을 쉬었다가 이야기를 다시 시작했다.

-환국 – 단국 – 고조선 – 부여 – 사국시대 – 남북조시대 – 고려 – 조선으로 잡았네. 하지만 풀어야 할 문제도 확인할 것도 많네. 하지만 어디에서도 쉽게 역사기록을 찾기 어렵다는 점일세.

-정말 저도 많이 생각해보았습니다. 중요한 문제임에도 결정하기는 어려웠습니다.

-정말 그렇네. 우선 환국의 경우도 그렇네. 환국에서 환웅천왕이 3천 명의 문명개척단을 이끌고 동쪽으로 와 나라를 세웠다는 기록이 있네. 그것이 단국이고 배달국이라고 하네. 그렇다면 본국인 환국은 어떻게 되었는가를 알 수가 없네. 기록에 두 개의 나라를 기록할 수도 없고, 환국의 기록은 사라지고 없네. 망한 것인지 존속했는데 약소국으로 전락한 것인지 알 수가 없네.

-그렇군요. 저는 그 생각까지는 못했습니다. 당연하게 배달국으로 이어졌다는 생각에서 더 나아가지 못했습니다.

이기의 설명에 갑자기 큰 것 하나를 생각하지 못한 것을 깨달았다. 진정 환국에서 단국으로 이어졌다는 것만을 생각했다. 다른 생각을 하지 않고 단국만을 자연스럽게 이야기했던 것이 갑자기 어색했다.

-가장 복잡하고 어려운 부분은 고조선 이후 여러 나라로 분리 독립하는데 어떤 나라를 우리의 적통適通으로 볼 것인가에 대한 문제일세.

-고조선 이후뿐만이 아니라 고조선도 참 복잡합니다. 삼한이 있었고, 삼조선이 있었습니다. 그리고 왕자들에게 분국分國의 영토로 나누어주어 정말 많은 나라가 있었습니다. 그것을 어떻게 다루어야 하는가가 결

정되어야 합니다.

−정말 복잡하네. 그중에서도 부여가 그렇네. 고조선이 망하고 나서는 많은 나라로 독립하고 합병됩니다. 그 중에서 어느 나라를 환국의 맥을 이어주는 나라로 삼을 것인가 일세.

어떤 결정이든 결정이 있어야 했다. 그래야 역사의 기술을 할 수가 있었다. 많이 알수록 복잡하고 머리가 어수선했다.

−우선 기본은 이렇게 잡을 수 있네. 좀 전에 이야기했던 그대로일세. 환국 − 단국 − 고조선 − 부여 − 사국시대 − 남북조시대 − 고려 − 조선일세. 하나씩 짚어가세.

이기가 다시 한 번 나열한 후에 구체적으로 결정하자는 의미였다.

−말씀하신 적통 중에 대표적으로 많은 나라로 분할된 때가 고조선 멸망 이후인듯합니다. 부여 말고도 많았는데, 부여도 많습니다. 동부여, 북부여, 남부여, 졸본부여, 갈사부부여, 연나부부여 등으로 쪼개졌고 이외에도 정말 많은 나라가 있었습니다.

−하나씩 정리해 보세. 적통맥, 다시 말하면 적통국適通國을 정해보세. 고조선 이후 열국列國으로 분할되지만 그래도 고구려로 이어지는 나라는 누가 뭐라고 해도 북부여라고 할 수 있네. 그러니 북부여로 정하면 될 듯하네.

−이의 없습니다.

이기의 주장을 계연수가 흔쾌히 받아들였다.

−적통국은 하나밖에 둘 수가 없으니 하나만을 선택해야 하네.

-그것도 인정합니다.

이기의 의견을 계연수가 수정 없이 그대로 받아들였다. 집안에도 대를 이어가는 자식은 하나다. 아들이어야 하고, 맏이가 우선이었다. 맏이가 문제가 있을 경우 상황에 따라 하나로 결정했다. 마찬가지로 역사를 이어가는 나라는 하나만을 인정하는 기술방법을 선택했다.

-다음은 사국시대입니다. 말씀하신 것은 고구려 백제 신라 가야를 말씀하시는 것이지요?

-그렇네. 그중에서 한 나라를 선택해보게.

-당연히 저는 고구려입니다.

-왜 신라를 선택하지 않는가?

계연수가 당연히 고구려라고 했는데 이기가 선택 이유를 설명하라고 하니 갑자기 난감했다. 평소 가지고 있었던 고구려 선호의식은 어디에서 나왔는가를 생각해 보았다. 계연수는 사국 중에 고구려를 장자長子로 인식하고 있었다.

-제 마음 속에는 고구려가 우선입니다. 첫째는 북부여에서 이어지는 직접 당사국이기 때문입니다. 둘째는 고구려에서 백제가 떨어져 나왔기 때문입니다. 셋째는 신라는 늦게 건국했고, 고구려보다 백제 신라 가야는 약소국이라는 인식이 강합니다. 그래서 저는 고구려를 적통국으로 인정하고 싶습니다.

-나도 한 표 던지겠네.

계연수의 설명을 듣고 이기가 바로 고구려를 적통국으로 인정했다.

다음은 어려운 문제가 있는 부분이었다. 대진과 신라였다. 분명하게 두 나라가 공존했다. 고구려 땅에는 대진이, 신라와 백제 그리고 가야 땅에는 신라가 자리 잡고 역사를 이어갔다. 어느 나라를 선택해야 하는가, 쉽지 않은 선택이었다. 그럼에도 결정해야 했다.

-스승님께서는 신라의 통일을 어떻게 보십니까?

-신라가 통일했다고 하지만 그것은 정확한 표현이 아니라고 생각하네. 이유는 대부분의 영토를 잃어버렸기 때문일세. 그리고 강자로서의 위치보다는 수나라와 당나라에 비해 약소국이었다는 아쉬움이 남는다고 할 수 있지.

-저도 같은 생각입니다. 해동성국이라는 인정을 받은 나라가 엄연히 고구려 땅에 대조영을 중심으로 한 나라가 있었습니다. 수나라와 당나라에 비해 뒤지지 않는 막강한 힘을 가진 나라였습니다. 그리고 고구려의 정신을 이어받은 나라였습니다.

이기와 계연수의 의견은 다르지 않았다.

-그렇다면 대진으로 정하겠습니다.

-좋네.

계연수와 이기는 토를 달지 않고 통 크게 결정했다.

-이렇게 해서 역사는 다시 한번 왜곡되는군.

-그렇습니다.

이기의 농담 섞인 의미있는 말이었다. 모든 역사는 사관에 의해 왜곡된다. 왜곡되지 않는 역사는 없다는 인식을 가지고 있는 두 사람이었다.

하지만 없는 것을 있다고 하는 왜곡이 아니라 선택의 상황에서 하나를 선택하는 왜곡은 역사기술에서 자연스럽고 당연한 것이었다.

–환국 – 단국 – 고조선 – 북부여 – 고구려 – 대진 – 고려 – 조선으로 결정되었습니다.

–큰 결정을 한 날일세.

계연수의 선언에 이기가 의미를 담아 말했다. 계연수의 역사서를 편찬하는 일에 결정적인 날이었다. 🔲

나철, 창교를 준비하다

〈삼일신고三一神誥〉와 〈신사기神事記〉를 전해주고 간 백전도사를 찾아갔다. 백전도사가 있는 곳을 찾아가는 것은 쉬운 일이 아니었다. 여러 경로를 동원해 백전도사를 찾았다. "자네는 분노로 일어설 사람이 아닐세."라며 맑은 눈으로 나철 자신을 진단하던 백전도사를 만나고 싶었다. 막막하기만 한 자신의 어둠을 걷어내는데 백전도사가 도움을 줄 것이라는 막연한 희망이 있었다. "자네는 큰 인물이 될 걸세. 자네는 강한 사람인데 지금은 어둠만 보이네.
"라고 했던 기억이 선명하게 떠올랐다. "유교도 옳고, 불교도 옳지. 또한 도가들의 생각도 옳지. 그보다 산촌에서 평생 나무를 하며 사는 사람이나 농토를 일구며 순박하게 산 사람들의 인생도 정당하지."라고 말하면서 "자네는 분노로 일어설 사람은 아닐세."라고 했었다. 많은 의미를 담고 있는 말이었다. 곱새겨 볼수록 더 많은 듯이 있을 것이라고 생각했다.

나철에게 그동안 여러 가지 일이 있었다. 을사오적을 처단하겠다고 나섰다가 실패를 했다. 살인교사 및 살인미수죄로 귀양까지 다녀왔다. 을사오적을 처단하겠다는 강한 마음과는 달리 한 사람도 죽이기 어려운 사람이라는 것을 깨달았다. 다른 길이 있을 것이라는 생각이 들었다. 사람은 저마다 다른 일을 타고나는 것이라는 생각을 하게 되었다. 자네는 분노로 일어설 사람이 아니라는 말이 맴돌았다. 을사오적을 죽이겠다고 하는 것들이 모두 분노로 만들어진 사건이었다. 그렇다면 내가 할 일은 무엇인가. 막막했지만 기대하는 곳이 있었다. 백전도사를 만나면, 혹여나 길이 보일까 하는 기대였다. 나철은 길을 잃은 느낌이었다. 활로를 찾아야 한다는 생각을 했다. 이대로는 무엇도 하기 어렵다는 결론을 냈다.

백전도사는 다행히 서울에 있었다. 서대문이었다. 백전도사를 따라가서 어디인지 몰랐던 길을 어렵게 찾아냈다. 조심스럽게 집으로 들어가 인기척을 냈다. 사람의 기척이 없었다. 신도 없는 것으로 보아 집을 비운 것 같았다. 기다렸다. 마당에 비친 집 그늘이 방향을 틀며 대문 쪽에 조금 남겨놓은 햇빛을 점령할 때가 되어도 한 사람도 찾아오지 않았다. 아쉬웠지만 더 기다릴 수가 없었다. 다시 찾아와야겠다는 마음으로 나왔다.

돌아가는 길은 쓸쓸했다. 어두워진 골목길을 걸어 나오면서 나는 무엇 때문에 이렇게 살아야 하는가를 생각했다. 골목을 지나가던 바람이 나철의 몸을 훑고 지나갔다.

－분노, 분노! 분노는 나의 것이 아니다.

나철은 마음속에 떠도는 말을 음미하고 있었다.

－백전도사의 말이 옳다.

다시 마음으로 분노에 대해 생각해 보았다. 자신의 성정과는 다른 결의 감정이라고 생각했다.

－그렇다면 나는 어떤 일을 해야 하나?

답답했지만 마음을 풀어놓을 곳이 없었다.

나철은 다음 날 해가 중천에 뜰 즈음 다시 백전도사에게로 찾아갔다. 역시 집은 비어 있었다. 나철이 백전도사를 툇마루에 앉아 기다리는 동안 누구도 오지 않았다. 조용한 절간 같았다. 서울 한 복판에 있는 집이었음에도 정적이 감도는 집이었다. 주인 없이 잘 있는 집이었다.

몇 번을 찾아갔음에도 백전도사는 나타나지 않았다. 그래도 만나야겠다는 마음이 강했다. 꼭 만나야 할 사람이라고 생각했다. 그리고 만나고 말 것이라고 다짐하며 다시 찾았다.

마당으로 들어서자 안에서 밖을 향해 말하는 소리가 들렸다.

－어서 오시게.

백전도사였다. 나철은 귀가 쫑긋 했다.

-예. 접니다.

자신의 이름을 밝히지 않고 당연히 안다는 듯 저라고 한 것이 잘못이었구나, 생각을 하면서 반가움에 잰걸음으로 마당을 건넜다.

-어서 오시게.

-안녕하십니까.

어서 오라는 말에 나철은 인사를 정식으로 올렸다.

-몇 번이나 그냥 왔다 갔군. 미안하네.

-예? … 그랬습니다.

백전도사의 말에 나철은 화들짝 놀랐다. 자신이 왔다 간 것을 미리 알고 이야기하고 있었다. 놀랐다. 하지만 티를 내지 않으려 했다.

-조금만 수련을 하든가, 영에 밝으면 알게 된다네. 나도 어렸을 때는 그런 분을 만나면 대단하구나, 했는데 아니었네. 누구에게나 있는 능력인데 개발을 하지 않을 뿐이었지. 그래 어떻게 지냈나?

-혼란스러웠습니다.

-혼란스럽지 않은 사람이 어디 있겠나. 다 그런 거지.

-제가 보기에는 백전도사님께서는 의젓하게 앉아 있는 산 같습니다.

-그렇게 보일 뿐이네. 실은 다 같네 다르다면 흔들리게 하는 것의 내용이 조금 다른 것뿐일세. 결국은 별다르지 않네.

-내용이 다르다는 말씀을 해 주시지요.

나철에게 '흔들리게 하는 것의 내용이 조금 다른 것'이라는 의미가 궁금했다.

―별것 아닐세. 5살 어린아이가 보채는 것은 사탕 하나에 대한 욕심일세. 서른 살 청장년의 욕심은 권력이나 명예일세. 그리고 조금 더 나아간 사람이라면 참된 삶에 관심이 가는 것과 비슷하다고 보면 되네. 욕심은 같지만 다른 욕심이라는 말일세.

―저는 나라를 팔아먹은 을사오적을 죽이려고 하다 실패했습니다. 마음이 많이 흔들렸습니다.

―잘했네.

그리고 기대했던 다음 말은 하지 않고 백전도사는 입을 닫았다.

―무엇을 잘했다는 말씀이십니까?

나철이 기다리다 실망해서 물었다.

―자네가 마음먹은 것을 결행했으니 잘한 것 아니겠나.

의미를 알듯 모를 듯했다. 나철이 을사오적을 죽이겠다는 것을 잘했다는 것이 아니고, 결행했다가 실패한 것을 잘 했다는 것이 아니었다. 나철이 마음먹은 것을 결행한 것이 잘했다는 의미였다. 분명히 다른 내용이었다. 어떤 생각이나 어떤 행동의 잘잘못이 아니라 마음먹고 결행 한 것을 잘했다는 말이었다. 일상적인 대화에서 자연스러운 말은 아니었다. 생각과 행동의 잘잘못을 따지는 것이 일반적이었다.

―제 생각과 행동을 잘했다는 말씀이신지, 제 생각하고 행동한 것이니 저 자신에게 잘했다는 말씀이신지 궁금합니다.

―옳고 그름이 중요한 것이 아닐세. 옳고 그름은 이미 자신이 결정한 것일세. 무엇으로?

백전도사가 '무엇으로?'에 힘을 주어 말했다.

-자신이 살아온 인생의 경험과 판단으로.

-...

나철은 답을 하지 못했다. 그리고 묻기도 난감했다.

이미 나철이 하고 싶은 말을 백전도사가 한 마디 말에 담아서 이야기했기 때문이었다. 생각하고 행동하는 것은 개인적인 경험과 판단에서 나온다는 말이었다. 다시 말해 옳고 그름은 개인적이라는 말을 담고 있었다. 개인적인 판단과 사회적 판단은 다르다는 것도 백전도사의 말 속에 담겨 있었다. 네가 한 일은 네가 판단하고 행동했으니 잘한 것이라는 의미였다. 그러나 사회적인 판단은 다른 내용이었다. 그랬다. 을사오적들의 생각으로는 스스로 정당하다고 우길 것이다. 을사오적은 나라보다 나 자신의 일신과 가족이 중요하다고 했을 것이다. 나라가 지켜주지 않는 나와 나의 가족의 생명과 재산을 자신이 보호해 주어야한다고 생각했을 수도 있었다. 나철은 예리하고 냉철했다.

-자네는 행동으로 하는 일보다 마음을 움직이게 하는 일에 어울리는 사람일세.

-구체적으로 말씀해 주십시요.

나철은 자신이 백전도사를 만나려고 했던 이유를 백전도사가 이야기하고 있었다. 자신이 갈 길을 알고 싶었다. 그 이야기를 백전도사가 하고 있었다.

-자네는 종교를 만들게.

-제가요?

나철이 생각하고 있었지만 구체적으로 실행하기에 어려움이 많았다. 우선 알고 있는 것이 부족했다. 그리고 두려웠다. 어떻게 손을 대야 할지 난감했다.

-무엇을 해야 할지 어려울 걸세. 그리고 부족하다고 생각될 걸세. 하지만 아니네. 자네는 다 가지고 있네.

나철이 생각하고 있었던 것을 백전도사가 말하고 있었다.

-그리고 마음먹어지는 대로 하면 이루어지니 걱정하지 말게.

백전도사는 너무나 당당하고 확신에 찬 모습으로 말했다.

-글쎄. 그것이 … 좀 두렵습니다.

-두려워하면서 하게 그러면 더 잘 될 걸세.

나철은 백전도사의 말에 반박도 다른 말도 하지 못했다.

'마음먹어지는 대로 하면 이루어지니 걱정하지 말게.' 라는 말에 두렵다고 했더니, 두려워하면서 하면 더 잘된다는 말에 할 말을 잃었다. 나철은 왠지 자신감이 생겼다. 백전도사를 예언자 같다고 생각했다.

나철은 백전伯佺이라는 이름을 이기와 계연수가 하던 방식대로 생각해 보았다. 백伯은 사람 인人에 백白이고, 전佺은 사람 인人에 온전 전全자였다. 해석하면 백伯은 하늘에서 내려온 사람이었다. 전佺은 온전한 사람으로 수련을 하는 사람을 말했다. 그동안 이기와 계연수로부터 전해들은 것들을 종합하니 그랬다. 그리고 백白은 하늘에서 내려오는 빛이나

태양으로 태양족을 상징한다고 했다. 환족은 태양족이고 북두칠성이라
는 하늘에서 왔다고 믿는 사람들이라고 한 기억이 떠올랐다. 동시에 처
음 만났을 때 백전도사가 나철에게 했던 말이 떠올랐다.

*

−유교도 옳고, 불교도 옳지. 또한 도가들의 생각도 옳지. 그보다 산촌
에서 평생 나무를 하며 사는 사람이나 농토를 일구며 순박하게 산 사람
들의 인생도 정당하지.

−…

나철은 말없이 들었다. 기고만장했던 마음이 수그러들었다. 패배의식
에 사로잡혔던 마음에 새싹이 돋는 기분이었다.

−자네는 분노로 일어설 사람이 아닐세.

−분노로 일어설 사람이 아니라면 저는 어떻게 해야 합니까?

나철이 다시 같은 말을 반복했다. 나철은 내가 지금 왜 이러지라는 생
각을 하면서도 무언가 기대고 싶었다. 믿음이 갔다. 이유는 알 수 없었
다. 지금 이 노인에게서 무언가를 얻어가야 한다는 생각이 나철을 지배
하고 있었다. 사실 한양으로 올라오면서 너무 공허했다. 버린 것까지는
좋은데 버리고 나니 철저하게 비어있는 나는 무엇인가라는 자각이 컸
다. 막막했고, 길이 보이지 않았다.

−자네는 큰 인물이 될 걸세. 자네는 강한 사람인데 지금은 어둠만 보
이네.

반대로 지금은 종교를 만들라고 하면서 생각하고 있는 것을 실행하면 이루어진다는 백전도사의 말에 자신감이 생겼다. '행동으로 하는 일보다 마음을 움직이게 하는 일에 어울리는 사람'이라는 말이 머릿속에 맴돌았다.

—백봉이란 이름이 생각나는가?

—예. 생각납니다.

책을 건네주면서 백봉이 전해주라고 했다는 말이 선명하게 기억났다.

—이번에도 백봉께서 자네에게 잘 부탁하라고 했네.

—저, 저를요?

백전도사가 나철에게 잘 부탁하라고 했다는 말에 나철은 당황스러웠다.

—결국 맡은 일을 할 사람은 자네라고 했네. 그러니 잘 부탁한다고 했네.

—저는 뵌 적도 없습니다.

나철은 더 당황스러웠다. 본 적도 없는 분이 나철에게 책을 전달하라고 했고, 이번에는 다음 일을 할 사람이니 잘 부탁하라는 말까지 했다니 아리송했다.

—인연에는 흘러가는 인연이 있고, 맺어지는 인연이 있네. 흘러가는 인연은 아무리 노력해도 지나쳐 가버리지, 그리고 맺어지는 인연은 아무런 노력이 없이도 쉽게 맺어진다네.

—인연은 무엇이지요?

—인연은 약속일세.

-인연이 약속이라고 하셨습니까?

-그렇네. 약속일세.

나철은 무슨 약속이냐고 묻고 싶었다. 꼬치꼬치 따져 묻는 것 같아서 입에서 나오는 물음을 참았다.

백전을 만나면 무언가 여운이 남았다. 신비스럽고 아득해지는 느낌이었다. 잡히지 않는 답을 해결해 줄 것 같으면서도 더 미궁으로 빠져드는 듯한 묘한 느낌이었다. 분명히 새로운 것을 배웠는데 더 깊어지는 궁금함이 있었다.

-자네만 믿네. 이제 그만 가보게.

백전도사는 자네만 믿는다면서 나철을 이제 그만 돌아가라고 말하고 있었다.

나철은 돌아오면서 많은 생각에 잠겼다. 알 수 없는 세상에 들어온 듯했다. 무언가가 분명 있는데 그것을 알 수가 없었다. 이기가 말한 것처럼 수련을 더 닦으면 보일까, 문득 수련에 마음에 갔다. 나철은 바로 수련장으로 몸을 옮겼다.

계연수 국통을 적은 책을 준비하다

계연수는 화재가 나 타버린 역사학당 마당에 묻어두었던 귀한 책들을 꺼냈다. 만약을 위해 묻어두었던 책들이었다.

—다음 행로는 어떻게 정할 것인가?

이기가 계연수에게 물었다.

이미 역사학당은 불타 황폐화되었고, 역사학당의 운영이 얼마나 위험한 상황으로 들어가고 있는가를 확인했다. 이기 입장에서 계연수가 역사학당을 복원하고 다시 머무르는 것은 아니라는 것을 결정했다. 계연수는 은자의 단계를 넘어 '역사를 짊어진 자'였다. 세상에 흩어져 있는 역사적 흔적과 기록을 통합해서 다시 세상에 내놓아야 할 임무를 가진 사람이었다. 계연수를 위험에서 안전지대로 옮겨주어야 하는 사람이 자신이라는 책임감을 가지고 있었다.

—제가 맡은 임무를 완성하기 위해 당분간 세상과 떨어져 있으려 합니다.

—어디로 가려 하는가?

계연수의 다짐을 듣고 다시 구체적인 행로를 물었다.

—묘향산의 단굴암으로 가려 합니다.

—단학도인을 만났던 그곳 아닌가?

—그렇습니다.

계연수는 묘향산의 단굴암을 생각하고 있었다. 스승 이기에게 마음의 결정을 전하면서 단굴암에서 이적異蹟을 경험했던 것을 떠올렸다. 단학 도인과 만남의 순간이었다.

*

단굴암 입구에 이르자 시야가 확 트였다. 숨을 몰아쉬고는 땀을 식힌 후 단굴암 안으로 들어갔다.

─어서 오게.

안에서 목소리가 들려왔다. 계연수는 깜짝 놀랐다. 안은 어두워서 잘 보이지 않았다. 어둠 속에서 불빛이 보였다. 작은 불씨가 남아있었다. 계연수가 어둠에 익숙해지는데 시간이 걸렸다.

─그대가 올 것을 알고 기다리고 있었네.

계연수는 다시 한번 놀랐다. 얼굴이 확실하게 보이지는 않았으나 수염이 하얀 노인이었다. 흰 수염과 흰 도포가 잘 어울렸다. 자신이 올 것을 알고 기다리고 있었다는 말에 계연수는 놀랐다. 도인들이 사람이 오고 가는 것을 선견으로 안다는 말은 여러 번 들었지만 처음 겪는 일이었다.

─그러면 기다리고 계셨다는 말씀이십니까?

─그렇네.

계연수는 할 말이 없었다. 순간 말이 막혔다. 왜냐고 묻고 싶었지만 순간 참았다.

－당황하지 말고 일단 앉게.

계연수는 노인의 알지 못할 힘에 아무 말도 하지 못하고 지정한 자리에 앉았다.

－사람이 그냥 태어나는 것 같지만 그렇지 않네.

계연수는 듣고만 있었다. 달리 질문하거나 할 말이 준비되어 있지 않았다. 더구나 자신을 기다리고 있었다는 말에 이끌려서 노인의 기운에 압도당하고 있는 것을 느꼈다. 묘향산 깊은 토굴을 찾아 어렵게 왔는데 인적 없는 곳에서 노인이 자신을 기다리고 있는 상황을 만났으니 당황스러우면서도 말문이 막히고 말았다.

－이곳을 단굴암으로 명명한 것으로 아네. 맞나?

－아. 예!

오래 전에 이곳에 들렀다 단굴암이라고 자신이 지은 이름이었다. 이 굴을 단굴암이라고 명명한 사람은 자신이었다. 자신 외에 아무도 단굴암이라고 하는 사람이 없었고, 알지도 못하는 이야기를 하고 있었다.

－놀라지 말게. 어느 단계가 되면 자연스럽게 알게 되는 것일세. 마을 무당도 이런 정도는 안다네.

계연수는 더욱 당황스러웠다. 내색을 하지 않으려고 했지만 당황스러워하는 모습이 겉으로 드러났다.

－한 사람이 태어나려면 하늘이 문을 열어주어야 하는 것일세. 더구나 역사의 짐을 진 자를 하늘이 그냥 보낼 리가 없네. 만나야 할 사람을 지

정했지. 그 많은 사람 중에 한 사람이 날세.

-아. 예.

계연수는 뜻밖의 상황을 맞아 어찌해야 할지를 모르고 있었다.

-무슨 생각을 하나?

-그 곳에서 단학도인과 처음으로 만났던 생각이 났습니다.

계연수는 잠시 묘향산 단굴암에서 단학도인과 만났던 때를 생각했다. 우연이라고 하기에는 너무나 확연한 특별함이었다. 기다리고 있었다는 놀라운 사실과 계연수의 이름을 알고 있었다는 점이었다. 처음 만난 사람으로 계연수가 무엇을 하기 위해 단굴암을 찾는 것인가에 대해서도 알고 있었다.

-언제 떠나려는가?

-닷새 후에 가려고 합니다.

서울에 오래 머물 이유가 없었다. 이기 집에서 신세를 지는 것도 미안하고, 때가 왔다는 생각을 하고 있었다. 이기로부터 역사에 대한 서적을 받았고, 역사에 대한 공부도 했다. 역사기술의 큰 과제였던 국통맥에 대한 것도 이기와 결정까지 한 상황에서 한 시가 급하다고 생각했다. 이기도 계연수의 마음을 읽고 있었다.

-그럼 잘 됐네. 내가 준비할 것이 있네. 닷새면 충분하네.

-예. 저도 떠나기 전에 준비할 것들이 있습니다.

두 사람은 미래 준비를 했다. 다가올 미래에 대한 확신이 서지 않는 시절이었다. 큰일을 준비하면서 잘해낼 것인가 두렵기도 했다.

떠나기 전 신명을 만났다. 역사학당이 소실되고 나서 처음이었다. 오랜만이었다.

—잠적한다고 들었네.

—그렇게 들었나. 잠적은 아니고 이제 할일을 하려고 하네.

신명의 말에 계연수가 자신의 할일에 대해 말했다.

계연수가 할일은 말로 하지 않아도 역사학당 식구들은 모두 알고 있는 내용이었다.

—어디로 갈 생각인가?

스승 이기가 질문했던 것과 같은 질문이었다.

—묘향산에 있는 단굴암으로 가네.

사람의 마음은 비슷하다는 생각을 언뜻 했다. 혼자서 웃었다.

—왜 웃나?

신명이 웃는 이유를 물었다.

—사람은 닮은 존재라는 생각이 들어서 웃었네. 해학께서 묻던 질문과 똑같이 자네도 하고 있네.

—그렇군. 닮았으니 어울려서 살겠지. 유유상종類類相從이란 말이 괜히 있겠나.

계연수의 설명에 신명도 따라 웃었다.

—닮은 사람들이 모여 있는 곳이 역사학당이었는데 다시 본래 가지고 있는 각자의 자리로 돌아가는군.

-그렇군. 오고감이 다 구름이 모였다 흩어지는 것과 다르지 않아보이네.

계연수의 말을 신명이 받았다.

-자네에게 필요한 것이 무언지 아네.

-무엇?

신명이 계연수가 필요로 하는 것이 무언지 안다는 말에 계연수가 되물었다.

-내가 잘 알지. 나도 산에 들어가 공부를 한 적이 있으니.

-그래 무엇이란 말인가?

-먹고 살 식량이지. 그리고 잠자리가 절실하지.

-정확하게 말하고 있구만.

-많은 사람들은 산에 들어가 수련을 한다고 하면, 좌정하고 앉아 있거나 구름이나 타고 다니는 줄 알지만 밥 두끼 해결하는 것에 얼마나 일이 많고, 몸 하나 거두는데 또 얼마나 많은 시간과 경비가 드는지 깨닫게 되지.

-아주 정확하게 말하고 있구만.

계연수와 신명은 산에 있을 때 진정으로 필요한 것이 무엇이고, 산생활이 어떤 지를 정확하게 알고 있었다. 결국 필요한 것은 필요물품을 공급해주는 삶이 있거나 아니면 산에서 내려와 조달해가야 했다. 살아가는 일은 구차한 일이 신성스러운 일보다 몇 배 많았다.

-산다는 건 어느 모로 보나 자질구레하고, 속물스러운 것으로 이루어져 있네. 그럼에도 자신이 태어난 이유를 찾아내고, 실행하는 것은 위

대한 일이라고 보네. 내가 보기에 자네가 꼭 그런 사람일세.

—나도 무언지 모르지만 내가 꼭 해야 한다는 사명감이 들곤하네.

신명이 계연수를 진단한 것에 대해 계연수가 자신의 심정을 말했다.

—산으로 들기 전에 다시 한번 보고가게.

—그래야지.

신명이 계연수에게 이별하기 전에 한번 다시 보자는 제안에 계연수는
흔쾌하게 답했다.

홍범도, 위기에 서다

홍범도는 전선을 전국으로 넓혔다. 군산 미곡창고를 털
었다. 조선에서 가장 넓은 평야인 김제평야에서 나오
는 미곡을 일본으로 나르고 있다는 첩보를 입수해 일본으로 넘어가는
미곡을 탈취하려는 계획의 성공이었다. 돌아오는 길에 부대를 복귀시
키고 희양군의 덕패장터를 찾았다.

기사범을 찾아가려는 길이었다. 태양욱과 함께였다. 작전이 끝나고 마
음이 여유로웠다. 태양욱이 낮은 목소리로 말했다.

—미행자가 있습니다.

—그래! 오른쪽으로 꺽세.

태양욱의 말에 순간적으로 몸을 오른쪽으로 돌아 숨었다.

-우리를 추적하는 것 같습니다.

군산 미곡창고를 털 때 교전이 있었지만 사상자는 미미했다. 창고를 지키는 창고지기들은 저항 한 번 제대로 못하고 물러섰다. 미곡 창고지기들이 일본군에 연락했다. 전체 상황을 관망하다. 철수하는 홍범도와 태양욱을 발견하고 미행 중이었다. 미행자들 뒤에 일본군이 따라오고 있을 것으로 예상되었다. 창고지기들은 무기가 없었기 때문에 홍범도와 태양욱을 섣불리 공격할 수가 없었다.

기사범의 주거지가 바로 앞이었다. 기사범의 주거지에 피해가 가게 해서는 안 되겠다는 생각으로 주거지 반대 방향으로 몸을 틀었다.

-처치할까요?

-좋네.

방향을 틀어 숲으로 들면서 미행하던 사람들을 향해 몸을 옮겼다. 미행하던 두 사람 중 하나가 돌아가고 한 사람이 조심스럽게 다가오고 있었다. 몸을 숨기며 이동하던 태양욱이 순간 길로 나서며 미행자를 향해 달려들며 머리를 꺾어버렸다. 순간의 일이었다. 그대로 쓰러졌다. 사냥에 익숙한 몸동작으로 단숨에 처단해버렸다.

홍범도와 태양욱은 자신들이 걸어왔던 방향으로 돌아간 한 사람을 뒤쫓았으나 보이지 않았다.

-뭔가 찜찜합니다.

-나도 그렇네.

태양욱과 마찬가지로 홍범도도 마음이 개운하지 않았다.

홍범도는 망설였다. 기사범에게 찾아가야 할까, 아니면 부대로 귀대할까. 기사범에게 피해를 줄 수 있다는 생각이 들었다. 일본군이 공격해 온다면 무기도 없는 상태에서 속수무책이었다. 총기를 가지고 있는 사람은 태양욱과 홍범도 자신의 총이 전부였다. 어디서 지원을 받을 수도 없었다.

잠깐 망설이는 사이 정돌치가 나타났다.

―스승님!

정돌치가 홍범도를 불렀다. 정돌치는 홍범도에게 무술이나 검법을 배웠다고 스승이라고 불렀다.

―길에 서서 무엇 하세요?

―오호. 반갑네.

정돌치가 반갑게 다가오자 홍범도가 반갑게 맞았다. 정돌치에게 태양욱을 소개해 주었다. 정돌치와 이야기하면서 걸어온 길을 바라보았다.

―누가 또 오십니까?

―아닐세.

정돌치의 말에 홍범도가 아니라고 했지만 무언가 불안했다. 느낌이 좋지 않았다.

―들어가시지요.

―아니. 어디 가던 길 아니었나?

가던 길이 있던 사람이 다시 집으로 들어가려 하자 홍범도가 물었다.

-급한 거 아닙니다.

-그래도 일을 보게. 우리는 들어가면 되지.

-아닙니다. 제가 모셔야지요.

정돌치의 안내를 받으며 집으로 들어갔다. 정돌치와 함께 들어와 무술과 검법을 배우며 생활하는 젊은이들이 정중하게 인사를 했다.

-스승님 어디 계신가?

-안에 계십니다.

기사범이 밖의 인기척 소리를 듣고 나왔다.

기사범이 홍범도를 반갑게 맞아 안으로 들자 젊은이들도 모두 따라 들어갔다.

-반갑네. 그렇지 않아도 오늘은 잔치를 열 생각이었는데 마침 잘 왔네.

-오늘이 무슨 날입니까?

-무슨 날은 아니고 멧돼지를 우연히 잡았는데 오늘 잔치를 하려고.

-좋습니다.

기사범의 멧돼지 잔치를 한다는 말에 홍범도와 태양욱의 얼굴 표정이 밝아졌다.

-그런데 이렇게 다녀도 되나?

-그럼요.

조선이 모두 아는 홍장군이 이렇게 대낮에 얼굴을 드러내놓고 다녀도 되느냐는 기사범의 우려 섞인 말이었다.

-다행히 얼굴을 아는 사람은 없습니다.

-그렇군. 이름만 들었지 얼굴을 아는 사람은 없으니 다행일세.

홍범도의 말에 기사범이 말했다.

-자, 이제 제대로 준비를 하지.

기사범이 모여 있는 사람들을 향해 말했다.

-잠깐만요.

-왜 그런가?

홍범도가 큰 목소리로 말하자 기사범이 물었다.

홍범도가 밖을 내다보고는 문제가 생겼음을 감지했다.

-큰일이 생겼습니다.

-왜 그런가?

홍범도의 말에 태평스럽게 기사범이 다시 물었다.

-저희를 미행하는 사람이 있었는데 일본군과 함께 온듯합니다.

일본군들이 벌써 집 주위를 둘러싸고 있었다. 창문 밖으로 일본군의 움직임이 보였다. 분명 군복이었다. 조선군의 복장과는 확연히 다른 일본군이었다. 순간 긴장감이 돌았다.

-그렇군. 그러면 붙어야지. 다른 방법이 없지 않은가?

-그렇습니다.

기사범의 말에 홍범도가 다른 방법이 없음을 말했다.

-모두 준비해라.

기사범의 한 마디에 정돌치의 선도로 일사분란하게 움직였다. 무술과 검법으로 다져진 젊은 청년들이었다. 하지만 무기를 가진 일본군과

붙기에는 역부족이었다. 무술과 검법을 할 때 사용하던 무기들로 무장을 했다. 🖺

단군교를 창교하다

이기과 나철은 의기투합해서 준비 작업에 박차를 가했다. 중광식 준비로 바빴다. 중광식重光式은 이미 창시되어 있던 빛을 다시 빛나게 한다는 의미였다. 다시 창교한다는 의미이기도 했다.

－단군교로 하라는 말씀을 들었습니다.

－그렇게 하세.

나철이 백전도사에게서 받은 이름을 말하자 이기는 받아들였다.

나철은 단군교로 이름을 짓게 된 것을 이기에게 설명했었다. 이기는 나철의 이야기를 듣고는 그대로 받아들였다. 나철은 백전과 함께 백두산을 다녀왔다. 나철에게 창교를 이야기했던 백전의 스승인 백봉白峯을 만나기 위해서였다. 백봉의 말은 간결했다.

－결국은 자네가 맡아서 할 수밖에 없네. 그것은 다른 곳으로부터 온 뜻일세.

－무슨 말씀이신지요?

─그냥 받아들이게. 다른 방도가 없네.

나철의 물음에 구체적으로 대답하지 않고 의미 모를 이야기를 나철은 백봉에게 들었다.

백봉은 붓을 들어 글을 써내려갔다. 제목은 단군교포명서檀君敎佈明書였다. 단군교를 세상에 여는 선서 같은 글이었다. 백봉이 일어나 포명서를 나철에게 건넸다. 나철이 일어나 정중하게 두 손으로 받았다. 주고받는 의식이 적막했다.

나철이 이기에게 백봉의 뜻을 다시 한번 이야기했다. 이기는 자신의 생각을 주장하지 않았다. 이기는 환족 최초의 모습을 그대로 재현하는 전통을 유지하려고 했다. 환인 환웅 단군이라는 삼성조와 함께 천제를 중심에 두려고 했다. 하지만 나철의 주장에 이기는 순순히 젊은 사람의 의견을 따르기로 했다. 그리고 조선에서는 단군 이전의 환인과 환웅에 대해서는 아는 바가 없었다.

이기와 나철이 주축이 되었지만 이기는 바라보는 입장이었고, 나철이 주관해서 일을 꾸려갔다.

─생각보다 반응이 뜨겁습니다.

─나도 놀랐네.

나철의 상황판단에 이기도 동의했다.

조선의 지식인들이 몰려들었다. 조선인들의 반응도 뜨거웠다.

─책임은 홍암이 맡게.

─아닙니다. 해학께서 맡으셔야 합니다.

이기가 나철에게 책임자 자리를 권하자 나철이 이기에게 다시 권했다.

-내가 생각해 보았네. 젊은 사람이 해야 하네. 추진력도 그렇고, 함께 이끌어갈 사람들도 젊어야 활력이 생기네. 그러니 다른 말 하지 말고 맡게.

-저는 아직 부족한 게 많습니다.

-그렇지 않네. 전체를 이끌어갈 사람으로 홍암이 적격이야. 그러니 맡게.

나철의 사양에도 이기는 적극적이었다.

-홍암이 맡게. 그것이 순리라고 보네.

옆에 있던 계연수가 이기의 뜻에 동조했다.

-그러면 그렇게 하겠습니다.

-잘 생각했네. 힘이 들겠지만 관리로서의 경험과 주위의 지식인들을 끌어들이는 데도 홍암이 딱 맞네. 그러니 짐을 지게.

나철이 응하자 이기가 다시 한번 확인하듯 말했다.

중광식 날이 왔다. 커다란 잔칫집 같았다. 반응이 뜨거운 것을 느꼈지만 생각보다. 열기가 넘쳤다. 역사학당 식구들이 현장에서 분주하게 도왔다. 오기호 강석화 유근 정훈모 등의 실무자들뿐만이 아니었다. 조선의 지식인들이 참가했고, 조선인들이 몰려들었다.

-고마운 일일세.

-정말 그렇습니다.

성황을 이룬 중광식에 대한 느낌이었다. 나철이 최종 책임자인 도사교

都司教로 추대되었다. 나철은 의욕적이었다. 능력도 있었다. 활기찬 분위기를 만드는데 나철의 역할은 컸다.

서울에 있는 역사학당의 식구들이 다 모였다.

ㅡ이제 떠나야 할 때가 되었습니다.

ㅡ그렇군. 떠나야지.

계연수의 말에 이기가 말했다. 계연수에겐 계연수가 해야 할 임무가 있었다. 그것을 누구보다도 잘 알고 있는 이기였다. 스승이기도 했지만 친형 같은 역할을 하기도 했다.

ㅡ이것을 받게.

이기가 계연수에게 작은 보따리 하나를 가져와 넘겨주었다.

ㅡ작은 내 정성일세. 노자路資돈과 산에서 사용할 벼루와 먹을 준비했네.

이기가 산에 들어가 고생할 제자를 위해 마련한 돈과 저술에 필요한 벼루와 먹이었다.

ㅡ이것도 받게.

신명도 보자기에 싼 것을 계연수에게 건넸다.

ㅡ나도 노잣돈과 산에서 필요한 것을 준비했네. 작지만 받아주게.

받기를 망설이는 계연수를 향해 신명이 말했다.

ㅡ모두 고맙습니다. 더 부담도 되고, 사명감이 생기기도 합니다.

계연수의 솔직한 마음이었다. 부담이 되기도 하고, 사명감이 생기기도 했다. 무엇보다 잘 할 수 있을지 두려움도 있었다. 자신의 능력으로 엮어낼 수 있을지 마음의 짐이었다.

-우리는 역사동맹을 맺은 사람들일세. 각자의 몫이 있네. 하지만 무엇보다도 운초가 할일은 크네.

평소에는 자네라고 했지만 운초라고 계연수의 호를 불렀다. 그만큼 분위기가 묵중했다.

-나는 준비를 못해 미안하네. 나는 오늘의 중광식을 준비하느라 다른 생각을 못하고 보냈네.

-그런 생각을 할 필요가 없네.

이기가 나철의 입장을 두둔했다.

-당연합니다. 자네는 오늘 행사를 잘 준비하고 치른 것만으로도 큰 일을 한 것일세.

계연수가 이기의 말을 인정하면서 나철에게 머리를 돌려 나철의 상황을 인정했다.

-우리 모두는 험한 세상에 태어났네. 개인적인 일을 하기에도 힘든 세상에서 큰일 하나씩을 맡아서 살아야 하는 사람들일세.

이기가 말했다. 역사학당 식구들이 역사라는 공통과제를 세상에 알리고 지켜야 하는 역할을 하는 것에 대한 평이었다.

-저는 임무를 마치고 다시 돌아오겠습니다. 일을 마치기 전에는 내려오지 않겠다는 마음입니다.

계연수의 다짐이었다. 🔳

기사범 사망하다

저희 두 사람 때문에 피해를 입을 이유가 없습니다.

-이미 늦은 듯하네. 한 통속으로 보겠지.

홍범도의 말에 기사범이 냉정하게 사태를 파악했다.

-그럴 것 같습니다.

태양욱이 기사범의 말에 동의했다.

-먼저 전체를 파악해보세.

지역을 잘 알고 있는 기사범이 말했다.

-밖의 동태를 살펴보세.

창문 틈으로 보이는 상황을 파악했다. 기사범은 주위에 나무 한 그루까지도 눈에 익은 사람이었다. 나무와 나무 사이로 움직인 동태를 살폈다. 인원은 그리 많지 않았다. 10여 명 정도 될 것으로 보였다. 어디에 더 숨어있는지 알 수가 없었지만 붙어볼 만하다고 생각했다. 그리고 무술과 검술로 다져진 사람들이었다. 문제는 총과 무기를 가지고 있는 일본군을 상대하기에는 부족했다.

-먼저 공격하기 전에 퇴로를 찾을 수는 없나요?

이곳에서 한동안 생활을 해서 잘 알고 있는 홍범도였지만 기사범에게 물었다.

오른쪽은 바로 숲과 붙어있었다. 피신하려면 다 보이는 다른 방향보다는 오른쪽 숲으로 대피하는 것이 좋았다. 준비되지 않은 상황에서 맞아 위험했다.

-무기는 다 챙겼나?

-예. 챙겼습니다.

기사범의 말에 정돌치가 대원들을 확인한 후 대답했다.

-저희 둘이 선방을 날리겠습니다. 그동안 오른쪽 숲 방향으로 대피 하십시요.

-알았네. 정돌치를 따라서 오른쪽으로 대피하고, 우리 셋은 여기서 대항할 것이다. 먼저 가격하면 그와 동시에 피하라!

홍범도의 제안에 기사범이 자신을 제외한 대원들은 모두 피하라고 지시했다.

-아닙니다. 저희 둘만 남겠습니다. 그리고 상황을 파악한 후 저희도 바로 피하겠습니다.

-아닐세.

기사범이 다시 말했다.

-그러시면 안 됩니다. 저희는 총을 가지고 있어 가능합니다.

-걱정 말게. 나도 사냥총이 있네.

-그렇다면 이렇게 하십시요. 총을 가지셨으니 정돌치와 일행을 보호하십시요. 저희는 상황을 보면서 탈출하겠습니다.

-알았네.

홍범도가 총을 소지하고 있는 자신과 태양욱이 남고, 총 한 자루가 있는 기사범에게 정돌치 일행을 보호하라는 말에 그대로 받아들였다.

-가자!

-예.

기사범과 일행이 집 밖으로 나가려는 순간 홍범도와 태양욱의 총구에서 불이 났다. 숨어서 다가오던 일본군 둘이 그대로 쓰러졌다. 동시에 일본군의 사격이 시작되었다. 그리고 정돌치와 일행은 숲으로 빠져나갔다. 두 개의 조직으로 순간 나뉘었다. 총을 가지고 대적하고 있는 홍범도와 태양욱 그리고 기사범 일행이었다.

다른 곳에서 총소리가 나지 않는 것으로 보아 기사범 일행은 잘 피한 것 같았다.

-우리도 피하세.

-좋습니다.

바로 집을 나와 숲으로 들어가려는 순간 총알이 머리 위로 스쳐갔다. 딱, 딱. 총알 지나가는 소리가 귓전을 흔들었다. 총알은 멀리서 들으면 울림이 크지만 바로 옆으로 지나가는 소리는 짧고 긴박하게 들렸다.

홍범도와 태양욱은 사냥으로 몸이 다져진 사람들이었다. 순간 대처능력도 뛰어나지만 돌아서서 한 발 한 발 사격을 하는 능력이 뛰어났다. 홍범도와 태양욱의 사격 솜씨는 뛰어났다. 일본군이 두 발에 한 명 정도씩 그대로 나가 떨어졌다.

서로 눈빛으로 마음을 교환하며 숲을 지나가고 있을 때 뒤에서 일본군의 총구가 홍범도를 겨누고 있었다. 홍범도는 뒤에서 총구가 겨누고 있는 위험한 상황을 모르고 전방을 살피고 있었다. 바로 그 순간 총알이 일본군의 머리를 꽂았다. 홍범도는 뒤를 돌아보았다. 뒤에서 억하는 소리와 함께 일본군이 넘어갔다. 다른 일본군의 총구에서 총알이 발사되었다. 기사범의 몸을 관통시키고, 그 총구가 다시 홍범도를 향했다. 태양욱의 총에서 총알이 발사되었고 일본군은 그대로 고꾸라졌다. 홍범도의 총구는 빈 곳을 향했다. 겨눌 대상이 보이지 않았다. 주위에는 더 이상의 총소리가 나지 않았다. 느낌 상 상황종료였다. 일본군을 완전 격퇴시켰거나 살아남은 일본군이 있다면 도망했을 것으로 보았다.

홍범도와 태양욱이 기사범에게도 달려갔다. 아직 숨이 붙어 있었다. 가슴을 관통해서 조치를 취하기도 어려웠다. 회생의 기미는 이미 없었다. 홍범도는 기사범을 안았다. 그리고 이미 때가 늦었음을 알았다.

−미안합니다.

홍범도가 기사범에게 한 첫 말이 '미안합니다' 였다.

홍범도의 진심어린 말이었다. 그 이상의 말은 없었다. 괜히 찾아와서 인생의 스승을 죽음으로 안내했구나, 라는 자책이었다. 도움만 받았지 도움을 준 기억이 없었다. 정말 미안했다.

−고맙네. 자네가 있어 내 생은 풍요로웠지.

기사범이 힘들게 말을 뱉듯이 말했다.

사실 홍범도가 기사범에게 하고 싶은 말이었다. 힘들고 벅차고 아팠던 어린 시절 그리고 아픔과 고난으로 생을 엮어가던 홍범도에게 당당함과 생의 의지를 갖게 한 인물이 기사범이었다. 진정한 스승이었다. 가슴 한 복판을 뚫고 지나가는 허허로운 바람을 멈추게 한 사람이 기사범이었다.

─미안해하지 말게. 나는 고맙네.

그대로 기사범이 눈을 감았다. 기사범의 마지막 말이었다. "미안해하지 말게. 나는 고맙네"라는 말이 가슴에 못처럼 박혔다. 홍범도의 가슴을 울리는 말이었다. "미안해하지 말게. 나는 고맙네."

홍범도는 생각했다. 사람의 말은 참 어설픈 것이구나, 라는 생각이 들었다. 아무리 가슴이 끓어도, 할 말이 많아도 고맙다가 다였고, 미안하다가 다였다. 홍범도는 슬펐지만 여름 하늘이었음에도 맑았다. 홍범도는 막막해졌지만 여름 숲은 푸르기만 했다. 사라졌던 새소리가 다시 들리기 시작했다. 한 사람의 죽음과 무관하게 자연은 움직이고 있었다. 〔印〕

계연수를 찾아라

예상했던 대로다.

데라우치 마사타케는 책을 내려놓으며 말했다.

데라우치 마사타케의 손에 〈태백진훈〉과 〈단군세기〉가 들려 있었다. 불과 얼마전 계연수가 필사를 해서 두었던 책이었다. 몇 권을 필사해 두었던 책이 놀랍게도 일본군부에 있는 데라우치 마사타케의 손에 들려 있었다.

데라우치 마사타케는 역사 전문가였다. 군인으로 인생의 전방을 산 인물이었지만 역사에 관심이 많아 공부를 많이 한 인물이었다. 역사가 정치에 어떻게 작동하는가를 누구보다 잘 알고 있는 인물이었다. 역사가 한 나라의 운명에 어떻게 영향을 주는가에 대해 동물적인 감각으로 알고 있는 인물이었다. 데라우치 마사타케는 냉철하면서도 직관을 가지고 있었다.

데라우치 마사타케의 생각은 바로 서울에 있는 감연극에게도 전달되었다. 데라우치 마사타케의 생각은 감연극에게서 행동으로 옮겨졌다. 감연극은 행동책이었다. 빈틈없이 상사의 말을 따르는 인물이 감연극이었다.

회의가 소집되었다. 같은 장소에서 감연극은 같은 대원들에게 복사된 인물인 것처럼 행동했다. 명분은 회의였지만 항상 지시만 있고 회의는 없었다.

－여러분의 행동 하나하나가 대일본제국의 강성과 확장에 직결된다는 점을 인식해야 한다. 역사학당의 방화에 성공적이었던 것을 다시 한번 치하한다.

감연극의 지시에 의해 역사학당이 불에 타버린 것을 치하하고 있었다.

－그리고 그곳에서 가져온 책들이 이번 지시사항에 중요하게 작동되어 있음을 치하한다. 오랜만에 우리의 행적에 대해 칭찬이 있었다. 지난번 경복궁 침입 사건 때 우리의 첩보로 성공적으로 경복궁 진압을 할 수 있었다. 그 이후 이번에 우리의 임무가 성공적이었음을 인정받았다.

감연극은 다른 때와 조금 다른 부드러운 목소리였다.

―역사학당의 책과 이번 지시사항의 관계는 무엇입니까?

―그것은 나도 구체적으로는 잘 모른다. 중요한 것은 그 서적들이 존재해서는 안 된다는 것이다. 대일본제국의 정책에 방해가 된다는 것이다.

감연극은 역사책과 일본의 정책방향에 대해서 설명하지 못했지만 그것이 없어져야 할 책이라는 것은 확실하게 말했다.

―제군들이 할 일은 그 책을 저술한 자인 계연수라는 인물을 찾아내야 한다는 것이다.

―계연수에 대한 정보는 있습니까?

―없다. 지금부터 찾아야 한다. 지난 번 단군교 중광식 행사 때 참여한 것으로 보고 받았다. 그때 임무를 맡은 대원은 누군가?

―제가 맡았습니다. 이케다 다이사쿠입니다.

감연극은 이기와 나철이 중심이 되어 단군교 중광식 행사에 정보를 캐기 위해 담당했던 대원을 찾았다.

―보고 드린 대로 참여인사들의 이름과 직책에 대해 알아 본 바로는 특이점이 없었습니다. 그리고 인사명단에는 계연수라는 이름은 없었습니다. 역사학당 내에 있었던 인물인 듯합니다.

이케다 다이사쿠 대원이 중광식 행사에 참여한 인물들에 대한 면면을 설명했다.

―역사학당은 지금 문 닫지 않았는가?

―그렇습니다.

감연극의 질문에 이케다 다이사쿠가 답했다.

-계연수에 대한 전담은 이케다 다이사쿠가 한다.

-예. 알았습니다.

-체포가 우선이지만 체포가 어려우면 사살해도 좋다.

-예. 알겠습니다.

조선이 무너지다

결국은 올 것이 왔다. 조선은 무너졌다. 500년의 사직이 무너졌다. 조선 왕국은 무너지고 일본제국이 되었다. 조선 백성이 아니라 일본제국의 신민이 되었다. 땅은 그대로 있었고, 백성은 그대로 살아가고 있었지만 선조들이 살았고, 지금 백성들이 살아가고 있는 곳이 생소한 일본제국이었다. 난감한 상황을 받아들일 수밖에 없었다. 살아온 것에 대한 반성이 있어도 의미가 없었다. 남의 손에 넘어간 나라였다. 조선은 없었다.

세상에서 가장 무서운 것은 하나였다. 힘이었다. 울부짖어도 힘 앞에서는 허망했다. 가슴을 치며 대들어도 힘 앞에서는 무의미했다. 항의를 하고, 대들어도 힘 앞에서는 주저앉을 수밖에 없었다. 힘은 높은 벽처럼 조선인들의 앞에 솟아 있었다. 총과 대포로 무장한 새로운 무기체계와 강력한 경제력과 정치력에 조선은 그대로 무너졌다. 하지만 누구도 일으켜 세울 수 있는 힘이 없었다. 힘은 절대적이고, 힘은 지속적이었다. 흔들리지 않는 힘 앞에 조선은 사라졌다. 조선의 왕족이 함께 사라졌다. 조선의 관직이 사라졌다. 조선의 행정이 사라졌다. 왕궁은 비워졌고, 왕의 지배력은 사라졌다.

모두가 참담했지만 힘 앞에 굴복했다. 힘은 자비롭지 않았다. 힘은 양방 통행을 하지 않았다. 힘을 가진 자가 힘이 없는 자의 목숨을 틀어쥐고 감시하고 있었다. 힘 앞에서는 누구나 굴복했다. 그리고 복종했다.

나라가 사라진 후에도 사람들은 바쁘게 살아 움직였다. 자연이 살아 움직이는 것처럼 겉모습은 달라지지 않았다. 세상은 늘 그랬다. 망국에도 아침이 오고, 망국에도 밤이 왔다. 사람들은 모두 잠을 자고, 사람들은 모두 먹고 살았다. 일상은 그렇게 다시 이어지고 있었다. 개인의 분노와는 상관없이 사람들은 살고 있었다.

조선이 무너졌다는 소식을 계연수는 몰랐다. 계연수는 묘향산으로 접어들고 있었다. 계연수는 묘향산을 보면 고향에 온 듯한 포근한 느낌을 받았다. 고향과 가까워서 더욱 그랬다.

–어서 오세요. 반갑습니다.

계연수는 묘향산에 있는 보연사의 주지인 지대 스님의 환대를 받았다. 단굴암에 머물다 떠난 후 몇 년 만의 방문이었다. 절은 그대로였다. 사람도 그대로였다. 하지만 세월은 갔다. 도시는 빠르게 변하고 바쁘지만 산사는 그대로였고, 한가로워보였다. 조선이 무너진 것도 산사에는 전해지지 않았다. 세상과는 다른 또 다른 세상이었다.

―어떻게 지내셨습니까?

―저야 늘 한결같이 잘 지냅니다.

계연수의 인사말에 지대 스님이 받았다.

―이번 행차는 어인 일입니까?

―단굴암을 찾아왔습니다.

―아하. 그러시군요.

―생각할 것이 있어서요.

지대 스님의 물음에 계연수가 말했다.

―생각할 것이 특별한가 봅니다.

―아, 예. 그렇습니다.

지대스님의 질문에 짧게 설명이 어렵다 싶어 그냥 흘러가는 이야기에
답하듯 말했다.

―일단 들어가시지요.

주지가 머무는 방으로 발을 옮기자 얼굴이 익은 스님들이 인사를 했다.
서로 반갑게 인사를 했다.

―제가 이번에 저술 작업을 해야 하는데 조용하게 생각하면서 일을 진
행하려고 왔습니다.

―아하. 그러시군요. 그렇다면 역사책?

―그렇습니다.

―올 때마다. 우리 스님들에게 역사공부를 시켜준 것이 효과가 있어서

모두 역사가입니다.

지대 스님이 방문할 때마다 역사 강의를 해서 보현사 스님들이 달라진 것을 설명하며 크게 웃었다. '모두가 역사가'라는 말에 힘을 주어 말했다.

-다 스님 덕분입니다. 받아 주시니 이야기도 할 수 있고, 저도 즐거웠습니다.

-이번에도 한 번 해주고 가시지요.

-좋습니다. 제가 알고 있는 만큼 하지요.

-고맙습니다. 우리는 역사동냥해서 나라사랑에 써 먹어야지요.

계연수와 지대 스님의 이야기는 언제나 한가하고 넉넉하게 진행되었다. 조선은 일본에 합병되어 조선인들의 가슴은 멍들고, 분노로 가득차 있을 때 두 사람은 한가로이 한담을 나누고 있었다.

-저는 절에 들면 마음이 차분해집니다.

-그것도 다 멀리서 보니 그렇습니다. 들여다보면 치열하고 어수선합니다. 절일이 은근히 많습니다. 울력도 그렇고, 살림살이도 저자거리의 살림과 다르지 않습니다. 고추장 된장 간장 모두 담가야 하고, 김장도 해야 하고, 농사도 지어야 합니다. 그래야 겨우 먹고 삽니다. 공짜는 없는 것이 세상인 것 아시잖아요.

-아하. 그렇군요.

멀리서 바라보는 것과 들어가서 겪어야 하는 것이 다름을 지대 스님이 설명하자 계연수는 바로 수긍했다.

-언제 올라갈 생각입니까?

-재워주시면 하루 묵어서 내일 올라가고 싶습니다.

-오셨으니 당연히 강의도 들어야 하고, 공양도 드셔야 하니 오늘 하루
는 묵으셔야지요.

-감사합니다.

계연수는 걸어오느라 지쳤다. 터벅이며 길을 걸어오느라 먼지도 쌓였
고, 배도 고팠다. 서울에서 출발해 열흘을 넘게 걸어온 터였다.

-오늘은 무엇을 말씀 드릴까 고민을 했습니다. 제가 일반적으로 하는
것보다는 원하시는 것을 말씀드리는 것이 좋을 듯합니다.

공양이 끝나고 강의 요청에 의해 계연수가 강의를 시작했다. 일방적인
강의보다 원하는 것이 있으면 맞춤강의를 하겠다고 말했다.

-우리 민족이 가진 특별함이 있을 듯합니다. 다른 나라와 다른 점에 대
해 말해 주었으면 합니다.

-우리 민족은 애초에 지금의 조선 땅에서 시작했습니까?

앞자리에 앉은 스님과 중간에 자리한 스님이 말했다.

-그러면 두 가지를 한 번에 말씀드리겠습니다.

계연수가 운을 뗐다.

-여러 기록이 있지만 종합하면 최초의 국가는 중앙아시아에 있었던 것
으로 보입니다. 그것이 환국입니다. 환국에서 환웅이란 분이 독립해서
동쪽으로 와 건국한 나라가 있습니다. 그것이 단국입니다. 다음으로 건
국한 나라가 고조선입니다. 우리가 단군할아버지라고 하는 그 분이 건

국을 했습니다.

계연수는 사람들을 만날 때마다 설명해야 하는 말이었다. 여러 번한 기본 설명이었다.

—고조선이 망하자 마지막 단군인 47대 고열가高列加단군은 산으로 들어 신선이 되었다고 기록되어 있습니다. 그리고는 여러 나라로 분국이 됩니다. 동부여 서부여 북부여 그리고 졸본부여 등으로 쪼개집니다. 그외에도 여러 나라로 나뉘어 열국시대가 옵니다.

—그러면 고조선은 없어지고 여러 나라로 쪼개졌으면 누군가 통일을 하지 않았나요?

너무나 쉽게 나오는 질문이었다. 쪼개졌으니 다시 통합하는 국가가 등장했을 것이란 추론이었다.

—맞습니다. 북부여의 해모수란 분이 전부 통합하지는 못하고 역사를 이어갑니다. 다음이 고구려입니다. 고구려에서 백제가 나오고, 신라가 독립국을 선포했습니다. 가야도 있었고요.

—궁금한 것이 있는데 역사에 등장하는 마한 진한 변한이라는 나라는 또 뭡니까?

—점점 어려워집니다. 전문적으로 파고들면 재미가 없을 수도 있습니다.

—재미 없어도 좋습니다. 알고 싶습니다.

젊은 스님이 앞에서 큰 소리로 말하지 큰 웃음이 터졌다.

—최초의 나라 이름이 무엇이라고 했지요?

—환국입니다.

-환국은 12나라가 연합한 나라입니다. 12나라가 모여서 세운 나라입니다.

-두 번째 나라 이름이 무엇이지요?

-단국입니다.

-단국은 배달국이라고도 하는데 다른 의견도 있지만 9부족이 연합해서 만들어진 나라입니다.

-세 번째 나라가 어디라고 말씀드렸지요?

-고조선입니다.

몇 번의 역사공부를 한 효과가 있었다. 나라 이름은 기억하고 있었다.

단군교를 대종교로 개명하다

예상하지 못한 일이 벌어졌다. 놀라울 정도의 반응이었다. 급속도로 신도가 늘어났다. 늘어난 것을 체감할 수가 있었다. 서울에서 출발한 것이 전국을 도는데 잠깐이었다. 하지만 내부적으로는 다른 생각이 만나 하나를 이루고 있었다.

-홍암이 종단을 이끌게.

-아니, 빠지려고 하십니까?

-아닐세. 우리의 목표가 일본의 국권침탈에 맞서 우리의 전통종교를

통한 국권회복운동을 하자는 것이 아니던가?

-그렇습니다. 지금 우리의 문제는 지식인들만 모인다는 것일세. 그래서 하층에 있는 사람들을 모으기 위해 전국을 돌려하네.

단군교는 거의 폭발적이라고 할만큼 반응이 있었다. 문제는 양반들이 대부분이 이어서 양반교라는 비아냥의 소리가 들리기 시작했다. 대부분의 종교가 하층에서 시작하는 것이 일반적인데 비해 단군교는 상층부에서 움직이기 시작했다. 특별한 현상이었다. 이기는 상부와 하부의 균형을 맞추기 위해 전국포교일정을 생각하고 있었다.

-그런 일이라면 제가 적극 도와야지요.

-홍암은 안 일인 종단 운영에 힘을 기울이게 나는 밖의 일인 포교에 힘을 쓰겠네.

-고맙고 감사한 일입니다. 단군교가 어렵긴 합니다. 저도 한참 공부를 더해야 하니 그렇습니다.

나철은 이기의 활동계획을 적극 동의했다.

-우리 환족의 철학은 심오하네. 우주의 원리와 인간의 원리를 바탕으로 하기 때문에 철학이고 사상적인 면이 더 강하다고 할 수 있네. 거기에 한자와 역사공부를 함께 해야 하니 쉽지 않네. 그래서 직접 대면 강의가 필요하다고 보았네.

-수련이라고 할 수 있는 종교의 특성상 지식인라고 할 수 있는 선비들이 대거 입교를 하니 양반교라는 말까지 듣게 되었습니다. 나쁘지 않다고 봅니다.

이기의 설명에 나철이 현재 단군교로 인해 일어나고 있는 현상을 보충 설명했다. 조선의 인물들은 단군교의 중창을 적극 반겼다. 잃어버렸던 역사와 정신을 만나는 기분이었다. 유교에 함몰되어 있던 사람들에게 정신을 바짝 들게 하는 신선한 것이었다. 예의와 규범에 얽매여 있던 것에서 본질과 정신을 만나게 하는 근원적인 것과의 만남에 놀라워했다. 본래 조선민족의 것이었음에도 잊고 살았던 것을 만나는 신선함이 있었다.

−홍암 말이 옳네. 종교라기보다 수련일세.

−그래서 공부하랴, 수련하랴, 종단운영까지 정신이 없습니다.

이기의 종교보다 수련에 가깝다는 말에 나철이 엄살을 부렸다.

−우리의 종교에서 가장 특별한 점은 자신이 주인이라는 것을 확인하는 과정일세. 신이나 하늘님이 주체가 되는 것이 아니라 내가 세상의 중심이고, 내가 세상의 주체라는 것을 깨닫게 하는 것이니 최고의 영적 수련이라고 할 수 있네.

−말씀하신 것처럼 종교라기보다 수련이라고 할 수 있습니다.

이기는 핵심을 말하고 있었다. 종교보다는 자기 자신을 통해서 자연을 이해하고, 인간을 이해하는 수련이었다. 스스로 일어서야 하는 것에서 지식인들의 관심이 컸다. 유교에서 강조하는 수양하는 사람의 표본처럼 보였다. 조선의 선비들의 마음을 흔들어 놓은 이유였다.

−어디부터 도실 생각입니까?

−연고가 없는 경상도부터 시작하려 하네.

－제가 준비해 놓겠습니다.

－고맙네.

나철이 이기의 포교활동을 적극 도와야 할 필요성을 느꼈다.

－말씀은 들으셨지요?

－무엇 말인가?

－단군교라는 이름이 갖는 한계가 있다는 것 말입니다.

－들었네.

단군교라는 이름은 나철의 제안에 의해 만들어진 이름이었다. 백전의 스승인 백봉白峰의 의견을 받아들인 종명이었다.

－사실 이름이 중요한 것은 아닐세.

－그럼에도 적극 고려해 봐야 할 듯합니다.

－단군교라고 하니 단군 이전인 환국이나 단국에서 이미 완성된 것인데 단군으로부터 시작된 것으로 보는 문제는 있네.

－매번 설명을 해야 하는 번거로움도 있고, 단군에서부터 시작되었다는 사람들이 갖게 됩니다. 시작한 지 얼마 안 되었을 때 바꾸는 것이 좋을 듯합니다.

나철이 종명을 바꾸는 문제에 적극적이었다.

－그렇다면 지금 바로 하세. 전국을 돌면서 개명할 것을 염두에 두고 강의를 하기에는 번거로움이 있을 수 있네. 이참에 바꾸어보세.

－적극 동의합니다.

이기의 제안에 나철이 적극 동의했다.

─점심이나 들고 다시 이야기 해보세.

─종로통 맛있게 하는 육개장 집이 생겼습니다. 그곳으로 안내하겠습니다.

이기가 점심 이후에 다시 이야기하자는 말에 나철이 안내를 자청했다.

─내 걸어오면서 생각해 보았네. 한 번 선택해보게.

이기가 밥상에 앉자 이야기를 시작했다.

─우리 전통에 세상을 이끌어가는 사람을 정의 내린 것이 있네. 신왕종전神王倧佺이라는 것이 있네.

─생소합니다.

─들어보게.

종자 국지소선야, 전자 민지소거야 倧者 國之所選也, 佺者 民之所擧也

삼홀위전, 구환위종三忽爲佺, 九桓爲倧

풀어서 이야기 하겠네. "종倧은 나라에서 선발한 스승이요, 전佺은 백성이 천거한 스승입니다. 세 고을三忽에서 뽑은 사람은 전佺이고 구환九桓에서 뽑은 사람은 종倧입니다."

─어디에 나오는 이야기입니까?

─고조선의 3대 가륵단군이 왕에 올라 신하인 삼랑 을보륵을 불러 '신神과 왕王과 종倧과 전佺의 도'를 하문하셨지. 이에 을보륵이 답한 내용일세. 나라의 스승으로 종倧과 전佺이 있었는데 중요한 차이점은 종倧은 나라에서 천거한 스승이고, 전佺은 백성들이 선발한 스승이란 점일세.

이기는 차분하게 종倧과 전佺의 차이점을 설명했다.

–어떤 스승을 선호하나?

–저는 백성이 뽑은 스승, 전佺이 마음에 듭니다.

나철의 말에 이기며 크게 웃었다.

–내가 잘못 설명했네. 마을과 나라의 의미를 잘못 보고 있는 듯하네.

망설이다 백성이 뽑은 전佺이 좋다는 말에 이기는 잘못 설명했구나 싶었다. 종倧과 전佺 모두 백성이 뽑은 것이었기 때문이었다.

–무슨 말씀이신지요?

–마을은 백성들이 뽑은 것이고 나라에서 뽑은 것은 국가에서 지명한 것으로 알고 있는 것이 아닌가?

–그렇습니다.

–그러니 착오가 있었던 걸세.

–착오라고요?

–그렇네. 종倧을 나라에서 뽑았다는 말은 고조선 하나로 보면 착오가 생기네. 고조선은 여러 나라를 말하는데 고조선이 아홉 부족의 연합체여서 아홉 개의 큰 마을로 보아야 하네. 좀 더 자세하게 설명하면 종倧은 아홉 부족에서 뽑은 스승이고, 전佺은 아홉 개의 부족 안에서 세 마을이 아울러 스승을 뽑았다고 생각하면 되네. 물론 해석의 차이는 있을 수 있지만 내가 보기에는 그렇네.

이기는 나철이 잘못 판단하게 한 것을 짚어서 자세하게 설명했다.

–그렇다면 지금으로 이야기하면 세 개 리里가 모여 뽑은 스승이 전佺이고, 여덟 개의 도道에서 뽑은 것이 종倧이라고 하면 되겠군요.

-그렇네.

나철이 예를 들어 확실하게 설명했다.

-그렇다면 종倧이 좋습니다.

-그렇다면 전통적인 정신을 현재에 재현시킨다고 하면 단군교라는 이름을 대종교大倧敎라고 하면 어떻겠나?

이기가 조심스럽게 종과 전을 설명한 후에 나철과 의논했던 개명에 대한 의견을 제시했다.

-좋습니다.

뜻밖에 나철이 흔쾌히 응락했다.

-그럼 그렇게 하세.

-대종교라면 나라의 큰 스승이나 큰 가르침이라는 의미가 되겠군요.

-그렇네.

-그렇다면 종교라기보다는 수양처나 도량이 되겠습니다.

-내가 원하는 것이 그것일세. 종교가 아니라 우리 환족이 수양하는 곳으로 자리 잡았으면 하네.

-좋습니다. 국권회복의 중요한 전진기지가 될 것을 기대합니다.

나철이 마지막으로 대종교의 의미를 확정지었다.

고 조선도 여러 부족이 연합해서 만들어진 연합국입니다. 하지만 이때는 왕권이 강화되어서 지배체제가 확고했습니다. 그래서 나라가 단군 통치 하에 일사분란하게 운영되었습니다. 삼국 체제를 유지해서 통치했습니다.

－삼국체제란 무슨 의미입니까?

계연수의 설명에 궁금한 뒷자리의 스님이 삼국체제에 대한 질문을 했다.

－고조선을 세 개로 나누어 분국체제로 운영했습니다. 그것이 진한 마한 변한입니다. 변한은 번한이라고도 합니다. 단군이 다스리는 나라를 진한, 부단군이 다스리는 두 나라는 마한과 변한입니다. 그래서 삼한입니다. 이해됩니까?

－예.

스님들이 어린아이처럼 밝은 목소리로 대답했다.

－단군이 세 나라의 군사권을 가지고 통솔하던 때가 삼한이고 삼한조선이라고도 합니다. 단군의 나라가 힘이 약해지자 부단군의 나라에서도 군사를 양성합니다. 그것을 삼조선이라고 합니다. 다시 말하면 지휘체계가 무너지고 세 나라가 모두 독립한 것입니다.

－역사공부를 하다보면 많은 나라가 나오는데 그 이유는 무엇입니까?

다시 뒷자리에 있던 스님이 물었다.

－지금 설명한 것처럼 조선이 나오고, 삼한이 나오고, 삼조선이 있습니

다. 더욱 복잡하게 하는 것은 삼한에서도 단군의 자식들인 왕자들이나 형제들에게 분국을 만들어 줍니다. 이 나라들이 모두 독자적인 나라 이름을 가지고 있습니다. 그러니 나라 이름을 이해하기 어렵습니다. 공부를 해도 이해하기 어렵게 되어 있습니다.

−아하. 그렇군요.

목소리가 컸던 스님이 혼자서 말했다.

−우리 민족만의 특성에 대해 말씀해 주시지요. 특히 북극성과 북두칠성에 대해 이야기해 주세요. 북극성은 어떤 의미이고, 북두칠성은 어떤 의미인지를 알고 싶습니다. 혼란스럽습니다.

−아, 예. 그렇게 하겠습니다.

앞자리에서 우리 민족의 특별함에 대해서 알려달라는 스님이 다시 요청했다.

−우리에게는 상징이 있습니다. 들어가면 좀 어려울 수도 있습니다.

−어려워도 좋습니다!

좀 전에 크게 소리쳤던 앞자리에 있던 젊은 스님이었다. 다시 웃음이 터졌다.

−첫째는 천손이라는 의미입니다. 하늘에서 왔다는 것입니다. 어디서 왔느냐, 북극성입니다.

−그러면 북두칠성은 무엇입니까?

−급하시군요.

다시 젊은 스님이었다. 계연수가 말하자 모두 웃었다.

－불교로 이야기하면 부처님이 있고, 보살이 있습니다. 근원은 부처님이지만 보살의 역할도 있습니다. 보살이 더욱 친근감도 있고, 인간적입니다. 중간 역할이 필요했습니다. 북두칠성은 북극성을 가기 위한 배로 보았습니다. 그래서 우리는 여러 곳에 배에 대한 신화가 있습니다. 은하수는 강이고, 배를 건너야 합니다. 그 배가 바로 북두칠성입니다. 풍수에서 마을이 배 주형舟型이라고 해서 우물도 못 파게 하는 것이 여기에서 기인한 것입니다.

－우와.

다시 젊은 스님이 감탄을 했다. 다시 좌중이 웃음으로 가득했다.

－둘째는 해입니다. 태양입니다. 우리는 태양족임을 여러 곳에서 선언처럼 합니다. 대표적인 것이 천부경입니다. 본심본태양앙명本心本太陽昻明이라는 부분이 바로 태양족을 선언한 것입니다. 본本은 마음이며, 본本은 하늘에 퍼져있는 밝디밝은 빛이라고 설명하고 있습니다.

－그래서 삼족오가 신성한 동물이라고 하셨습니다.

젊은 스님이 많은 것을 기억하고 있었다.

－셋째는 금성과 초승달입니다.

스님들의 관심이 더 깊어졌다. 북극성과 북두칠성은 조금은 알고 있었던 이야기였다. 그리고 태양족은 지난번에도 이야기한 바 있었다. 초승달과 금성은 처음으로 이야기하는 내용이었다.

－10월 3일이 개천절입니다. 하늘이 열렸다는 날입니다. 그것은 바로 건국을 의미하기도 합니다. 개천절이 바로 금성과 초승달과 깊은 관계

가 있습니다. 이해되십니까?

–예.

스님들이 아이들처럼 천진스럽게 대답했다.

–개천절은 음력 시월 사흘인 이유를 아십니까?

–모릅니다.

앞자리에 있던 젊은 스님이었다. 너무나 당연하게 대답하자 다시 좌중이 웃음으로 가득했다.

–매월 1일은 무조건 그믐달로 시작하고 15일은 무조건 보름달이 뜹니다. 10월 3일은 처음으로 달이 생깁니다. 눈썹 같은 초승달이 생기는 날입니다. 탄생과 성장을 시작하는 날입니다.

–말씀을 들으니 이해가 한 번에 갑니다. 그런데 금성은 솔직히 깜깜합니다.

역시 젊은 스님이었다.

–금성은 천손강림의 의미가 있습니다. 우리가 바로 천손이라고 하지 않습니까?

–예. 그렇습니다.

너무나 대답을 아이처럼 잘 해서 매번 웃음을 주는 젊은 스님이었다.

–예전에는 금성은 태양과 달의 합궁으로 태어난 것이 별이라고 생각했는데 그중에 최고로 밝은 별이 금성입니다. 태양과 달의 합궁을 일식으로 본 것입니다. 다시 말해 일식날에 태양과 달의 합궁으로 금성이 태어났다고 본 것입니다.

이번에는 젊은 스님이 말이 없었다. 스님으로서 합궁 이야기를 하기가 어색한 듯했다.

－별 중에 으뜸으로 밝은 것이 금성입니다. 당연하게 한 부족이나 국가의 지도자, 그리고 신성스러운 인물들은 금성으로 상징됩니다. 태양과 달의 합궁으로 태어난 자손 중에 장자로 본 것입니다. 그러니 최고 지도자 이름이나 나라의 국기를 상징하는 것으로 금성과 초승달을 사용하는 이유입니다.

－정말 재미있습니다.

젊은 스님이 강의 도중 뜬금없이 크게 소리쳤다. 다시 웃음이 본당 내에 가득 했다.

－태양은 금으로 달은 은 그리고 금성은 동으로 비유합니다. 지도자들은 천손이라는 이유로 동관을 많이 썼습니다.

－지금은 황제나 왕들이 모두 금관을 쓰는 이유는 무엇입니까?

지대 스님이 모처럼 나직한 목소리로 물었다.

－점점 지도자를 신격화하여 동관보다 금관을 쓰기 시작했습니다. 호칭 또한 처음엔 천자라고 했습니다. 천자보다 독보적인 왕이나 황제로 부르게 했습니다. 졸본도 금성이란 의미입니다. 주몽도 금성이라는 의미를 가지고 있습니다. 우리는 하늘에서 세 가지 의미 체계를 가지고 있습니다.

계연수는 숨을 몰아쉬었다. 긴 강의였다.

－정리하겠습니다. 천손을 상징하는 것으로 첫째는 북극성과 북두칠성,

둘째는 태양족 사상, 셋째는 방금 말씀드린 초승달과 금성 사상입니다.
재미 있으셨습니까?

-예.

함성처럼 스님들의 대답이 컸다.

이태집이 이유립을 만나다

유립아. 이리 와봐.

이유립이 이태집에게 달려가 안겼다.

이유립은 이관집의 넷째 아들이었다. 뛰어다니기 좋아하는 나이였다.
총명하고 지혜로웠다. 훗날 〈환단고기〉가 세상에 나오는데 중요한 역
할을 한 인물이었다.

-몇 살?

-다더살.

이태집의 물음에 손가락 펴 다섯 살을 제대로 발음 못해 더 귀여웠다.
아버지 이관집과 이태집이 이야기를 시작하자 이태집의 품에서 벗어나
뽀르르 마당 쪽으로 형들을 찾아갔다. .

-오늘은 한가한가 보네.

-예. 시간을 냈습니다.

이관집이 동생인 이태집에게 모처럼 시간을 내 찾아온 것을 말하자 이태집이 받았다.

이관집은 마을에서 아이들을 가르치고 있었다. 역사공부를 겸해 가르쳤다. 이태집이 고향으로 돌아와 형의 일을 도와주고 있었다.

─무언가 느낌이 좋지 않아.

─무슨 말씀이세요?

─이곳까지 네가 말했던 역사학당에서 당한 그런 느낌이 감지되거든.

─그래요.

이관집이 조선이 문을 닫고 일본이 점령하고 나서 가르치는 일까지 간섭이 들어오는 것 같은 것을 느낀 것에 대해 말했다. 이관집은 역사학당이 불질러져 타버린 것에 대해 알고 있었다.

─어떤 면에서 그렇습니까?

─읍내에 있는 친구들이나 지인들을 만나면 역사 공부하는 사람들에 대한 감시가 있는 듯한 걸 느낀다는 것이 중론이야.

이관집은 주위로부터 같은 이야기를 반복적으로 듣고 있었다.

─구체적으로 어떤 것입니까?

─우리가 지금 아이들을 가르치고 있는 것을 확인하는 사람들이 있다는 거야.

─어떻게요?

─우선 아이들에게 뭘 배웠냐고 묻는다는 거야.

이관집뿐만 아니라 주위 사람들이 어떤 감시의 눈길을 느끼고 있었다.

직접적으로 감시하고 금지시킬 것 같은 조짐이 보이고 있었다.

－이런 산골까지 감시가 느껴진다고 하면 심각한 수준입니다. 일본은 왜 우리의 역사에 관심을 보일까요?

－이유는 한 가지겠지. 우리 조선뿐만이 아니라 아시아를 식민지화하겠다는 것이겠지.

－임진왜란 때가 생각납니다. 조선을 먹고, 청나라를 삼키고 나서, 인도까지 점령하겠다는 토요토미 히데요시가 야욕을 들어냈듯이 다시 일본이 헛꿈을 꾸고 있군요.

－그럴 가능성이 많아. 그렇지 않고서는 남의 나라인 우리 조선의 역사에 관심을 가지고 감시하고 있을 리가 없거든.

－충분히 가능한 말씀입니다.

일본에 합병되고도 조선이라는 국명을 그대로 사용하고 있었다. 달리 합병되기 직전의 대한제국이라는 말은 어색했다. 의식과 생활은 조선인이었다.

－일본이 조선의 고대사에 관심을 가지고 있다면 일본의 목적은 확실하게 드러나는 거야. 우리에게 배워간 일본이 그것을 뒤집으려 하는 것이겠지. 문화생산이나 개국이 일본이 먼저였다고 우기기 위한 조치를 준비 중이라는 이야기가 가능해.

－그렇습니다. 조선인을 일본인화 하려는 의도로 봐야 하는군요.

두 사람의 예측이 같았다.

－나는 삭주를 떠날 작정이야.

-고향을 떠나신다고요?

-그래. 만주로 갈 계획이야.

-왜 만주지요?

-아직 그곳은 이곳보다 자유롭고 활동의 폭이 클 것 같아. 나는 독립운동을 할 생각이야.

이관집은 평안도 삭주는 위험하다고 보고 있었다.

그리고 독립운동을 하기 위하여 만주로 이동하기 위해 준비 중이었다.

-제 생각은 이렇습니다. 형님은 독립운동에 뛰어들지 마시고, 제가 뛰어들겠습니다. 형님은 아이들이 넷이나 됩니다. 저는 혼자입니다. 한 사람은 집안을 지켜야 합니다.

이관집이 만주로 가겠다는 의향을 듣고 이태집이 조심스럽게 자신의 마음을 이야기했다.

이관집은 이태집의 이야기를 듣고 생각했다. 어떻게 할 것인가에 대한 결단이 필요하다는 생각을 했다.

-일단은 만주로 이동한 다음에 생각해 보기로 하겠네.

이관집의 만주로의 이동은 기정사실화 했다.

나라가 망하니 살 곳을 버리고 떠나야 하는 사람들이 늘었다. 발을 붙이고 살던 고향이, 조국이 남의 나라의 땅이 되어버렸다. 치욕스러웠다. 고향과 나라가 치욕스러운 것이 아니라 성스러운 땅을 욕되게 한 자신이 부끄러웠다. 슬프지만 현실이었다. 나라 이름이 바뀌었다. 조선이 아니라 일본이었다. 대한제국이 아니라 일본이었다.

이관집과 이태집이 진지하게 이야기를 하는 사이에 형들에게 달려갔던 이유립이 다시 달려와 아버지 품에 안겼다. 🔳

밀정 감연극의 조종자 데라우치 마사타케, 조선 총독으로 오다

최악의 상황이 전개되고 있었다. 조선에서 암약하던 감연극의 실질적인 지시자인 데라우치 마사타케가 조선을 총감독하는 조선총독으로 부임 받았다. 대한제국을 식민지로 만드는 것에 큰 역할을 하였다. 뿐만 아니라 악질이었다. 조선을 철저하게 파괴하고 일본화하려는 생각이 머릿속에 그려져 있는 인물이었다.

조선이 무너진 날, 정확하게 대한제국이 무너지는 날, 조선을 통치하는 총독으로 임명받았다. 1910년 8월 29일. 조선은 무너졌다. 바로 그날 데라우치 마사타케는 임명장을 받았다. 조선 총독으로 조선에 발을 붙이기 전 이미 이재명을 사형시켰다. 이재명은 이기와 나철과는 다른 단체에서 활동하던 의인이었다. 명동성당 입구에서 오적 중 하나인 이완용을 제거하려다 실패한 인물이었다. 이완용을 공격해 허리와 어깨를 찔렀다. 폐가 뚫렸고, 늑간동맥을 끊었다. 늑골에 깊은 상처를 내고, 호위하던 가마꾼을 죽인 사건으로 수감되어 있던 이재명을 부임 하루 전날 처형명령을 내리고 조선으로 입국한 강경한 인물이었다.

총독으로 부임 받기 전부터 자신의 통치 방식을 받아들이지 않는 조선의 인사들을 억압했다. 무단통치 및 헌병의 경찰직무 통치를 실시하였다. 민간인이 통치하는 것이 아닌 군인이 조선을 통치하였으니 살벌하고 거칠었다. 부임 전에 이미 육군 헌병을 증원하고 경찰 업무를 맡도록 조치했다. 대거 조선으로 급파했다. 육군 헌병부대에서 장교 30명, 하사관 600명, 상등졸 3,000여 명을 충원 받았다. 지역마다 헌병대 분견소를 세우고 조선을 총칼로 지배하기 시작했다.

역사학당을 불 지르고, 홍범도를 잡기 위해 북청에 주둔해 있던 홍범도부대를 공격했던 인물인 감연극을 뒤에서 조정하고 있는 인물이 바로데라우치 마사타케였다. 조선에 억압적인 헌병 경찰 통치를 펼쳐 악명높은 데라우치 마사타케와 주인의 말에 복종하는 밀정 감연극의 조합이 더욱 매서운 앞날을 보여주고 있었다.

러일전쟁의 승리로 일본군은 만주로의 이동이 자유로워졌다. 감연극도 벌써 특명을 받아 만주로 이동해 활약하고 있었다. 조선의 독립군들이 활동무대를 옮겨갈 수밖에 없었다. 조선 땅에서는 활동을 할 수가 없었다. 촘촘하게 짜인 그물망 감시에 의해 터전을 잃어버렸다. 활동무대를 잃어버린 독립군과 역사를 연구하고 이어가려는 조선인들은 만주로 이동해야 했다.

−축하드립니다.

−고맙네.

데라우치 마사타케의 부름을 받고 총독실에 들어서자 감연극의 목소리는 더욱 앙칼지고 절도가 있었다. 조선 총독으로 부임하자 감연극을 별도로 불렀다. 이미 데라우치 마사타케와 감연극은 여러 비밀스런 작전을 성공시킨 바 있었다.

—그동안 고생했네.

—명령을 실행했을 했을 뿐입니다.

—이제는 더욱 강경하게, 그리고 절도 있게 실행하도록 하게.

—예. 알았습니다.

—시간은 우리 편일세. 하늘도 우리를 돕고 있네. 우리 대일본제국은 이제 아시아의 평화를 위해 전진할 걸세. 그 전진기지가 바로 조선이라는 사실을 명심하게.

일본은 청일전쟁을 승리로 이끌고, 러일전쟁을 승리로 이끌어 기고만장한 일본이었다. 대동아경영권에 일본이 주도하는 자급자족한다는 명분 아래 군사적 경제적 동맹을 만들어 아시아를 지배하려는 야욕이었다. 그 전초기지를 만들겠다는 것이 데라우치 마사타케 생각이었다.

—계연수에 대한 정보를 입수했나?

〈태백진훈〉과 〈단군세기〉를 손에 넣고 고심했던 데라우치 마사타케가 감연극에게 이름까지 거명하며 물었다.

—역사학당을 불태워 버리고 난 후 사라졌습니다.

—그자는 꼭 잡아야 하네. 대일본제국이 대동아공영권을 구축하는데 방해가 될 인물일세.

그리고 홍범도와 같이 독립운동을 하는 자들에 대한 감시와 검거에 더욱 박차를 가하기 바라네.

-예. 알았습니다.

대종교 터전을 알아보다

교세 확장에 이기와 나철은 놀랐다.

-조선인들에게는 환족의 문화 인자가 들어있는 것이 확실합니다. 그렇지 않고서는 설명할 방도가 없습니다.

-나도 그렇게 생각하네. 지식인들이 먼저 신도가 되어주니 세상의 중심에 우뚝 설 것 같네.

놀라울 정도로 늘어나는 교인들을 확인하고 나철이 말하자 이기가 상황설명을 했다.

-구국의 방안으로 더욱 널리 알려 잃어버린 나라를 다시 찾아야 합니다.

-먼저 우리 전통의 사상과 역사를 조선인의 가슴 안에 각인시켜야 하네.

나철의 구국과 국권회복에 대한 집착과 이기의 우리 전통과 사상을 먼저 조선인에게 각인시켜야 한다는 다른 생각이 있었다. 당장 급한 것은 교세 확장이었다. 교세가 생각보다 가파르게 증가하자 문제가 생겼다.

-말씀 들으셨습니까?

-들었네.

교주인 도사교都司教로 추대된 나철은 밀계密誠와 종지宗旨를 발표하여 교리를 정비하고 교단조직을 개편했다. 밀계密誠는 신도들에게만 내린 은밀하게 지켜야할 도리였다. 〈순수한 것을 일러 도라 한다. 으뜸은 정성됨이다. 지어서 일삼지 말고 생각대로 꾸미지 말라. 도는 곧 고요한 것이오. 정성은 곧 영검한 것이니, 스스로를 속이지 말아야만 트이는 것이다.〉라는 대종교를 믿는 사람들의 마음가짐을 알려주는 글이었다. 이기와 나철을 비롯한 관계자들의 힘에 의해 교세확장이 이루어지자 제동을 건 사건이 일어났다. 일제가 대종교를 의심의 눈으로 바라보기 시작했다. 종교가 아니라 민족종교를 표방하고 국권회복과 구국을 목표로 하고 있음을 간파했다. 하지만 마땅한 명분이 없었다. 기회를 노리고 있었다.

−여기에서는 뿌리를 내리기가 쉽지 않습니다. 본전은 이동하는 것이 좋을 듯합니다. 벌써 저희 성전에 일본경찰이 자리를 잡고 앉아 하나하나 지켜보고 있습니다.

−무엇 하나 마음대로 하기가 쉽지 않네. 나도 이동을 해야 한다는 생각을 갖고 있었네. 그렇다면 빨리 행동하세.

나철과 이기의 마음의 결정은 바로 되었고, 이동을 확실시 했다.

대한제국을 강점한 일제는 동시 다발로 조선인을 옥죄었다. 빈틈없는 법망과 전국 조직의 헌병과 순사들의 감시로 옴짝달싹하지 못하게 만들었다. 철저하게 강제하고 완벽하게 통제하기 시작했다. 일제는 총독부령으로 '경찰범처벌규칙'을 만들었다. 사소한 정치적 언동에서부터 일상적인 생활과 정당한 권리도 억압하기 시작했다. 촘촘한 거미줄처럼 감시망을 만들어 일상생활의 영역까지 파고들어 숨을 쉬기가 힘들 정도였다. 일본에 반대하는 항일운동가는 물론 저자거리의 일반인들까지도 규제의 대상이 되었다. 철저한 식민통치가 시작되었다. 일제의 마음에 들지 않을 경우 생트집을 잡아 감금하고 폭행하고 처벌했다. 벌금과 매질까지 예사롭게 행했다. 점령한 나라의 사람은 이미 권리 없는 동물 취급이었다. '전국민의 죄수화'와 '전국토의 감옥화'라고 할 만큼 거칠고 강하게 다루었다.

- 그렇다면 어디로 할까요?

- 나는 만주 쪽이 좋을 듯하네.

- 저도 좋습니다.

이기의 제안을 나철이 그대로 받아들였다.

- 기왕 말씀하신 김에 구체적 장소를 아시는 곳이 있으면 말씀해주시면 좋겠습니다.

- 마음에 둔 자리가 있네. 일단 백두산 근처로 정하는 것이 좋을 듯하네. 민족의 영산이기도 하고, 의미도 있다고 보네.

- 좋습니다.

이기의 제안을 나철이 그대로 받아들였다. 두 사람은 서로의 마음을 상당 부분 이해하고 있었다. 그리고 나철이 종교를 중창하는 것에 중요한 계기를 제공한 것이 이기였다. 나철이 가지고 있는 역사의식의 뿌리는 이기로부터 상당 부분 전수받은 것이었다. 그리고 이기가 가지고 있는 역사에 대한 안목과 깊이는 조선에서 빼놓을 수 없는 대표적인 인물이었다.

-그렇다면 나하고 한 번 현장을 가보세. 백두산 북쪽 산 밑에 있는 청파호가 있네. 경치가 수려하고 정기가 모여 있는 곳이 있네. 같이 가보고 결정하세.

-언제로 할까요?

-그것도 빠를수록 좋을 듯하네. 다른 일정을 취소하고라도 바로 실행하세.

-저는 좋습니다.

이기와 나철은 말을 타고 달리기 시작했다. 의주로를 통해서 달리는 기분은 상쾌했다. 세상은 시끄러워도 산천은 여전했고 초목은 푸르렀다.

-오랜만입니다.

-그렇네. 더없이 좋군.

-선생님과 함께 하니 더욱 새롭습니다.

-정말 우리 땅일세, 우리 하늘이고. 우리 산이고, 우리 강일세.

나철이 이기의 호를 사용하지 않고, 선생님으로 부른 것도 드문 경우였다. 나철이 선생님이라고 부른 것에 개의치 않고 땅을 보고 하늘을 보며 이기가 자신의 심경을 말했다. 산을 보고, 강을 보며 말했다. 자신이 태어나고 자라고 앞으로도 후손이 살아갈 땅과 하늘을 보고 우리 땅, 우리 하늘이라는 표현이 생소하고 낯설게 느껴졌다. 나라를 잃고 나서 느끼는 새로운 감정이었다.

―우리 땅이고 우리 하늘이라고 하시니 마음이 짠합니다.

나철이 이기의 말을 듣고 마음이 울컥해서 말했다.

―조선에서 태어나 대한제국의 백성이 되고, 대한제국의 백성에서 일본의 신민이 되니 마음 안에 찬바람이 부네. 신민臣民이 무엇이던가. 신하의 나라 백성이란 뜻이 아니던가. 치욕의 날을 살고 있네.

이기가 심경을 그대로 토로했다.

―다시 찾아야 합니다. 그렇게 될 것을 믿습니다.

―그럼. 아무렴, 그래야지.

나철의 다짐에 이기가 받아 다시 다짐을 했다. 이기와 나철이 타고 달리는 두 마리의 말은 뽀얀 먼지를 내면서 북으로 멀어져갔다. 🔲

홍범도와 이상룡이 만주에서 만나다

일제 치하에서 무엇도 할 수가 없었다. 조밀한 감시망과 철저한 통제로 한반도는 얼어 붙었다. 총과 칼 그리고 날카로운 시선의 감시가 조선인들을 꼼짝 못하게 했다. 홍범도는 누구보다도 강하고 직접적으로 느끼고 있었다.

이상룡도 홍범도와 비슷한 전철을 밟고 있었다. 의병활동을 하다 잠정 중단하였다가 다시 시작했다. 안동에서 전 재산을 팔아 정리했다. 식솔들을 모아놓고 말했다.

―이제 여러분은 자유입니다. 자신의 길을 가십시요. 그동안 고마웠습니다. 나라가 어려워지고 이 땅에 발을 붙이고 살기에는 치욕스러운 일이 많습니다. 저도 만주로 터전을 옮깁니다. 같이 가실 분들은 따라오시고, 독립하실 분들은 독립하시면 됩니다.

정리한 재산의 일부를 식솔들에게 나누어 주고, 나머지는 독립을 위한 군자금으로 사용하기 위하여 만주로 이동을 했다. 만주는 다시 출발하는 조선인들의 터전이었다. 기회의 땅이기도 했고, 고난의 시작이 되는 공간이기도 했다. 일제와의 전쟁을 불사하는 사람들의 집합장소가 되어 있었다.

이상룡은 유하 삼원포에서 경학사耕學社를 설립했다. 사장으로 취임했다. 또한 서간도 각지에 흩어져 있던 청년들을 모았다. 경학사 부속 기관으로 신흥강습소新興講習所를 설치했다. 독립군 양성기관이었다. 조선이 무너진 것은 무엇보다도 군사력의 열세에 있었다. 나라를 되찾는데 중요한 것은 군사력이라는 것을 통감한 바 있었다. 시급한 군사력의 강화를 위하여 필요한 것이 무관학교였다. 신흥강습소는 비밀 군사조직 훈련소였다.

조선의 유지들이 모여 사재를 털어 만든 훈련소였다. 이상룡, 이회영 같은 조선의 유지들이 재산을 팔아서 나라를 구하겠다고 모여 만든 조직이었다. 나라를 잃은 울분을 새로운 땅에서 시작하기 위해 모이는데 짧게는 한 달, 길게는 석 달 동안 걸어서 모였다. 오직 구국의 일념이었다.

−반갑습니다.

−반갑습니다.

두 사람의 악수가 강력했다. 두툼한 손이 마주 잡을 때 힘이 들어가 있었다. 강한 연대의식이 느껴졌다. 이상룡과 홍범도였다. 서로를 알고 있는 사람을 만나 반가웠고, 역사의식으로 만났던 두 사람이었다. 그래서 더욱 반가웠다. 이상룡이 먼저 손을 내밀며 반가움을 표하자 홍범도가 맞아들이듯이 손을 받았다. 공통된 역사의식을 가지고 있다는 것만으로도 서로에게 믿음이 갔다. 서로에 대해 전언으로 알고 있었다. 이상룡은 이관집과 이태집과 집안 사람이었고, 홍범도는 이관집과 이태집을 알고 있었다. 거기에 역사학당을 통해서 서로를 잘 알고 있었다. 홍범도는 이미 홍대장이라는 별호를 가진 조선의 의병대장이었다. 홍범도의 이름만큼 이상룡도 조선을 대표하는 의인義人이었다. 개인재산을 팔아서 나라를 찾겠다고 만주로 이주해온 인물이었다.

−큰일을 맡아주셔야겠습니다.

−제가 힘이 된다면 당연히 해야지요.

그렇게 말씀해 주시니 감사합니다. 천군만마를 얻은 기분입니다.

−그렇게 되도록 노력하겠습니다.

이상룡과 홍범도는 오래된 인연처럼 마음이 통했다.

−우리가 망명한 것은 군사를 양성하여 일본과의 전쟁을 통해 독립을 이룩하겠다는 방략에 있습니다. 두 가지를 맡아주셨으면 합니다.

홍범도를 만나 부탁하고 싶었던 말의 서두를 열었다.

-첫째는 민족교육기관 설치와 교육활동입니다. 저희와 함께 망명한 2세대와 3세대를 민족의 동량으로 키우는 것은 독립전쟁 수행에 무엇보다 중요한 과제입니다. 첫 학교가 삼원포 추가가에 설립된 신흥강습소 新興講習所입니다. 신흥강습소는 독립군을 양성할 기반으로 삼으려 합니다. 그것을 책임지고 맡아주셨으면 합니다.

이상룡은 잠시 숨을 고르고 다시 시작했다.

-또 하나는 병영 설치와 독립전쟁 준비입니다. 저희의 최종 목표는 독립전쟁을 수행할 군사력을 양성하는 것입니다. 군사양성에 책임을 갖고 맡아주셨으면 하는 것이 제 마음입니다.

-힘닿는 데까지 하겠습니다. 제가 하고 싶었던 일이기도 합니다. 제 군사들도 훈련이 필요한 사람들입니다. 조직적이고, 실질적인 교육이 필요했는데 병행해서 진행하도록 하겠습니다.

-정말 감사합니다.

다시 한번 홍범도와 이상룡은 손을 굳게 잡았다.

-제가 소개할 사람이 있습니다.

-좋습니다.

홍범도가 소개할 사람이 있다는 말에 흔쾌하게 이상룡이 받아들였다.

홍범도가 문을 열고 나가 한 사람과 함께 들어왔다.

-오동진 동지입니다.

홍범도가 오동진을 이상룡에게 소개했다.

-군자금을 조달하는데 누구보다도 탁월한 능력을 가진 동지입니다. 물

론 전투에도 능합니다.

−반갑습니다. 이상룡입니다.

−저는 오동진입니다.

이상룡과 오동진은 손을 잡았다.

만주로 망명해서 새롭게 출발하는 사람들의 모임이었다. 홍범도는 기사범의 사망으로 큰 충격을 받았다. 충격을 이겨내는데 힘이 들었다. 인생의 스승을 잃었다는 낙망과 자신이 사망하게 했다는 자책감도 있었다. 기사범이 눈을 감으면서 했던 말이 떠올랐다. "미안해하지 말게. 나는 고맙네" 가슴 먹먹하게 하는 말이었다. 자신을 죽음으로 몰아가게 한 상황을 만든 것이 홍범도였다. 원망할 수도 있는 상황이었음에도 기사범은 나는 "고맙네"라는 말을 마지막으로 숨을 거두었다.

홍범도는 기사범과 함께 생활하던 젊은 정돌치와 일행들을 의병에 가입시켰다. 물론 자발적인 참여자의 경우에만 받아들였다. 호형호제하던 김형구는 다른 일로 자리를 비우고 있어 합류하지 못했다.

홍범도 부대가 만주로 이동하면서 가족들도 안전하다고 생각되는 만주로 이동시켰다. 일본이 조선을 합방하면서 더욱 감시망이 촘촘하고 강해져서 염려되었다. 호구 조사하듯이 홍범도와 홍범도 가족을 찾고 있었다.

지대 스님이 단굴암을 찾다

계연수가 단굴암에 자리 잡은 지 보름이 되었다. 스승 이기와 국통맥을 잡았던 것을 생각했다. 국통맥은 시대별로 한 나라만을 선정해서 역사의 맥을 잡겠다는 구상이 첫째 목표였다. 국통맥은 이기와 의논을 해서 이미 잡아놓았다. 그것을 바꿀 의도는 없었다. 환국 – 단국 – 고조선 – 북부여 – 고구려 – 대진 – 고려 – 조선으로 이어지는 국통맥이었다.

조선은 논하기가 쉬운 일이 아니었다. 조선을 논하기에는 부족한 것이 너무 많았다. 종합하고 분석할 수 있는 상황이 아니었다. 조선의 역사를 평할 수 있는 입장이 아니었다. 계연수는 고심 끝에 조선은 빼기로 했다. 그렇다면 결정된 것은 환국 – 단국 – 고조선 – 북부여 – 고구려 – 대진 – 고려까지가 기술할 대상이었다.

다음으로 어떤 책을 대상으로 할까 고민 중이었다. 지금 가지고 산으로 입산한 책은 12권이었다. 모두가 필요하고 중요한 책이었지만 국통맥을 자리매김하기에 적합한 책을 골라야 했다. 쉽지 않았다. 우선 고려 사항이 역사를 종합해서 핵심만을 정리해서 적을 것인가, 아니면 시대별로 기록된 책들 중에서 한 권을 선정해 만들 것인가, 였다. 나름의 장점이 있었다. 핵심만을 정하고 선택해서 기록하면 간단하고 요약되어서 이해하기가 쉽다. 하지만 정통성에 문제가 생길 수가 있었다. 또 하나는 시대별 서책 중에서 하나씩를 골라서 책을 꾸미면 간단하고 오래 전의 역사 내용을 책의 내용 그대로 적어 안정성이 있었다. 구상이 끝나야 책을 쓸 수 있는 준비가 완료되는 것이었다. 고민 중이었다.

계연수는 밖으로 나와 산을 훑고 지나가는 바람을 만났다. 마음이 후련했다. 몇 날 며칠을 있어도 말 한 마디 할 수가 없었다. 대상이 있어야 말을 하지 아무도 없었다. 날아가는 새만 바라봐도 반가웠다. 멀리서 늑대 우는 소리가 산을 흔들었다. 여우 우는 소리도 들려왔다. 밤이 되면 부엉이가 울었다. 부엉이는 사람을 슬프게 하는 소리였다. 가만히 듣고 있으면 슬퍼졌다.

산에 있으면 사람이 그리워졌다. 다람쥐가 단굴암에서 앉아 있을 때 찾아오면 반가웠다. 계연수는 단굴암 앞에 있는 바위에 걸터 앉아 조금 떨어진 나무 아래 작은 돌 위를 골라 먹을 것을 놓아 주었다. 다람쥐가 찾아왔다. 꼬리를 말아 올린 다람쥐를 바라보고 있었다. 그때 아래에서 단굴암을 향해 올라오는 사람이 있었다.

반가웠다. 사람을 본 지가 오래 되었다. 누구인지 아직 확인할 수 없었지만 사람을 떠나봐야 사람이 반가운 존재인 걸 알게 된다. 도시에서는 경쟁의 대상이지만 산에서는 고마운 존재였다. 집에서 멀어질수록 집이 그리워지는 걸 여행자는 안다. 사람을 떠나보면 사람이 그리운 존재인 걸 알게 된다. 사람 안에는 사람이 있어야 완성되는 걸 깨닫게 된다. 그것이 사랑이고, 우정이고, 연민이고, 미움이기도 하다. 미움은 사랑의 반대말이 아니라 기대에서 어긋난 것이었다.

보현사의 지대스님이었다.

-반갑습니다. 어서 오십시오.

-잘 계셨군요. 다행입니다.

계연수가 지대 스님을 반기자 지대 스님은 계연수의 건강을 챙겼다.

-오늘은 바람이 산으로 불었습니다.

-그래서 쉽게 올라왔습니다.

계연수가 지대 스님에게 단굴암으로 향한 것이 바람 덕분이라고 이야기하자 지대스님이 흔쾌히 받았다.

-이곳에 오면 세상이 다 아래로 보여 독존의 깨달음을 독선의 건방짐으로 만드는 듯합니다.

-아무래도 좋습니다. 소리쳐도 울부짖어도 혼자인걸요.

이번에는 지대 스님의 말을 계연수가 받았다. 지대 스님이 단굴암 앞에서 바라보는 풍광을 빗대어 말하자 계연수는 자신의 단굴암 생활을 슬쩍 얹어 말했다.

-산 속에서는 먹는 것이 쉽지 않습니다. 제가 절 생활을 해서 잘 알지요. 여기 선식을 가져왔습니다. 쉽게 먹을 수 있고 뒤탈도 없어 좋습니다. 공부 값은 해야 하는데 이렇게 단출하게 보답합니다.

-고맙습니다. 밥을 먹고 사는 일이 참 손이 많이 간다는 것 확인하곤 합니다.

-그렇고말고요. 죽어라고 일해도 굶어죽는 일이 생기지만 먹을 것이 있어도 밥 해 먹고 사는 일만으로도 바쁜 것이 산 생활이지요.

계연수가 단굴암 생활에서 먹고 사는 일의 고충에 대해 이야기하자 지대 스님이 계연수의 사정을 두둔해줬다.

—일은 잘 되어갑니까?

—아직 중심을 잡지 못해 시작하지 못하고 있습니다.

계연수의 솔직한 심정이었고, 상황이었다. 아직도 시작을 못하고 있었다.

—역사에 대해 잘은 모르지만 무엇이 힘이 들지요?

—역사는 극히 일반적이고 대중적인 학문입니다. 그래서 이야기해서 모를 일이 없는 분야입니다. 지금 저는 무엇을 적어야할 것인가를 고민하고 있습니다. 예를 들면 역사의 원년이라고 할 환국 이전을 적은 기록이 있는데 역사에 넣어야 하나 말아야 하나를 고민하고 있습니다.

—그게 무엇이지요?

계연수의 말에 지대 스님이 관심을 가졌다.

—부도지라는 것입니다.

—처음 들어봅니다.

그리 알려지지 않은 내용입니다. 환국이나 단국을 이야기해도 생소한 것이 조선인들의 현주소입니다. 부도지는 더욱 아마득한 이야기가 되겠지요.

—알고 싶습니다.

뜻밖이었다. 지대 스님이 관심을 보이는 것이. 계연수는 오히려 고마웠다. 관심을 가져 주는 것이.

—부도지符都誌는 인류 탄생의 신화 같은 것입니다. 우리 환족의 역사일

수도 있고, 인류 보편의 역사일 수도 있습니다. 먼저 부도지는 천부경과의 관계를 알 필요가 있습니다.

−천부경에 대해서는 말씀하신 적이 있습니다. 하늘의 뜻을 적은 글이라고요.

−그렇습니다. 천부경이 하늘의 뜻을 그대로 옮긴 것이라면 부도지는 하늘의 도시를 그대로 옮긴 도시입니다.

−이야기가 신비롭군요.

지대 스님은 은근히 부도지에 대해 관심이 많았다.

−우리 민족의 가장 오래 된 역사를 다룬 것이 환국 단국일 수 있는데 부도지에서는 그 이전의 세상에 대해 말하고 있습니다.

−더 관심이 갑니다.

지대 스님은 더욱 관심을 가지고 알고 싶어 했다.

−부도지는 신라시대 박제상 선생이 썼다고 전해집니다. 우리 민족의 가장 오래된 시대를 적은 책이고 독특하고 뜻 깊은 창세 기록입니다. 부도지에서는 마고할머니가 주인공처럼 등장합니다.

−막연했던 마고할머니가 구체적으로 나오는군요.

−그렇습니다.

−천국과 지옥도 나옵니까?

지대 스님은 더욱 관심을 가지고 듣고 질문했다.

대종교 본산을 옮기다

이기와 나철은 고무되었다. 백두산 북쪽 산 밑에 있는 청파호로 본거지인 본전을 옮기고 나서 더욱 열망이 타올랐다. 짧은 기간 동안 무려 30만 명이 넘고 있었다. 독립운동을 하는 사람들을 지원하는 것도 용이해졌다. 독립군에게 전달하는 자금도 예상보다 수월했다.

－아주 잘 했네.

－그렇습니다. 정말 일이 잘 풀리고 있습니다.

조선 땅에서 일본의 간섭과 방해공작에 힘들었던 것들이 해결되어 마음이 한결 가벼웠다.

하지만 조선 땅에서는 만주 일대를 점령해가면서 통제를 강화해가는 정책을 쓰고 있었다. 일본은 만주로 이동하는 조선인들을 정밀하게 감시하고 있었다. 기존 살고 있는 고려인들과 조선에서 넘어간 조선인들이 연합해서 독립 투쟁의 본산으로 삼고 있다는 것을 감지했다.

데라우치 마사타케가 조선 총독이 된 이래 조선인들은 발붙일 곳이 없었다. 마음을 붙일 곳이 어디에도 없었다. 망국의 설움을 일본에게 직접 통치를 당하면서 겪기 시작했다. 총독이 된 데라우치 마사타케는 조선을 일본의 속령 지역으로 지정했다. '집회 취체령'을 공포하여 모든 사회단체를 해산시켰다. 다시 허가를 맡아야 하는 철의 정치를 펼치고 있었다. 조선의 애국가 등을 불온 선동 금지곡으로 지정하였고 교육상에서 조선인들을 황국신민화했다. 일본 천황의 백성이라고 선언했다. 학교는 친일 성향 학교를 세웠다.

땅까지도 빼앗았다. 농사를 전부로 알고 살아가던 조선인에게 땅의 착취는 죽으라는 이야기였다. 조선 농민들의 농토 상당수를 총독부 소유지로 지정하여 침탈했다. 동양척식주식회사와 친일파, 매국노들에게 토지를 매각하여 넘겼다. 조선의 지주와 농민들은 자신의 땅에서 쫓겨나는 수난을 겪었다. 사업도 마음대로 할 수가 없었다. 조선 회사령을 실시했다. 명분은 산업보호였지만 회사들을 등록제가 아닌 허가제로 운영해 통제와 감시를 받도록 했다.

감연극은 조선을 피해 이동하는 사람들을 따라 함께 이동했다. 조선 내에서는 헌병들에 의한 통제가 잘 이뤄졌으나 만주 쪽에서는 아직 느슨한 곳이 많았다. 요주의 조선인들을 감시하고 통제하기 위해 감연극은 만주로 자리를 옮겼다. 요령성 관전현에 위치해 있었다.

-종교 해산령 법이 제정되고 있다고 합니다. .

-아니. 무엇이라고 했나?

나철의 말에 이기가 놀라 다시 물었다.

-종교 해산령 법이 마련된다고 합니다. 통제하려는 것이 확실합니다.

-우리도 해당이 되는가?

-당연합니다.

이기의 물음에 나철이 답했다.

-방법은?

-현재까지는 없습니다.

이기와 나철은 조선 통독 데라우치 마사타케의 식민통치 방식을 잘 알고 있었다. 야비하고 비인간적이었다. 조선을 신민화 하는데 방해되는 것들을 가차 없이 처단했다. 인명은 중요하지 않았다.

당연한 것을 알면서도 이기와 나철은 탄원서를 제출하는 등 모든 방법을 동원해서 해산을 막으려 했다. 하지만 허사였다.

-우리가 할 수 있는 일은 그냥 밀어붙이는 방법 외에는 없습니다.

해산령이 제정되어서 법적 해산 대상이 되어도 계속 유지하자는 나철의 주장이었다.

-일단은 그렇게 방침을 정하고 행동하세.

이기도 역시 강경하게 대응할 것을 결정했다.

대종교는 조선을 들썩일 만큼 확장세였다. 일본 정부는 대종교의 내용과 신도들의 면면에 두려움이 있었다. 지식인들의 대거 입교와 독립자금을 마련하고 있다는 심증을 가지고 있었다. 하지만 물증은 없었다. 그리고 무엇보다 조선인들의 조교이고, 조선인들의 역사를 가르친다는 것에 아직은 손을 대기가 두려운 것도 있었다. 조선인들이 들고 일어날 경우 감당하기 어려운 상황을 맞을 것을 염려했다. 강철통치 속에서도 조선인들의 마음의 변화를 관찰하고 있었다.

일본에게는 전선이 확대되어 조선에 군대를 더 들일 수가 없었다. 조선인들의 불만이 폭발하기 직전까지를 관리할 필요가 있었다. 임계점을 넘어 폭발할 경우에 중국과 러시아 그리고 동남아시아로 전선을 확대시키는 계획이 무너질 수가 있었다.

나철과 이기는 계속 독립심을 고취시키는 강론을 펼치고 있었다. 그리고 교단에서 모아지는 돈을 독립자금으로 지출하고 있었다. 독립자금의 저수지였고, 독립군들의 정신적인 양성소역할을 수행하고 있었다. 이상룡과 이회영이 공동자금으로 설립한 경학사耕學社에 자금을 대주고 있었다. 이상룡과 이회영의 자금은 바닥이 나고 있었다. 부속으로 신흥강습소新興講習所와 신흥무관학교를 설립하는 것도 힘들었고, 운영하는 데 자금은 밑 빠진 독에 물 붓기였다. 사정을 아는 이기와 나철이 군자금을 댔다.

이기와 나철이 이야기를 하는 동안 약속한 시간이었다. 이상룡이 보낸 사람이었다. 자금을 받아가기 위해 찾아온 사람이었다. 은밀하게 방으로 인도했다.

ー김 동지 고생이 많소.

ー자금을 마련해주셔서 감사합니다.

나철이 김 동지라는 사람에게 자금을 건네주었다.

ー저는 바로 가야 합니다. 밖에 사람이 기다리고 있습니다.

ー그렇게 하시오.

서두르는 김동지에게 문을 열어주었다.

ー고맙습니다.

ー조심 하시오.

다시 한 번 김동지가 감사의 말을 전하며 문으로 나가자 이기와 나철이
조심하라는 인사를 했다.

─하루가 다르게 감시와 통제가 거칠어지고 있네.

─그렇습니다.

─결국은 물리적 투쟁 밖에 없는 상황에 올 것 같네.

─저도 그렇게 생각합니다.

5. 역사의 은자, 계연수 사망

계연수와 지대스님이 부도지를 말하다

계연수와 지대 스님의 이야기는 깊어갔다. 부도지는 지대 스님을 소년처럼 만들었다.

―불교에는 천지창조나 창세에 대한 이야기가 없어 무언가 허전한데 우리 민족의 창세기가 있다하니 흥미롭습니다. 세상을 창조하신 분이 하느님으로 알고 있는데 맞습니까?

―부도지에서는 율려라고 합니다. 율려가 세상을 창조했는데 본음^{本音}, 즉 태초의 소리가 있어 세상을 소통하고 깨닫게 했다고 합니다. 태초에 빛이 있었다고 할 것 같았는데 태초에 소리가 있었다는 것이 특별

합니다.

지대 스님의 물음에 계연수가 답했다.

-부도지는 어떤 곳입니까?

-그러실 거예요. 도대체 부도지란 공간은 어떤 곳일까, 궁금할 겁니다.

-제가 평범을 뛰어넘지 못합니다.

-생각은 누구나 비슷합니다.

이야기가 점점 활기를 띄기 시작했다.

-중심은 마고할머니입니다. 마고 이전을 선천시대라고 하고 마고가 살고 있는 시대를 중고시대라고도 하고 짐세朕世시대라고 합니다. 그리고 다음 올 세대가 후천시대로 궁금합니다.

-짐세라는 말에서 임금이 자신을 일러 짐이라고 한 것과 관계가 있나요. 왠지 고귀하고 귀한 의미를 담고 있을 것 같습니다.

지대 스님의 질문이 날카로워지고 있었다.

-말씀하신 대로입니다. 나 짐朕자는 옛날 절대 권력을 가졌던 천자가 자신을 지칭하는 전용 글자입니다. 짐朕자는 달 월月자와 관关자로 되어 있습니다. 옛 글자에 보면 왼쪽의 월月자가 배 주舟입니다. 오른쪽의 관关자는 세로막대(丨)처럼 보이는 도구를 가지고 왼손과 오른손을 이용하여 배의 틈을 막고 있는 글자가 '나 짐朕' 입니다.

짐朕자는 양손에 공구를 하나씩 들고 배 몸체 위에서 일을 하고 있는 모양이었다. 본래는 배의 틈새를 막는 의미였다. 관关자는 '문을 닫고 가로질러 잠그는 막대기' 인 문빗장 관关으로 쓰기도 했다. 진시황제는 자신에게만 짐朕자를 쓰게 했다. 이미 1천 년 전인 은나라 최고 지존인 왕에게만 짐朕자가 쓰이고 있기 때문이다. 대홍수와 깊은 관계가 있음을 보여준다. 그리고 북두칠성을 배로 보고 있는 것과도 관련이 있다.

-그렇다면 절대지존의 위치에 계신 분이 마고할머니라고 생각했기 때문이겠군요.

-그렇게 생각합니다.

-마고할머니는 성곽의 도시에 삼베옷麻衣을 입은 신선神仙 같은 여성이었다고 합니다.

-선천시대는 어떤 세상입니까?

지대 스님의 질문에 질문내용에서 멀리 떨어져 있음을 깨달았다.

-이런, 이런. 죄송합니다. 부도지라는 곳이 어떤 세상이냐고 질문하셨지요. 부도지는 사람들이 사는 공동체입니다. 계율과 율법이 있었습니다. 공동선共同善을 위하여 천부天符에 따른 자재율自在律과 수찰법守察法이 있었습니다.

-어려운데요.

-그렇습니다. 자재율은 한 마디로 이야기하면 사람 내면에 있는 율려律呂입니다. 이렇게 말씀드리면 막막해집니다. 금지하지 않지만 금지하는 것이 자재율自在律, 다시 말하면 절제할 줄 아는 미덕을 말합니다. 다시 말씀드리면 율려가 창조주라고 했지요. 그러니 내 안에 신이 있다는 것과 같은 말입니다. 마고도 율려가 낳았거든요.

-아하. 그렇군요. 사람에게 신성이 있으니 스스로 절제하고 배려하며

살았다는 이야기지요?

―그렇습니다. 자재율은 신성으로 살아가는 참된 사회를 말하고, 수찰법은 자재율을 지키도록 하는 법입니다.

―그곳이 마고성입니까?

―그렇습니다. 그곳이 마고성입니다.

―그렇다면 지금이 중천, 즉 짐세시대라고 했습니다. 낙원이 깨진 이유는 무엇입니까?

지대 스님은 이야기를 잘 끌고 갔다. 궁금한 것을 징검다리 건너듯 자연스럽게 껑충 뛰어가며 물었다.

―마고성의 타락에 대해 이렇게 설명하고 있습니다. 오미五味의 난亂이라고 합니다.

―오미의 난이요?

―예. 〈마고성 사람들은 유천乳泉에서 나오는 젖인 지유地乳를 먹고 살았습니다. 사람들의 수가 늘어나 지유가 모자라졌습니다. 굶어서 지쳐 쓰러져 있다가 귀에서 희미한 소리가 들려왔습니다. 넝쿨에 달린 포도를 보았습니다. 그것을 따먹었더니, 난생 처음 보는 다섯 가지 맛에 깜짝 놀랐습니다. 땅의 젖은 맛이 없는 맛이었습니다. 포도열매는 신맛, 단맛, 짠맛, 쓴맛, 매운 맛 다섯 가지 맛이 있었습니다.〉

―다른 세상을 본 것이군요.

계연수와 지대 스님의 이야기는 핵심을 짚어가며 부드럽게 진행되었다.

―〈포도를 먹은 사람들의 입 안에는 이가 생겼고, 살아있는 생명을 강

제로 먹으니 침은 뱀의 독과 같이 독성이 생겼습니다. 피와 살은 탁해지고 마음은 독해져서 유순하고 맑은 천성을 잃게 되었습니다. 더 이상 하늘의 소리를 듣지 못하게 되었으며 발 다리는 무거워져서 걸을 수는 있지만, 더 이상 뛸 수 없게 되었습니다. 짐승 같은 아이를 많이 낳게 되었고, 수명은 짧아지고 빨리 늙게 되었습니다〉 이것이 마고성의 이야기입니다.

─최상의 상태는 선천의 시대고, 지금은 마고의 시대로 보는 것이군요. 다음 세대가 후천개벽의 시대로 보고요.

─후천 개벽을 어떻게 아세요?

지대 스님의 개벽이라는 말에 계연수가 놀라 물었다.

─짐작이지요. 다음 세대가 후천시대라고 하면 우리가 자주 말하는 개벽이 온다는 말을 하는데 개벽이 와야 후천도 올 것 아닙니까.

─대단하십니다. 맞습니다. 후천 개벽이 온다는 것입니다.

─놀라운 것은 소리로 소통하고 깨달음을 주었다는 것입니다. 말도 아니고, 빛도 아니고, 소리로 세상을 이끌어 갔다는 것이 특이합니다.

─소리律에 따라 악기를 만들어 소리로 다스렸다고 했습니다. 마고성 사람들은 음악의 소리에 따라 조화롭게 자연스럽게 다스려졌습니다. 즉 율려律呂에 따라 다스려지던 율려시대였습니다. 여기에서 소리는 곧 자연의 법칙이라는 추측이 가능합니다.

─그렇겠군요.

─율려의 상태를 선악善惡의 구분이 없는 원래의 선善을 닦아 인간의 참

본성本性을 터득하여 최고의 철학으로 하늘의 참 기운을 호흡하며 참 목숨을 살아가는 것을 말합니다. 율려가 최고의 선인 동시에 마고 공동체의 목표이기도 한 것이 부도지가 말하고자 하는 것이리라 짐작합니다. 오늘 아주 색다르고 의미있는 공부를 했습니다.

지대 스님은 날이 저물지 않을 시간에 단굴암에서 내려갔다.

계연수는 다시 정적 속에서 집필에 대한 계획에 들어갔다. 뼈대 잡는 일이 큰일이었다. 계연수는 고심 끝에 원문을 그대로 적는 방법으로 결정했다. 이제는 책만 선정하면 바로 작업에 들어갈 수 있었다.

홍범도 가족, 인질로 잡히다

무언가 낌새가 이상합니다.

－무슨 말인가?

김수협이 뜬금없이 홍범도에게 말하자 홍범도가 물었다.

긴장을 풀어놓을 수가 없는 상황이 계속 이어졌다. 훈련보다도 일본군을 공격하고 방어하는 일이 잦아질수록 긴장감이 높아갔다.

－집에 가보셔야겠습니다. 아니면 대원들을 보내든가?

－왜 그런가?

－제가 홍대장님 집 근처를 지나오다가 봤는데 무언가 석연치 않은 사

람들이 기웃거리는 걸 보았습니다. 살펴 보다 철수하는 걸 보고 왔습니다.

-설마 가족까지 건드리지는 않겠지. 나를 잡으려 하겠지.

-그럴 상황이 아닌 듯합니다. 홍대장님이 잡히지 않으니 가족을 잡아 캐물으려 할지도 모릅니다. 못할 짓이 없는 놈들입니다.

-그 말은 맞네.

북청에 있을 때 홍범도 집을 찾는 사람들과 잠깐 총격 사건이 있었던 것이 떠올랐다. 충분히 가족까지도 건드릴 수 있다는 것을 보여준 사건이었다.

-내 잠깐 다녀오겠네.

-저도 가겠습니다.

-아닐세. 혼자 가도 되네.

-아닙니다. 제가 할일 중에 중요한 건 다 해결되었습니다. 잠깐 다녀와도 됩니다.

홍범도와 김수협이 말을 타고 달렸다. 멀리 마을이 보이기 시작했다. 조선인들이 모여 사는 곳이었다. 홍범도 가족이라는 것을 아는 사람들이 없었다. 조선에서 들어오는 사람들이 늘어 이목이 그리 집중이 되지 않을 것이라 생각했다.

집에 도착하자 무언가 잘못되었음을 알 수 있었다. 문이 열려 있었고, 살림이 흩어져 있었다. 말을 집에서 조금 떨어진 곳에 세우고 달려갔다. 안으로 들어갔다. 안에는 사람이 없었다. 느낌이 좋지 않았다.

홍범도와 김수협이 말을 올라타는 순간 총알이 날아왔다. 순간 말에 총알이 박혔다. 말이 뛰어오르며 발작을 했다. 홍범도가 총을 꺼내는 순간 뒤에서 주위를 살피며 따라오던 김수협의 총구에서 불이 뿜어져 나왔다. 홍범도를 겨누었던 자가 뒤로 자빠졌다. 동시에 콩 볶는 소리가 주위를 채웠다. 한두 명이 아니었다. 홍범도와 김수협이 말에 걸려있던 총을 잡고 사격을 시작했다. 익숙한 몸놀림이었다. 홍범도와 김수협의 공격은 유효했다. 공격이 잦아드는 것을 느꼈다. 몇 놈이 쓰러지자 도주를 시작했다. 숫자에서 밀리는 홍범도와 김수협은 추격을 멈추고 한숨을 돌리는 순간 한 놈의 총구가 홍범도를 가리키며 발사됐다. 김수협이 홍범도를 막아서며 거의 동시에 총을 쐈다. 홍범도를 저격하려는 자가 쓰러졌다. 김수협의 몸도 뒤뚱거리며 쓰러졌다. 가슴을 관통했다.

－김 동지!

홍범도가 끌어안았지만 이미 말을 할 수조차 없었다. 김수협은 말 한마디 못하고 그대로 절명했다. 이미 늦었다.

홍범도는 김수협을 말에 태우고 부대로 돌아왔다. 막막했다. 북청에서 범잡이로 손을 잡고 활동했던 친구 같은 동생이었다. 듬직한 친구 하나가 죽었다. 그리고 가족이 모두 사라졌다. 잡혀 갔음이 여러 가지 정황으로 확실했다. 전우를 잃고, 가족은 일본군에 잡혀가고. 갑자기 고아가 된 기분이었다. 나라를 잃으면 다른 것도 다 잃게 되는 것을 직접 받고 있었다.

일본군의 공격을 그대로 놔두면 다시 마을을 찾아와 멋대로 행동할 것이 그려졌다. 홍범도는 작심하고 일본군 부대를 공격할 것을 지시했다. 일본군이 마을을 공격하고 복귀하는 순간을 노려서 예상하지 못한 상황에서 공격하려는 의도였다. 홍범도 부대는 준비된 부대였다. 바로 집결해서 예정된 부대를 공격하기로 했다. 각 부대별로 맡은 임무를 띠고 이동을 시작했다. 선발대가 말로 이동을 했다.

대규모 부대였다. 이미 정탐이 된 부대였다. 부대가 들어와 자리를 잡는 것까지 확인해 놓은 부대였다. 공격의 어려움은 현대식 무기를 갖춘 대대병력의 부대였다. 홍범도의 부대와 비교가 되었다. 선발대가 도착해 상황을 살피고 있었다. 유격전을 준비했다. 근접해서 타격을 하고 빠질 생각이었다. 전체를 섬멸하기에는 대부대였다. 심대한 타격을 주는 것으로 만족해야 하는 부대 규모였다. 부대 규모와 무기로도 열세였다. 여러 가지로 불리한 상황이었다. 본대가 도착했다. 날이 어두워지기 시작했다.

정예 부대가 먼저 공격에 나섰다. 보초를 처리하는 것이 임무였다. 동시 다발적으로 초소마다 배치된 정예부대가 같은 시간에 공격을 시작했다. 칼로 제거하고 칼이 어려울 때는 총으로 제압했다. 동시에 본진이 어둠을 뚫고 들어가며 병영 안으로 수류탄을 던졌다. 총으로 나오는 일본군들을 향해 난사했다. 어둠 속에서 전투가 벌어졌다. 대규모 부대였음에도 준비된 부대의 공격을 막아내기 바빴다.

홍범도는 공격하면서 가족을 찾으려 돌아다녔다. 하지만 보이지 않았다. 시간이 지날수록 대규모 부대의 면모를 보이기 시작했다. 전열을 가다듬고 공격을 시작하기 시작했다. 홍범도는 즉각 후퇴를 지시했다. 홍범도 부대는 큰 전과를 올리고 귀대했지만 마음이 허전했다. 모두를 잃은 기분이었다. 친구를 잃고, 가족을 잃었다. 생사를 알 수 없어 답답했다.

대종교, 해체 명령이 떨어지다

결국은 일이 벌어지고야 말았습니다.

나철이 이기를 보고 말했다.

─우리가 할 수 있는 일은 다했네. 결국은 그들이 예정했던 대로 된 걸세. 우리가 아무리 탄원서를 내고, 항의를 해도 아무 소용이 없네. 결론은 하나로 예정되어 있었네.

나철의 말에 이기가 답했다.

대종교는 이미 해체가 결정된 단체였다. 민족의 정통성과 독자성을 강조하고 있어 일본에 적대적인 항일운동의 정신적인 기초로 널리 전파했기 때문이었다. 이기와 나철은 대종교를 바탕으로 종교적 구국운동을 펼치기로 작정한 바였다. 아무리 은밀하게 해도 드러날 수밖에 없었다. 교도들이 많았고, 교도들이 변하는 것을 보면 확연하게 달라졌음을 알 수 있었다. 민족의식이 뚜렷해지고 역사적인 자긍심으로 국권을 생각하게 만들었다. 민족과 역사를 강조하는 것 자체가 눈에 가시였다. 종교자유를 내세우며 호소했지만 소요이 없었다.

데라우치 마사타케는 이미 결정하고 있었다. 역사에 관심이 많았던 조선총독 데라우치 마사타케의 결정이었다. 종교 통제안을 만들어 대종교를 종교단체로 가장한 항일 독립운동 단체라고 공식적으로 불법화했다.

-나는 항일 구국운동으로 길을 열 것일세.

-해체할 수밖에 없지만 나라가 걱정이 됩니다. 겨우 할 수 있는 것이 제 스스로 해산선언을 해야 한다는 것입니다.

나철은 자신의 능력에 화가 났다. 아무 것도 할 수 있는 것이 없다는 것이 슬펐다. 자신의 존재가 작아보였다.

-나는 자네가 더 걱정이 되네. 낙망으로 밥을 제대로 못 먹으니 몸을 감당할 수 있겠나?

이기는 대종교의 해산을 막기 위해 뛸 수 있을 만큼 뛰었다. 공식적으로, 개인적으로 찾아다니고, 방도를 알아보았다. 하지만 이미 결정된 상황이라는 것을 발로 뛰며 확인했다.

-저는 일선에서 물러나려 합니다. 저는 저의 길을 가겠습니다.

-어떤 길을 가겠다는 말인가?

-해체되고 나면 할 수 있는 것이 없습니다. 모임 자체가 불법이니 모임은 물론 모금도 어렵고, 항일운동 지원도 할 수 없게 됩니다.

-그렇지.

이기가 인정했다. 무엇보다 나철의 심신 상태가 나약해졌음을 보았다. 나철뿐만 아니라 이기도 힘이 빠져 있었다. 전력을 다해 달려온 길이었는데 갑자기 급제동을 당한 것이 충격이었다. 점령국의 백성은 무엇도 자유롭게 할 수 없는 상황인 것이 분하고 억울했다. 정말로 막막했다. 몸을 지탱하기도 벅찼다. 을사오적을 처형하겠다고 자신만만하게 나섰다가 하나도 처단하지 못했던 것도 부끄러웠다. 총 한 번 제대로 쏘지 못하고 당황해하던 자신의 모습이 한심했다. 이기와 나철 모두 같은 마음이었다. 이번 종교탄압과 함께 야심만만하게 나섰던 일도 무너지고 있었다. 답답하고 먹먹했다.

―그래서 무엇을 하겠단 말인가?

―우선은 쉬고 싶습니다. 자리를 맡아 주십시요.

이기의 다그치는 물음에 자신의 심경을 드러냈다.

―그건 안 되네. 쉬는 것도 걱정이 되어서 그러네. 탈진한 상황에서 나쁜 생각을 할 것만 같아서 받아들이기 어렵네. 그리고 자리는 다른 사람을 물색하게.

나철의 본심이었지만 이기로서 받아들이기 어려웠다. 먼저 쉰다는 말에 나쁜 생각을 가질까하는 우려가 있었고, 자리문제는 독단적으로 될 일도 아니었다. 교단의 사람들과 의논해서 결정할 문제였다. 대종교는 이미 수십만이나 되는 큰 단체였다.

―그래도 저는 당분간 쉬어야 합니다. 지쳤습니다. 저보다 유능한 분을 찾아야 할 듯합니다. 이 문제는 여기에서 결정했으면 합니다.

나철의 말을 듣고 이기는 잠시 생각에 잠겼다. 무언가 나철에게서 느껴지는 느낌이 좋지 않았다. 맑은 기분이 탁해지고 있었다. 어두운 생각을 하고 있다는 것을 의미했다. 수련을 하다보면 깨닫게 되는 것이 있었다. 그것이 사람이 가진 기운이었다. 나철은 쇠약해져 있었다.

-무원이 어떻겠나?

-좋습니다.

이기의 제안에 나철이 흔쾌하게 받았다.

-일단은 중진들의 마음을 확인하는 절차를 거쳐서 결정하세.

-좋습니다.

무원은 대단한 인물이었다. 무원茂園은 김교헌金敎獻이었다. 김교헌은 대한제국의 규장각부제학과 〈국조보감國朝寶鑑〉 감인위원監印委員을 역임한 대학자였다. 민족주의 역사학에 밝았다. 대종교를 세울 때 중요한 역할을 수행했던 인물이었다. 대종교를 세울 때 누구보다도 반긴 인물이기도 했다. 이기와 교류를 통해 학문의 깊이를 더한 인물이었다. 이기와는 결이 조금 달랐다. 이기는 숨어있는 역사를 세상에 드러내려는 학자였다면 김교헌은 드러나 있는 것을 깊게 연구하는 학자였다. 김교헌을 '사마천을 능가하는 역사가', '역사학의 종장宗匠, 즉 우두머리라는 별명을 제자들로부터 듣는 인물로 명망과 함께 덕망도 있는 인물이었다.

-무원을 추대하는 것으로 하되 회의를 열어 결정하세.

-좋습니다. 그리고 저는 당분간 쉬겠습니다.

계연수, 환단고기를 집필하다

벌써 이틀을 샜다. 그리고 이레가 넘도록 잠을 제대로 자지 못하고 있었다. 고민 때문이었다. 어떤 책을 국통맥을 이어가는 역사책으로 결정할 것인가를 고민하느라 잠을 설치고 있었다.

고민의 결과로 결정했다. 처음에는 환국과 단국의 역사와 고조선 역사를 하나로 엮은 책을 선택했다. 계연수가 가지고 있는 책 중에서 환국 단국 고조선을 담은 삼성기가 두 권이 있었다. 두 권의 내용이 달랐다. 서로 다른 것을 보완해주고 있었다. 어디에서도 찾아보기 힘든 기록이었다. 삼성기는 집안 대대로 이어져 내려오던 책이기도 했다. 눈을 감고 줄줄 외울 수 있는 책이었다. 다른 하나는 태천에 살던 백관묵 진사 집안에서 전해 내려오던 〈단군세기〉였다.

*

백관묵이 가지고 있는 집안의 비서들을 넘겨줄 사람이 필요하다는 이야기를 한 적이 있었다. 이미 늙어 언제 세상을 떠날지 알 수 없는 상황이었다.

—책의 주인 말일세.

—아하. 예.

—모든 물건은 주인이 정해져 있다는 말을 나는 믿네.

살면서 세상을 바라보는 시야가 넓어지고 깊어지는 것을 느낄 수 있었다. 어떤 사람은 고집이 커지고, 어떤 사람은 혜안이 열린다. 백관묵은 깡마른 체구에 선비다운 기개가 있었다.

─우선 문을 닫게. 문고리도 잠그고.

─예.

백관묵의 말에 계연수는 아무 말도 못하고 시키는 대로 했다.

─저 장롱을 당겨 보게.

장롱을 당기자 빈 벽이 나왔다.

─벽지를 걷어내 보게.

벽지를 걷어내자 나무로 만든 문이 있었다.

─거기에 있는 것을 꺼내보게.

상자가 보였다. 상자 안에 보자기로 싼 책이 있었다. 보자기에 싸인 책을 꺼내서 백관묵에게 건네주었다. 백관묵은 한 참을 바라보다 열었다. 백관묵이 몇 권의 책을 보여주었다. 〈단군세기〉와 휴애거사 범장이 찬한 〈천리경〉 등 몇 권의 귀한 책을 내놨다.

계연수는 귀한 책임을 단번에 알아 챌 수 있었다. 보기 드문 희귀본이었다. 목숨을 걸지 않고서는 지켜낼 수 없는 책들이었다. 책을 보관하고 후대에 전하는 것만으로도 죽음을 감수해야 하는 엄청난 일이었다. 개인이 감당하기에는 너무 무겁고 큰일이었다. 책을 숨긴 것이 밝혀지면 참형에 처해질 수 있는 위험한 일을 감내하고 있었다. 계연수는 일어났다. 책을 가지런히 놓은 후에 책을 향해 큰 절을 했다. 그리고 백관묵에게도 큰 절을 했다. 계연수와 백관묵이 책을 앞에 놓고 다시 함께 큰절을 했다. 이미 늙어 자신이 주체하기에는 이미 늦은 것을 감지한 백관묵은 눈에 총기가 살아있는 계연수에게 서책들을 넘겼다. 역사의 세대교체가 이루어지는 순간이었다.

—우리 집에 이 책들을 소장하게 되면서 내 인생은 달라졌네.

—짐작할 수 있을 듯합니다.

—자네도 겪고 있는 일일 테니, 알 걸세.

—분명한 것은 우리의 역사를 제대로 세상에 알릴 때가 오면 공개하라는 말씀을 받고 지금까지 보관해온 걸세.

—큰일을 하셨습니다.

—지금 나는 이미 늙었네. 포부를 펼칠 때가 아닐세. 자네에게 전하는 것도 나의 임무고, 이것을 받게 되는 것도 자네의 임무일세. 자네는 짐하나를 더 진 셈이고, 나는 짐 하나를 던 셈일세. 나는 이 책을 넘겨받으면서 벼슬도 포기해야 했네. 목숨을 보전해야 우리 조선민족의 역사와 문화를 세상에 알릴 수 있는데 벼슬길에 들어서는 순간 어떤 풍파를 겪게 될지 모르니 그랬지. 그만큼 큰 짐이었어.

백관묵의 마음속에는 만감이 교차하는 듯했다. 자식이 있음에도 자식에게 주지 못하고 계연수에게 넘기게 되는 마음도 복잡했다.

—광명된 세상에 알리게 될 때까지 잘 보관하고 공부하도록 하겠습니다.

—그래주게. 〈단군세기〉는 고려 말 대학자인 행촌 이암 선생께서 편찬했네.

500년을 뛰어 넘는 세월 동안 목숨을 걸고 집안에서 보관해온 책이었다.

다음은 〈북부여기〉를 선택했다. 환족의 역사에서 아쉬웠던 시기이기도 하고, 알려지지 않은 역사였다. 고조선에서 고구려 백제 신라로 이어지는 연결고리가 끊어져 있었다. 그것이 바로 부여였음을 밝혀주는 내용이었다. 오리무중이었던 역사의 연결고리를 찾아준 책이었다. 한 권 한 권이 귀한 책이었다. 고려 말에 범장이 기술한 역사서였다. 민족의 역사에서 단절된 부분을 되찾아준 것이 부여사였다. 이형식 선생의 아들로부터 받았던 책이었다.

*

이 진사의 아들은 광으로 안내했다. 광에는 큰 뒤주가 있었다. 뒤주를 옮기고 나무판자로 만든 널판을 치우자 항아리가 나왔다. 항아리 뚜껑을 여니 여러 서책들이 들어있었다. 금서로 알려진 것들이 나왔다. 놀라운 것은 계연수가 보관하고 있는 책과 같은 책이 있었다. 자세히 살펴보니 글자 하나 틀리지 않고 같았다. 같은 책은 〈단군세기〉였다. 반갑기도 했고, 놀랍기도 했다. 금서 중에 금서로 지정되어 있는 서책이었다.
뜻밖의 서책이 나왔다. 〈북부여기〉였다. 항아리에 있던 책 중에 몇 권을 골랐다. 희귀본을 골라 보자기에 쌌다. 〈북부여기〉는 여태 보지 못한 책이었다. 고조선이 망하고 나서 고구려로 바로 이어지지 않고 부여로 이어졌는데 굳이 북부여기가 있는 것에 관심이 갔다.

–진정 반갑고 중요한 서책을 만났습니다.

계연수는 〈북부여기〉를 가슴으로 안았다.

–이 서책들을 모두 드리겠습니다.

–예?

이 진사의 아들의 말에 계연수는 놀랐다. 집안의 가보로 보관해오던 서책을 처음 만난 자신에게 넘겨주겠다는 말이 받아들여지지 않았다.

–이 진사님의 유지를 받아들이셔야 하는데 제게 서책을 주시다니요?

–제게는 이 서책들이 의미가 없습니다. 아버지께서 제게 물려주셨지만 우선은 제가 역사를 깊이 있게 알지 못한다는 점입니다. 아버지께서도 제게 가업으로 물려주시는 것을 망설였다는 것을 알 수 있습니다.

–그러시다면 제가 고맙게 받겠습니다.

집안에 비서를 두고 산다는 것은 집안에 폭발물을 숨겨두고 산다는 것과 다르지 않았다. 아차, 하면 집안이 날아가 버리는 멸문지화를 당할 수도 있는 위험한 일이었다. 그럼에도 집안의 보물로 숨겨서 살아온 지가 600년이 다 되어가는 비밀스럽고 위험한 책이었다.

한 권 한 권이 귀중하고 감회가 새로웠다. 지나온 날들이 관아의 기둥처럼 지나갔다. 나라의 흥망과 더불어 역사는 왜곡되지만 큰 줄기는 변함이 없었다 왜곡을 해도 문화현상이나 관습 그리고 전설에 살아남아 있었다.

마지막 책은 계연수의 스승인 이기가 물려준 〈태백일사〉였다. 〈태백일사〉는 환족의 정신과 개국철학을 알 수 있는 더할 수 없는 책이었다. 개천開天은 개국이었다. 천손민족으로서 하늘에서 온 것이 천명이라는 선언이 개천이고 개국이었다. 스승 이기가 전해준 〈태백일사〉가 있었다.

*

조금 덜 닫힌 문을 마저 닫았다. 계연수는 순간 긴장되었다. 전해줄 것은 무엇일까. 또 할 말이란 무엇일까. 이기가 계연수의 힘을 빌려 함께 옷장을 드러냈다. 그 뒤에 여닫이문이 있었다. 그것도 자세히 보아야 알 수 있었다. 여닫이문을 열었다. 책이 들어있었다. 두 보퉁이가 보자기에 싸여 있었다. 십여 권 되었다. 책을 조심스럽게 꺼냈다. 계연수는 직감적으로 알았다, 비서秘書임을. 꺼내서 보자기를 풀었다. 정성스럽게 방 한가운데 풀어놓았다.

–집안의 비서일세. 대대로 내려온 책이네.

이기의 목소리가 약간 떨렸다. 긴장하고 있었다.

–자네에게 넘기겠네.

이기의 말에 계연수는 묵묵부답으로 앉아 있었다.

–많은 생각을 했네. 나는 지금까지 살아오면서 고민했네. 누구에게 이 책을 넘길까. 자식은 아니라는 생각을 했지. 나와 자네처럼 역사에 몰입할 수 있는 자식이 아니라 포기했네. 그렇다고 내 대에서 은자를 내

려놓을 수는 없는 것이고. 그러다 자네를 만났네. 자네가 적격이라고 결정했네.

−부족하지만 받겠습니다.

이기의 말에 사양 한 번 하지 않고 받겠다고 선언했다.

역사의 은자라는 자리가 얼마나 큰 짐인가는 은자만이 알 수 있었다. 머릿속에서 떠나지 않는 것이 은자의 역할이었다. 두려움을 안고 살아야 하고, 책임감을 떠안고 살아야 하고 또한 다른 일을 하기가 어려웠다.

−고맙네.

이기는 간결하게 답했다. 이기는 누구보다도 은자의 삶을 잘 알고 있었다. 많은 말이 하고 싶었지만 할 말은 이미 필요 없었다. 잠시 침묵이 흘렀다.

이기가 일어났다 계연수도 따라서 일어났다. 서로가 서로를 알고 있었다. 부자지간에 은자의 자리를 넘겨줄 때도 서로 맞절로 인계인수식을 했다.

이기와 계연수는 전해주고 전해 받을 책을 앞에 놓고 맞절을 했다. 정적이 찾아왔다. 천년의 역사를, 정확히는 구천년의 역사를 담은 책이었다. 책을 지키느라 집안 내내 고난과 부담을 끌어안고 살아와야 했다. 역사를 넘겨주는 의식은 간단했지만 의미는 컸다.

−왜 제게 넘겨주셨는지 생각하고, 생각하겠습니다.

−힘들 걸세. 여기 넘겨주는 책 중에서도 〈태백일사〉는 중요한 책이네.

조선의 정신을 담은 책이〈태백일사〉네.

이기의 말이 천둥처럼 들렸다. '조선의 정신을 담은 책이〈태백일사〉네'라는 말이 귓속에서 울리는 듯했다.

－잘 간직하고, 새로운 책으로 완성하도록 하겠습니다.

계연수는 저술에 들어갈 책 목록을 확정하고 책의 이름을 순간적으로 떠올렸다. 환단고기桓檀古記였다. 환국과 단국의 오랜 역사를 기록한 책이라는 의미였다. 고조선을 넣을 수 없어 아쉬웠다. 하지만 넣으면 도리어 어색해 보였다. 지나간 일들이 짧게 느껴졌다. 역사의 은자들에게서 받은 것을 역사의 기록자로서 할 일을 하고 있는 자신을 돌아보았다.

아버지에게 선언했고, 이기에게 선언했다. 역사를 증언하는 사람이 되겠노라고. 잃어버린 역사 하나를 다시 일으켜 세우는데 많은 사람의 노고와 인내가 있었음을 보았다. 책을 한 권 한 권 쌓으면서 많은 생각이 스쳐갔다. 단굴암에서 만났던 단학도인도 떠올랐다. 그리고 마지막으로 헤어지던 모습이 그려졌다.

＊

계연수는 마음 안에서 하고 싶은 말이 많았지만 정작 나온 말이 고마웠습니다,가 전부였다.

－내가 할 말을 자네가 하는군. 다시 만날 일이 없을 걸세. 역사의 짐을

진 사람에게 할 말은 하날세.

계연수가 단학도인의 다음 말을 기다렸다.

－하늘이 내린 짐일세. 어제 한 말을 다시 하겠네. '고난은 넘으라고 온다' 는 것을 생각하게.

단학도인은 말을 마치고는 좁은 길을 따라 내려갔다. 단학도인이 사라질 때까지 계연수는 바라보고 있었다. 단학도인은 자신의 모습이 계연수의 눈에서 사라질 때까지 뒤돌아보지 않고 사라져갔다. 점 하나 남기지 않고 사라져 가는 모습을 바라보고, 계연수는 그 자리에 한참을 서 있었다.

그동안 있었던 일들이 지나갔다. 국통맥을 잡았고, 국통맥을 세우는데 필요한 책을 선정했다. 모든 것이 충족되었다. 쓰는 것은 그리 오래 걸리지 않았다. 마음을 잡으니 잠도 오지 않을 만큼 집중이 되었다. 모든 선택과 집중을 한 곳에 쏟으니 피곤한 것도 몰랐다. 열망이 타올랐다. 살아있다는 것을 실감하고 있었다. 무언가를 해내겠다는 욕망이 사람을 살게 하는 힘인 것을 체감하고 있었다. 전장에 나간 장수가 이런 마음이겠구나 하는 마음이 들었다. 나라를 내 한 몸이 짊어지고 적과 마주했을 때 비장함이 이런 것이구나 했다. 계연수는 잠깐의 수면을 제외하고 모든 기력을 쏟았다. 몸에 오히려 힘이 솟는 느낌이었다. 정신은 맑고 가을하늘처럼 청명했다. 새로운 경험이었다.

계연수는 환단고기를 완성하고 나서 쓸쓸하고 외로웠다. 참 묘한 일이었다. 환희가 아니라 열정이 아니라 쓸쓸하고 외로웠다. 바람이 지나가는 단굴암에서 혼자서 좌정하고 앉아 오랜 시간 앉아 있었다. 가슴 안에서 싸한 바람이 불며 지나갔다. 그토록 염원하던 것을 완성한 순간 쓸쓸함이라니, 외로움이라니.

나철, 스스로 길을 떠나다

단을 맡아 주십시요.

─지난번에 이야기하지 않았던가?

나철이 이기를 찾아가 던진 말이었다. 지난번에 종단은 김교헌이 맡아서 하면 좋겠다는 이야기를 나눈 적이 있었다.

─지난번에도 물었지만 홍암은 무엇을 하려 하기에 주변을 정리하는 듯한 느낌을 받게 되나?

─그렇지 않습니다. 보다 단단하게 하려고 합니다.

나철은 이기와 헤어져 김교헌을 만나기 위해 자리를 떴다.

나철의 인생의 파고가 높았다. 개인적인 인생이 아니라 국가와 연결되어 있는 자신의 인생이 힘이 들었다. 망국으로 가는 나라에 태어나 망국을 막기 위해 자신이 할 수 있는 일은 다 했다. 힘이 닿는 데까지 노력했다. 탄원과 호소를 했고, 일본천황에게 합방의 불가함을 일본까지 찾아가 직접 하려했지만 허사였다. 대종교를 만들어서 국권회복을 위한 발판으로 삼아 뛰다가 덜컥 주저앉아야 하는 상황을 맞았다. 을사오적을 처단하려다 실패했다.

나철은 망국의 당사자처럼 가슴이 쓰리고 아팠다. 결국 조선은 무너졌다. 젊은 날에는 나라를 바로 잡으려고 뛰었고, 망국의 기미가 보일 때에는 직접 현장을 뛰며 막아보려 노력했다. 하지만 조선은 망했다. 무너진 조선을 다시 일으켜 세우려 시작한 대종교가 다시 좌초했다.

나철은 쇠진했다. 정신을 바로 잡으려 머리를 흔들었다.

김교헌 이외에 종단 중진들이 모여 있었다. 모두 걱정이 많았다. 많은 이야기를 하고 잠시 대화가 잦아진 틈을 이용해 나철이 자신이 하고 싶은 말을 시작했다.

−도사교都司教 자리를 맡으실 분을 결정해야겠습니다.

−갑자기 무슨 말씀이십니까?

도사교는 대종교의 지휘권자였다. 최고 결정권자였다. 나철이 중광한 이래 가지고 있던 자리였다.

좌중이 갑자기 시끄러워졌다.

−이유가 있습니다.

나철이 이유가 있다는 말에 조용하게 나철의 다음 말을 기다렸다.

−제가 할 일이 있어 능력 있는 분에게 맡기고 저는 저 자신의 일을 하려고 합니다.

−준비도 없는 상황에서 갑자기 말씀하시니 당황스럽습니다.

김교헌이 나철의 말을 받았다.

-그렇게 받아들이실 수 있습니다. 하지만 저는 마음의 결단을 내렸습니다. 오늘 모인 분들이 모두 중책을 맡으신 분들이니 여기에서 대략적인 안을 마련했으면 합니다.

많은 말들이 오고 갔지만 결국은 나철의 생각을 받아들이기로 했다.

-그렇다면 도사교 자리를 맡으실 분을 생각해 두셨다면 이 자리에서 말씀을 하시지요.

좌중에 한 사람이 나철의 생각을 물었다.

-결정이야 모두의 의견을 모아야겠지만 제 생각으로는 무원께 부탁드리고 싶습니다.

무원은 김교헌의 호였다. 무원 김교헌金教獻은 이미 능력과 경험이 풍부한 인물임을 인정받은 인물이었다.

김교헌은 고사했지만 좌중의 의견이 일치되었다. 세상의 인심이나 세상의 평가에서 누구와 비교해도 뒤지지 않는 인물이었다.

-할 일이 있으시다고 했는데 무엇인지 물어도 되겠습니까?

-곧 알게 될 것입니다. 무원과 오늘 여기 모인 분들께서 잘 이끌어 주시기 바랍니다. 이제는 제가 걸어왔던 길보다 더 험하고 힘이 들 것입니다. 기대하고 응원합니다.

상교尚教 김두봉이 나철에게 묻자 나철은 이유에 대해서 이야기하지 않고 대종교의 앞날에 대해 말했다.

-나는 구월산 삼성사로 갈 것일세.

-예. 알았습니다. 준비하겠습니다.

나철은 상교 김두봉을 비롯한 시봉자侍奉者 6명을 대동하고 황해도 구월산으로 향했다. 삼성사三聖祠에 들어가 수행을 시작하였다. 나철은 이기와 계연수의 말을 듣고 그동안 참선에 많은 시간을 쏟았다. 할수록 신기한 것이 수행이었다. 지금까지 몰랐던 세계가 수행에 있었다. 수행문화가 환족의 정신이고, 국가 통치이념에 그대로 반영되어 있다는 것을 몸소 깨달았다. 역사의 은자들이 왜 그토록 지켜내려 한 역사였는가를 알게 되었다. 인류를 구할 역사를 중심으로 나라를 세웠으니 다시 인류가 배워야 할 역사임을 고집하는 것이었다. 나철은 깨달았다. 진정 환족의 역사는 인류를 위해 다시 일어나야 하는 것임을.

구월산은 명산이었다. 황해도에서 큰 산이었다. 삼성사 앞 언덕에 올라 북으로 백두산, 남으로는 선조의 묘소를 향해 참배했다.

-그동안 수고했네.

-도사교님께서도 수고하셨습니다.

나철이 시봉자들에게 말하자 시봉자들이 나철에게 인사로 답했다.

-나는 이제 깊은 수행에 들어갈 것이다.

-예. 알았습니다.

나철의 안색은 맑고 밝았다. 사당 앞 언덕에 올라 북으로 백두산, 남으로 선조의 묘소를 향해 참배했다. 근심 하나 없는 얼굴이었다.

나철은 방으로 들었다. 그리고 붓을 들어 글을 썼다. 〈오늘 3시부터 3일 동안 단식 수도하니 누구라도 문을 열지 말라.〉 문 앞에 써붙인 뒤수도에 들어갔다.

다음 날 새벽까지 되어도 인기척이 없었다. 안에서 움직이는 인기척이라도 있어야 했는데 조용했다. 수도에 들어간다 했지만 안에서 움직이는 소리가 들리는 것이 정상이었다. 너무 조용했다.

－도사교 님!

불렀지만 안이 조용했다. 다른 시봉자들이 나왔다. 다시 불러 보았지만 소식이 없었다. 밖에서 시봉자들이 서로의 생각을 받았지만 결론은 무언가 범상치 않은 일이 있을 것이란 예감이 들었다.

김두봉이 먼저 문을 흔들었다 그래도 안에서는 인기척이 없었다. 김두봉이 문짝을 부수었다. 나철은 자신이 죽음을 택한 이유를 밝힌 유서를 남기고 폐기법閉氣法으로 이미 숨을 거두었다. 스스로 호흡을 조절해 절명에 이르는 고도의 수행법 중 하나였다. 깨끗하고 정갈한 모습으로 누워 있었다. 밤새 적어 놓은 유서를 정리해서 모아 놓았다.

홍범도, 아들에게 총을 겨누다

조선의 홍대장이었지만 가족이 사라진 것에 마음이 착잡했다. 마음의 갈피를 잡을 수가 없었다. 어렵게 계연수를 만났다. 이상룡을 통해서 홍범도가 있는 곳을 찾았다. 이상룡과 함께 역사교육의 산실을 꾸리기도 했다. 이름은 배달의숙이었다. 쉽지 않을 것을 예감했다. 일본군의 만주진출에 위험하기도 했지만 무엇보다 자금이 부족했다. 독립운동을 하는 일은 자금으로 이루어졌다. 이상룡도 이회영도 조선의 땅과 산를 팔고 집을 팔았지만 턱없이 부족했다. 독립군 자체가 군사조직으로 생산집단이 아니라 소비집단이었다. 당장 목숨을 걸고 싸우면서 농사를 짓고, 텃밭을 가꿀 수가 없었다. 하지만 시작해야만 하는 일이었다.

계연수와 홍범도가 만났다. 서로에게 반갑고 고마운 사람이었다. 뜨겁게 서로를 안았다. 인사가 끝나고 홍범도가 먼저 말을 꺼냈다.

−세상이 참담하네.

−그렇네. 어떻게 지냈나?

−나는 별일 없네.

홍범도가 계연수의 물음에 답했다. '나는 별일이 없다'고. 홍범도에게는 정말 많은 일이 있었다 그리고 진행 중이었다. 스승 기사범이 사망하고, 가족이 실종되었다. 일본군에게 잡혀간 것이 거의 확실한 상황이었다. 홍범도는 슬픔을 설명하기 싫었다.

−자네는 어떻게 지냈나?

−나는 꿈꿔왔던 책을 완성했네.

−큰 일 했네.

−그런데 허망하네. 해학 이기 스승을 만나고 이리로 오는 길일세.

계연수는 있었던 일과 마음을 풀어놓았다. 단굴암에서 내려오면서 지대 스님에게 망국의 백성임을 알았다. 그리고 스승 이기를 만나고 돌아 나오면서 혼자 울었다. 안 되는 일이 세상에 있었다. 아무리 몸부림쳐도, 소리쳐도 안 되는 일은 안 되는 것이었다.

─다음 할일은 무엇인가?

─하나가 남았네. 책을 출간해야하네.

─완성한 역사책을 말인가?

─그렇네. 조선인들에게 알려야 할 내용이고, 후손에게 넘겨주어야 할 책일세.

─여기 독립군에게 먼저 교육을 시켜야겠군.

─그렇네.

홍범도는 계연수가 쓴 책이 어떤 책인지를 알고 있었다. 역사학당 식구들과 교유를 가지면서 알았다. 그리고 조선인 누구에게나 알려야 할 절실한 것도 알았다.

홍범도는 오동진을 불렀다. 뛰어난 사람이었다. 젊고 유능한 사람이었다.

─인사하게. 동지일세.

홍범도가 오동진에게 계연수를 소개했다. 그리고 계연수를 자세하게 하는 일과 자신과의 관계에 대해서 설명했다.

─조선의 미래가 달린 일이군요. 그렇다면 우리가 책을 출간해야겠습니다.

─나도 그렇게 생각하네.

오동진이 책을 출간하겠다는 말에 홍범도가 반색했다.

─마련해 보겠습니다. 하지만 쉽지 않을 것입니다.

─오 동지가 자금을 담당하고 있네. 사정이 워낙 어렵네.

오동진은 자금을 담당하고 있었다. 군자금을 받아오는 일도 어려웠다. 감시가 점점 강화되고 있었다. 받으러 들어가는 것도, 받아서 만주로 가져오는 것도 힘이 들었다. 총 한 자루를 마련하는 것도 자금이 필요했고, 훈련은 당연하고, 의복부터 식량까지 군자금으로 충당해야 하는 상황에서 쪼들렸다.

─이곳에서 묵을 것인가?

홍범도의 말에 계연수가 무슨 의미인지 몰라 답을 망설였다.

홍범도가 묻는 이유가 있었다. 위험하기 때문이었다. 계연수는 군인 보다는 학자였다.

─이곳은 언제 공격을 받을지 모르네. 그러니 가능하면 본대로 가서 지내게.

본대라 함은 이상룡이 운영하는 경학사耕學社로 가라는 말이었다.

세 사람이 이야기를 나누고 있을 때 문을 두드리는 소리가 났다.

─들어오게.

─대장님의 아드님이 찾아왔습니다.

대원이 들어와 아들을 방으로 안내하고 나갔다.

가족이 모두 실종되어 사라져 마음이 복잡하던 때에 맏아들 홍양순의 출현에 홍범도와 오동진이 놀랐다.

-아버지!

-어찌된 일이냐?

반가움과 함께 궁금함이 앞섰다. 아들 홍양순은 말을 주저하고 있었다.

-어머니는?

말을 주저하는 사이 홍범도가 다시 물었다.

-어머니는 일본군에 잡혀 갔습니다. 용환이는 어찌 되었는지 모릅니다.

-그럼 너는 어찌 된 것이냐?

홍범도의 호통에 아들 홍양순이 품속에서 편지 봉투를 꺼냈다. 홍범도
가 낚아채듯 가져가 안에 들어있는 내용을 읽었다. 홍범도의 얼굴이 순
식간에 변했다.

홍범도가 권총을 꺼내 아들의 이마에 겨누었다.

-네가 사내로 태어나 사내답지 않으면 죽어도 좋다. 내게 죽을 것이냐,
나라를 위해 싸우다 죽을 것이냐?

-왜 그러십니까?

홍범도가 아들의 머리에 총을 겨누자 오동진이 막아서며 말했다. 홍범
도가 총을 겨눈 채로 왼 손으로 편지를 건네주었다. 오동진이 읽고 아
무 말이 없었다. 계연수도 무언가 잘못되었구나 싶었다.

-이러면 안 되네. 자초지종을 확인한 후 사태를 수습하세.

-맞습니다. 내용을 알고 행동해야 합니다.

오동진이 홍범도가 겨눈 총을 옆으로 밀면서 빼앗았다.

홍범도를 잡기 위해 홍범도의 가족을 인질로 삼았다. 홍범도의 아내는

일본군에게 잡혀 있었고, 아들은 잡혀갈 때 자리에 없어 알 수가 없었다. 일본군이 맏아들 홍양순에게 자수하면 홍범도의 아내를 풀어주고 홍범도는 선처하겠다는 편지를 써서 보냈다.

일을 주도적으로 하고 있는 자는 감연극이었다. 홍범도의 집에서 총기 사건도 감연극이 주도한 것이었다. 이번에도 일을 주도하고 있는 것은 감연극이었다. 목적을 위해서는 물불을 가리지 않는 잔인한 인물이었다. 감연극의 요주의 인물에 홍범도와 계연수가 있었다. 하지만 얼굴 모습은 아직 확보하지 못하고 있었다.

홍범도와 오동진의 도움으로 환단고기를 출간하다

계연수는 배달의숙에 묵으며 작업이 시작되었다. 고향을 버리고 떠나온 사람들이 늘어나고 있었다. 배달의숙에 이관집의 아이들도 다녔다. 이관집이 삭주에서 이주를 했다.

배달의숙에서 이관집을 만났다. 아이가 따라왔다. 넷째 아들 이유립이었다. 벌써 소년이 되어 있었다.

―그동안 많이 변했네. 역사학당이 불에 타 사라지고, 자네는 책을 완성했고, 나는 이곳으로 이주해 왔네. 아이들은 쑥쑥 자라는데 세상은 점점 수렁으로 빠져들고 있으니 안타깝네.

-그렇지. 많이 변했지. 힘들어지고 있고.

이관집의 회고에 계연수가 인정했다.

-아, 참. 홍대장 가족들은 어떻게 되었다고 하던가. 어제 다녀오지 않았나?

-어제 아들이 찾아왔고, 홍대장이 아들에게 총을 겨누는 일까지 있었네.

이관집의 질문에 계연수가 어제 있었던 일을 설명해 주었다.

-앞날을 예측할 수가 없네.

-정말 그렇네. 내가 살아있는 동안은 역사에 몰입할 생각일세.

이관집이 미래에 대한 걱정을 말하자. 계연수가 자신의 마음의 다짐을 말했다.

-이곳에서 계속 강론을 할 생각인가?

-그렇네. 우선은 목판작업을 해서 책을 찍어내야 하는 일이 남았네. 그 일이 끝나고 나면 나도 무장투쟁으로 나아갈 걸세.

이관집이 배달의숙에서 강론을 계속할 것인가를 묻자 출간작업에 대해서 설명했다.

-오늘 강론은 무엇인가?

-사람들이 궁금해 하는 것에 대해 말하려고 하네. 환국 단국 고조선이 어떻게 세워졌느냐에 대해 알고 싶어 하네.

강론이 시작되었다. 새로 이주해온 사람들도 있었고 대를 이어오며 살았던 사람들도 참여했다.

-우리는 천손입니다. 하늘에서 내려온 분들이 나라를 세웠는데 최초의

나라가 환국입니다. 그래서 나라를 세울 때 하늘의 도를 그대로 적용하였습니다. 이렇게 묘사되어 있습니다. 동녀동남 800명을 흑수와 백산의 땅에 내려 보내시니, 환인께서 만백성의 우두머리가 되어 천계를 다스렸다고 했습니다. 굳이 현재의 상황으로 설명하면 800명의 무리가 흑수와 백산 땅을 접수해서 나라를 세우고 다스렸다고 할 수 있습니다.

─어느 하늘에서 왔어요?

이관집의 아들 이유립이었다. 사람들이 모두 웃었다. 계연수의 강론을 또렷한 눈으로 바라보고 있었다. 이유립의 아버지 이관집도 흐뭇하게 보고 웃었다.

─우리가 온 곳은 북극성입니다.

─그럼 어떻게 가요?

다시 웃음이 터졌다. 계연수도 수강자들도 모두 아이의 물음에 귀찮아하지않고 즐거워했다 사실 어른들도 묻고 싶은데 조심스러워서 묻기 힘든 내용이었다.

─조금씩 차이는 있지만 대체로 우리 조상들은 강을 건너서 왔다고 생각하고 있습니다. 강은 은하수고, 배는 북두칠성이라고 생각했습니다. 배를 탈 수 없는 곳은 무지개를 타고 갔다고 하고, 신목인 박달나무 즉 자작나무를 타고 갔다고 생각했습니다. 그래서 우리를 일러 몽골 사람들이 솔롱고스의 나라라고 합니다. 솔롱고스가 바로 무지개입니다. 그리고 색동저고리가 바로 무지개를 상징화한 것입니다. 죽은 후에 칠성판을 바닥에 깔아주는 것도 배를 타고 은하수라는 강을 건너 무사히 하

늘로 가라는 의미지요.

—색동저고리를 입으면 하늘로 갈 수 있네요?

다시 이유립이 물었다.

—색동저고리가 무지개를 담은 옷이니 그런 마음을 담은 거지요.

계연수는 친절하게 설명해 주었다.

—강론을 하다보면 제일 궁금해하는 것 중에 하나가 어떻게 나라를 세웠느냐는 것입니다. 환국은 말씀을 드렸습니다.

계연수가 잠시 말을 쉬었다 다시 시작했다.

—단국, 즉 배달국은 환국에서 쪼개져 나왔습니다. 모국인 환국은 그대로 있고, 단국이 분국을 한 것으로 보면 됩니다. 단군은 추대되었다고 봅니다. 18세 거불단 환웅 때에는 나라가 지리멸렬해진 것으로 보입니다. 여러나라로 분립하고 투쟁을 할 때에 단군왕검이 백성들로부터 추대되어 단국의 땅에 국통을 이어 고조선을 창업합니다.

—단군할아버지는 얼마나 오래 사셨나요?

당돌한 듯한 목소리로 이유립이 다시 물었다.

—여러 단군이 계셨단다. 47분의 단군이 계셨지. 마지막 단군인 47대 고열가단군은 죽지 않고 신선이 되었다고 했다.

강의가 끝나갈 무렵 홍범도와 함께 있는 오동진이 찾아왔다.

—합의를 보았습니다. 책을 출판하기로 했습니다. 그리고 홍대장의 부인께서 돌아가셨다는 정보를 입수했습니다. 시신도 찾을 수가 없습니다. 그래서 함께 오시지 못했습니다.

오동진이 홍범도와 합의해서 군자금으로 책을 출판하기로 했음을 알림과 동시에 홍범도 부인이 일본군에 잡혀 고문을 당하다 사망했음을 알렸다. 오동진의 말에 계연수와 이관집은 말을 잇지 못했다.

책을 내기 위한 작업이 시작되었다. 쉬운 일이 아니었다. 자금은 물론 시간과 노동이 함께 해야 하는 작업이었다. 목판 인쇄 과정은 생각보다 복잡하고 어려웠다. 책을 한 권 내는 것도 어려운데 목판을 만들어 제작하는 과정은 여러 단계를 거쳐야 했다. 인력과 시간이 필요한 이유였다. 먼저 다시 목판으로 팔 글을 다시 써야했다. 계연수가 마련해온 책을 다시 같은 내용으로 써야했다. 계연수가 화선지에 책을 다시 쓰는 시간에 나무를 준비해야 했다.

목재를 인쇄판을 만들려면 네 단계를 거쳐야 했다. 목재를 준비하고, 글이 쓰인 화선지를 나무에 붙여서 글을 파는 판각을 한 후에, 목판에 종이를 한 장 한 장 뜨는 인쇄작업을 해야 했다. 인쇄된 종이를 책으로 만드는 작업이 이어지고 있었다.

보름 정도 지나 홍범도가 찾아왔다.

-고생하네.

홍범도가 계연수를 보고 한 첫 말이었다. 홍범도는 핼쑥해 있었다.

-하늘이 홍대장을 시험한다고 생각했네. 얼마나 상심이 컸나?

-운명이라고 생각했네. 거스를 수 있으면 운명이 아니겠지.

계연수가 한 위로의 말을 홍범도가 운명으로 받아들인다고 하며 먼 하늘을 바라보았다. 얼굴에는 표정이 없었다. 호탕하게 잘 웃던 홍범도였다. 웃음기가 사라진 얼굴이 창백하게 보였다.

―마무리 잘하시게. 조선의 미래가 달린 책일세.

―도와주어서 고맙네.

홍범도의 말에 계연수가 출판일을 도와준 것에 대한 고마움을 전했다.

―그런 생각 말게. 도와주는 것이 아니라 의무라고 생각하고 있네. 더구나 우리 독립군들의 피 같은 군자금으로 만들어지는 것이니 미래를 열어주는 책이기를 바라네.

―책의 쓰임은 하늘의 일일세.

홍범도의 말을 다시 계연수가 받았다.

계연수, 사망하다

바로 이자를 잡아야 하네. 지난번에 명을 내렸던 것과 같이 사살해도 좋아!

데라우치 마사타케 조선총독의 입에서 강하게 나왔다.

―예. 실행하겠습니다.

데라우치 마사타케 조선총독의 충실한 밀정 감연극이었다.

데라우치 마사타케 조선총독의 손에는 〈환단고기〉 책이 들려 있었다. 감연극의 손에서 전달된 책이었다. 계연수가 홍범도와 이동진의 군자

금으로 발행된 환단고기 30권 중의 한 권이 데라우치 마사타케 조선총
독에게 넘어가 있었다.

—이 자는 악질이다. 대일본제국의 미래를 흠집 낼 인간이다. 가혹하게
다루어도 좋다. 법정에 세우기 전에 처단하라!

배달의숙에서 강론을 하고 있던 계연수를 찾아온 사람이 있었다. 이
기 집안에서 일하던 사람이었다. 누런 봉투에 들어있는 편지를 전해
주었다. 부고장이었다. 스승 이기의 사망 통지서였다. 계연수는 순간
막막했다.

전하러 온 사람에게 계연수가 물었다.

—얼마 전에 뵀을 때도 건강하셨는데요.

—그렇습니다. 스스로 절명하셨습니다.

계연수는 순간 절망감이 세상을 덮는 느낌이었다.

—자결하셨구나.

혼자 속으로 말했다. 얼마 전 나철이 스스로 세상을 떠나고, 이번에는
스승 이기마저 자결을 선택했다. 거기에 홍범도의 아내는 죽임을 당했
다. 나라를 잃으니 많은 사람들이 죽어가는구나 싶었다. 세상은 어둠으
로 깊어가고 있었다.

계연수는 행장을 꾸렸다. 스승 이기의 영전에 그토록 염원하던 책 한
권을 바치고 싶었다. 〈환단고기〉를 종이로 곱게 싸 넣었다. 만주에서
서울까지는 멀었다. 마지막 인사라도 하고 와야겠다는 생각으로 기본

적인 것을 꾸렸다. 이관집의 부인이 주먹밥과 옷가지를 챙겨주었다.

—같이 하지 못해서 미안하네.

—아닐세. 지금은 사사로운 정을 드러내고 살 때가 아니네. 세상이 흉흉하니 몸 조심해야지. 나 혼자 잘 다녀오겠네.

이관집과 이관집 아들 이유립의 배웅을 받으며 마을을 벗어났다. 세 마리의 말이 벌판을 가로 질러 압록강 쪽으로 향하고 있었다. 겉으로 보기에는 평화로운 이동이었다. 세상은 사람에게 일어나는 슬픔과는 무관하게 아름다웠고, 정상적으로 운행되었다.

—마음이 어두우니 오히려 탁주 한 사발도 안하게 되네.

—그랬네.

이관집이 계연수에게 말하자 계연수가 받았다.

—다녀와서 한 잔 하세. 그것도 진하게.

—코가 삐뚤어질 만큼!

이관집이 끝까지 마셔보자는 말에 계연수도 코가 삐뚤어질 만큼 마셔보자고 답했다.

정말 그랬다. 마음이 착잡하니 도리어 술 생각도 나지 않았다. 상심이 깊으면 술로 푸는 사람도 있고, 술을 멀리하게 되는 경우도 있었다. 계연수와 이관집은 술 생각마저도 잊게 만들었다.

세 사람이 강기슭에 거의 다와 가고 있었다. 멀리 강을 건너는 나루가 보였다.

—이제 가겠네. 여기서 작별하세.

-그래. 잘 다녀오게.

-잘 다녀오세요.

계연수가 이별의 장소로 정하고 말을 멈추며 이별 제안을 했다. 이관집과 이유립이 인사를 했다. 이관집과 이유립은 계연수의 뒷모습을 바라보고 있었다. 배가 뜨는 모습을 보려고 기다리고 서 있었다.

계연수는 무심하게 나루로 내려갔다. 예전에 없던 초소에서 검문을 하고 있었다. 소지품까지 뒤지고 있었다. 계연수는 긴장하면서 소지품을 떠올렸다. 아차, 싶었다. 근간한 〈환단고기〉 책이 들어있었다. 새로운 초소는 감연극이 쳐 놓은 그물이었다. 계연수는 검문자가 다가오자 몸을 돌려 말을 올라타려는 순간 계연수를 잡는 손이 있었다. 계연수는 뿌리치면서 말에 올라탔다. 소지하고 있던 가방이 떨어졌다. 가방 안의 것이 바닥에 흩어졌다. 책도 함께 바닥에 떨어졌다.

-저 놈을 잡아라! 바로 그 자다!

앙칼진 목소리가 조용한 나루터를 울렸다.

계연수의 말이 출발과 함께 몇 명의 사람들이 동시에 말을 타고 쫓았다. 그리고 계연수를 향해 총이 발사되었다. 달리던 말이 쓰러지고 계연수는 어깨에 총을 맞았다. 말에서 떨어지며 바닥을 뒹굴었다. 바닥으로 굴러 떨어진 계연수를 향해 달려들자 계연수는 칼을 꺼내들었다. 잡혀가 고문을 당하느니 싸우다 죽겠다는 생각이었다. 어차피 죽을 수밖에 없을 것을 알았다. 칼을 꺼내드는 계연수에게 총이 난사되었다. 그리고 칼로 난자했다. 데라우치 마사타케 조선총독의 발언대로 계연수는 가혹하게 다루어졌다.

역사의 제단에는 고대로부터 이어져 내려오기 위해서 인간의 피를 예정하고 있었다. 또 한 사람의 피가 역사를 위해 희생당하고 있었다.

역사의 전달자가 순교당하는 것을 멀리서 바라보는 시선이 있었다. 이관집과 이관집의 아들 이유립이었다. 이유립의 14살이었다. 스승으로 모신 계연수가 무참하게 살해되는 모습을 바라보고 있었다. 〈끝〉

신광철 작가
한국학연구소장, 작가

한국학 연구소장 신광철은 한국, 한국인, 한민족의 근원과 문화유산에 대해 연구하고 있다. 살아있음이 축제라고 주장하는 사람, 나무가 생애 전체를 온몸으로 일어서는 것이 경이롭다며, 사람에게도 영혼의 직립을 주장한다. 나무는 죽는 순간까지 성장하는 존재임을 부각시키며 살아있을 때 살라고 자신에게 주문한다. 그리고 산 것처럼 살라고 한다.

신광철 작가는 한국인의 심성과 기질 그리고 한국문화의 인문학적 연구와 한국적인 미학을 찾아내서 한국인의 근원에 접근하려 한다. 40여 권의 인문학 서적을 출간한 인문학 작가다. 최근 〈꼬마철학자 두발로〉와 〈긍정이와 웃음이의 마음공부 여행〉를 냈다. 1권은 '꿈은 이루어서 자신에게 선물하는 거야' 2권은 '인연은 사람을 선물 받는 거야'를 발표했다.

소엽 신정균

서예가. 일중 김충현 선생과 초정 권창륜 그리고 한별 신두영 선생에게 서예를 배웠다. 대한민국에서 미술대전을 비롯해, 세계로 프랑스와 미국 캐나다 중국 등에서 초청전시를 했다. 직관과 통찰을 끌어안은 간결함과 직선과 곡선을 품어 안은 활달함을 동시에 가진 서예가다. 거칠면서 단순하다. 휘몰아치면서 숨 멈춘 정지태의 글씨를보여주는 달인의 경지에 이른 서예가다.